朝日新書
Asahi Shinsho 136

加油（ジャアヨウ）……！

五輪の街から

重松　清

朝日新聞出版

加油……！　五輪の街から　目次

序章　「五輪」はまだ始まらない

建設中の国家体育場（2007年夏）＝撮影・中田徹

五輪直前の大ピンチ

松葉杖を注文したのである。

出国の四日前――八月二日のことである。

大変なことになってしまった。この世に生を受けて四十五年と五カ月、持って生まれた星のせいか、たんに間抜けなだけなのか、「まいったなあ……ヤバいなあ……」とつぶやく機会は心ならずも数多かった。極端な話を言えば、僕の人生、「このままだとヤバそうだぞ」と「まいったなあ」と「まあ、なんとかなったか」――言い換えれば「前途多難」と「絶体絶命」と「終わりよければすべてよし」を延々繰り返すサイクルで回っているのかもしれない。

だが、今回の「前途多難」は超弩級、もしかしたらすでに「絶体絶命」の状態に陥りつつあるのかもしれない。

痛風である。

右の足首に来た。

発作の激しい疼痛にのたうちまわり、足首はくるぶしがわからないほど腫れ上がって、歩くどころか足を床に着くこともできない。左足だけでケンケン跳びをして歩こうにも、右の足首をほんのちょっと振ると、それだけでオヤジは年頃の娘たちの前で半べそをかいてしまうのだ。「風にあたっても痛いから痛風」という俗言を、文字どおり痛感した。

初めての発作だった。三年前の人間ドックで尿酸値が9を超え、「いつ痛風の発作が出てもおかしくない」と医者に脅されながらも、「よし、これから毎晩メカブを食べて尿酸値を下げよう」と、なんの根拠もない自己療法に頼って暴飲暴食をつづけ、人間ドックともその後すっかりごぶさたしてしまっていた。そのくせ、頭の片隅には常に痛風の不安が居座っていて、ちょっと足の親指に違和感を覚えただけで「発作か?」とビクビクしどおしだったのだから情けない話である。

で、二〇〇八年八月一日未明、ついに恐れていたものが来てしまったのである。それも、北京五輪の取材直前という最悪のタイミングで。

八月六日に日本を発って、帰国は二十七日。三週間の長逗留に備えて、やっておかなければならないことは山ほどある。旅支度をして、連載原稿を前倒しで仕上げ、前倒し以前にぎりぎりの段階にある原稿も仕上げ、税理士さんからせっつかれている領収書類の整理もして、一カ月近く留守にする仕事場を掃除して、カミさんに見られてはならないものはきちんと隠し、朝日の「北京本」(この本である)の原稿も少しは書いておかなければならない。出発直前はほとんど徹夜つづきだろうな、と覚悟していた矢先にこのザマである。痛風は、発作が起きている間はなにも治療ができない。鎮痛剤と湿布で痛みをしのぐしかない。いくら自分の健康管理にズボラな僕でも、その程度の知識はある。ということは、このクソ忙しいなか病院に行っても意味がない。しかし、この痛みだけはなんとかしなければ……。

仕事でお世話になっている編集者各氏にSOSを出した。

「同僚に痛風持ちがいれば、手持ちの鎮痛剤をもらってくれ！」

痛風持ちなら、きっと、いつ襲ってくるかわからない発作に備えて鎮痛剤を持ち歩いているはずだ、と考えたのだ。

すると、ありがたいことに、どんどん集まってきた。手持ちの薬を出してくれただけでなく、わざわざ病院まで行ってもらってきてくれたひともいた。出版社というのはいかに不健康なヤカラが多いのか、よくわかった。そして、痛風持ちは初発作の痛風ビギナーに対していかに心優しいかも、よーくわかった。もちろん、ここでいう鎮痛剤とは医師の処方箋の必要なキツいやつである。これは本来やってはならないことである。緊急事態なのだ。ご容赦を。

ともかく鎮痛剤は、錠剤・カプセル・座薬、各種取り混ぜて集まった。痛風の発作は通常なら一週間で治まるらしいのだが、わが家に集まった鎮痛剤を日割りで計算すると、一カ月ぐらい痛みっぱなしでもだいじょうぶそうだった。なんと心強い話だろう。

しかも、取材に同行してくれる朝日新聞のY記者が、病院の予約までしてくれた。

「わたしが付き添いますから、病院に行ってください!」

「いや、病院に行ってもどうしようもないし……」

「いいから行ってください!」

「だってトイレに行くのもキツいほど痛いんだぜ? 歩けないんだぜ?」

「だめです!」

二十六歳の若き女性記者の優しさに思わず涙したシゲマツなのだが、冷静になって考えると、痛風をこじらせて(っていうの、あるのかな?)中国でヤバいことになってしまうと誰よりも困るのがY記者なのだ。

しかたなく、二十六歳の若き女性記者の仕事熱心さにいろんな意味で涙しつつ、病院に出かけた。八月二日、土曜日のことである。

杖の代わりに体を支えてくれるのは、自宅のテラスの掃除に使っていたデッキブラシである。大型のスーツケースからキャスター付きの椅子まで、さまざま試したすえにたどり着いた逸品である。ブラシの腰が、体の重みをかけるのにちょうどいいクッションになってくれるのだ。

ほとんど『天才バカボン』のレレレのおじさんの格好だが、見た目にかまっている場合ではない。痛いのだ。腫れているのだ。歩けないのだ。これでいいわけがないのだ。

長期の中国取材に緊張気味のY記者も、まさか初仕事がレレレのおじさんの付き添いになるとは夢にも思っていなかったに違いない。激痛に顔をしかめながらも「似合うだろ?」と強がる僕に、Y記者はにこりともしてくれなかったのだった。

そんな苦労をして病院に出かけても、前述したとおり、発作のさなかは治療などなにもできない。

医師はあっさりと言った。

「鎮痛剤を出しておきますから、腫れと痛みが治まったら、また来てください」

片道一時間かけて、診察は二秒である。

「明日かあさってには痛みはなくなってますか?」と一縷の望みを託して訊いた。

医師はあっさりと「無理です」と言った。

「一度発作があれば、その後一年ぐらいはだいじょうぶだ、とか……」

医師はあっさりと「すぐに二度目の発作が来ることもありえます」と言った。

それを防ぐには、いまの発作が治まりしだい、尿酸値を下げる薬を服まなければならない。それも毎日欠かさず、である。

「その薬、今日もらって帰るわけにはいきませんか?」

「いや、発作が完全に治まったのを確かめてからじゃないと、かえって尿酸値が不安定になって発作を起こしやすくなりますから」

「……じつは、ボク、来週の水曜日に北京に行って、しばらく帰国できないんですけど」

医師はきわめてあっさりと「じゃあ、向こうでまた発作が来てもいいように、鎮痛剤を多めに出しておきましょう」と言った。

かくして、鎮痛剤はまたもや増えた。二カ月ぐらいドンと来いである。

しかし、腫れはひかず、痛みは消えず、二度目の発作の不安はいや増すばかり。

病院から帰宅した僕にできるのは、松葉杖を注文することだけだった。

デッキブラシはほんとうに具合がよかったのだが、しかたがない。中国にレレレのおじさんになって出かけるわけにはいかないではないか。

なにより、一年前——二〇〇七年の夏からつごう六回にわたって予備取材をつづけてきた僕は、知っているのだ。

北京の街のあちこちの路上や建物の中には、日なが一日ホウキを持ってつっ立っていて、ときどき思いだしたように割り当ての区域を掃く、ホンモノのレレレのおじさんやレレレのおばさんが山ほどいる。

そして、デッキブラシを持って街なかを歩く不審なオヤジを見かけたら、目玉のつながったおまわりさんみたいにピストルをぶっ放しかねないコワモテの武装警官だって、たくさん待ちかまえているのである。

松葉杖の視点

ただ、八月五日の夜、届いたばかりの松葉杖で歩行訓練をしながら、思ったのだ。松葉杖をついての取材は、どう考えても先が思いやられる。

しかし、この視点は「あり」ではないか。

僕が松葉杖をつく、つかないの話ではなく、松葉杖に象徴される視点から北京を、そして中国を眺めてみるのは悪くない。

二〇〇七年十月、雑誌の取材で漫画家の井上雄彦さんとともにハワイのビッグアイランドを訪れたときのことが、僕には忘れられない思い出として残っている。

取材の拠点にしたヒロは小さな田舎町なのだが、ほんの三日間の滞在で何度も車椅子のひとを街で見かけた。地元のひとだけではない。キラウエア火山など観光地に立ち寄る大型バスから降りてくるひとたちを見ていると、大げさでもなんでもなく、一台に一人は車椅子のひとがいたのだ。足元がおぼつかなくなった老人もいれば、怪我や病気で足が不自由になったらしい若いひとや子どももいる。みんな明るかった——というか、フツーに明るく、フツーに元気で、フツーに冗談をとばし、フツーに口ゲンカをしていた。まわりのひとたちも同じだ。自分と同じ世界に車椅子のひとがいるというのをフツーに受け容れて、フツーにほっといて、車椅子ゆえの不便さもフツーに理解して、気負うことなく手を添えたり邪魔な物をどけたりしていた。

それがすごく気持ちよかった。アメリカ初体験だったその旅で、決して好きなところばかりではないアメリカという国に対して、「すげえよなあ」と素直に脱帽した。建物や道路のバリアフリーだとか障害を持ったひとの権利だとかの以前に、ひとの心の中にごくあたりまえのものとして「違い」を認める意識が根付いている。その「違い」をことさら大切に——たとえば同情やいたわりといった感覚で扱うのではなく、とにかくフツーにごくんと呑み込んで、フツーにごちゃ混ぜの世界をつくりあげるフトコロの深さは、やっぱりたいしたものだと思ったのだ。

では、中国はどうだろう。

「中国のひとたちは徹底した個人主義である」とよく言われる。「中国にはまだ社会道徳やボランティア精神が根付いていない」という指摘もある。これだけの急速な経済成長をつづけていれば、格差だって当然出てくるだろう。なにより中国では、都市に生まれたひとと農村に生まれたひとは戸籍上でもはっきりと差をつけられていて、それを個人の努力でくつがえすことは至難の業だという。固定化された格差は階層となり、階層の違いは差別の源にもなってしまうだろう。

あの国は、広大な国土がはらむ「違い」をどう受け止めているのか。膨大な人口が、民族によって、出身地によって、いま住んでいる場所によって、学歴によって、収入によって、そして共産党との関係によって、複雑なまだら模様に塗り分けられたなか、ひとびとは隣人との「違い」をどのようにとらえているのか。

それを考えたとき――松葉杖は「あり」だと思ったのだ。

誤解してほしくないのだが、決して足が不自由なひとの仲間入りをして、あるいはそのふりをして、取材をしようというのではない。実際、松葉杖をついて街を歩かなければならないのは最初の二、三日ですむだろう。

しかし、オリンピックのお祭り騒ぎに呑み込まれないためには、足首の痛みは恰好の気付け薬になってくれるかもしれない。二度目の発作への不安が、国家の威信をかけたさまざまな演出を見るときに、眉につける唾ぐらいの役目は果たしてくれるかもしれない。

ことさら意地悪に見るつもりはない。

それでも、冷静ではありたい。

かさばる松葉杖をついてヨタヨタとした足取りで街を歩いていれば、視線はおのずと、街を闊歩するひとたちよりも、時代のスピードについていけないひとたちのほうに向かうだろう。あの国の豊かさを享受している層の高らかな笑い声の間をすり抜けて、割を食っている層のぼやき声が聞こえてくることだってあるかもしれない。痛みとは体の部位が存在をアピールすることである。地面にほど近い足首の痛みが、オリンピックの華やかさについ惹きつけられがちな僕に「路上を見ろ」「路上の光景を忘れるな」と言いつづけてくれるのであれば、それはそれでありがたい話である。

いいではないか。

これも考えようによれば、天の配剤である。いや、前向きにならざるをえない。もはや「別われながら、なんと前向きなのだろう。

の書き手を探してください」と朝日新聞に言えるような段階ではない。「開会式はニッポンのテレビで観るということで、腫れがひいてから北京入りっていうのは……」とY記者におそるおそる申し出てみたが、仕事というのはそんなに甘いものではない。

「心配要りません。万が一に備えて、北京では車椅子の用意もしてもらっています」

前を向け。弱音を吐くな。

出発は明日の午後だ。大急ぎでまとめた荷物は、すでに国際宅配便で北京に発送済みである。

シゲマツ、がんばれ。

中国語で言うなら、シゲマツ、加油《ジャアヨウ》。

松葉杖をついて仕事部屋に入り、パソコンに向かった。出発までに、なんとしても過去一年間の予備取材のメモを整理しておかなければ。いや、その前に、編集者各位に、出発までに原稿を書き上げられなかったことを詫びるメールを送らなければ。

五輪本番を目前に控えた高揚感を味わう余裕もなく、「ごめんなさい」「申し訳ありません」「今後はもう二度とこのようなことのないようにいたします」を繰り返しながら、八月五日の夜はあわただしく更けていったのである。

北京の空

そして、八月六日――出発。

徹夜明けの眠い目をこすりながらヒロシマにひととき思いをはせた僕は、粛然とした思いで足首の湿布を取り替えた。

足首の腫れは多少はひいたものの、まだ靴は履けないので、サンダル履きである。

松葉杖は、迷ったすえに一本だけにした。両手で二本の杖をついたほうが歩きやすくても、やはり片手ぐらいは空けておきたい、と考えたのだ。

十四時、自宅出発。

十七時二十分、全日空0955便は無事成田空港を出発し、定刻の二十時五十分（現地時間）よりも早く北京国際空港に到着した。

夜に北京に着く便に乗るのは初めてだった。いままで予備取材で北京を訪れたときは、いつも成田発九時十分・北京着十一時三十五分の中国国際航空422便を使っていたのである。

昼間に北京に着くこの便、到着後に動きやすいというだけでなく、中国という国の「いま」を実感するには最適だった。

北京に近づいた飛行機が高度を下げると、広大な赤茶けた大地が眼下に広がる。まっすぐに延びる道路や区画整理された土地は、どこか北海道を思い起こさせるのだが、とにかく土の色が違う。そして緑が少ない。点在する団地や住宅のデザインは画一的で、屋根の色も壁の色も、ほとんど大地に溶け込んでしまうほど地味だ。日本の街並みはしばしば「統一感がない」「色彩のセンスがない」と批判されるのだが、統一されすぎて大地に溶け込みすぎた街並みというのも、いささか薄気味の悪いものなのである。

空港が近づくと、二つの大きな工事現場——巨大な8の字を組み合わせたような高速道路のインターチェンジと、線路がどこまでもまっすぐな鉄道も見えてくる。ナスカの地上絵さながらのダイナミックな存在感である。外観だけではない。工事の進捗もすさまじい。二〇〇七年七月に初めて見たときには「ああ、ここにインターチェンジができるんだな」とわかる程度だったのだが、十二月にはほぼ完成していた。それも、最先端のテクノロジーを駆使して竣工したというより、人海戦術の力技で仕上げたという感じなのだ。

しかも、力技は「つくる」ことだけに向けられているわけではない。むしろ、「壊す」ことのほうにこそ、その凄みがあらわれる。空港の滑走路にほど近い場所には、昔ながらの路地の町・胡同《フートン》がいくつもあるのだが、それが一年がかりでことごとく壊されていったのだ。

七月には着陸寸前の飛行機の窓から洗濯物が見えていた家も、十月には取り壊された。十二月には更地になっていた。そしてオリンピックが間近に迫った今年六月には、もう新しい建物の建設工事が進められていた。住み慣れたわが家を追われたひとたちは、どこに移住することになったのか。

同様な光景は北京市内でも何度となく目にしてきた。移住先がどんなに不便な場所であろうとも、住民が逆らうことはできない。もちろん、取り壊しを拒むことも。それが中国という国家と国民の関係で、オリンピックを迎える北京の街は、そうやって祭りの準備を整えていったのだ。

夜のフライトでは、あの胡同のいまの様子を確かめることはできなかった。大地に灯る明かりで目立つのは高速道路の街灯ぐらいのものである。だが、拡大と膨張をつづける北京の街は、いずれ、このあたりも都市の一部として呑み込んでしまうだろう。飛行機の窓から街の夜景が眺められるようになった頃——意外と数年後かもしれないのだが、その頃、空港近辺の胡同を追われたひとびとは、空の旅を楽しめる程度の生活の豊かさは得られているだろうか……。

昼と夜のフライトの違いは、もう一つ。

空である。夜のフライトでは北京の空を眺めることができない。それがちょっと残念だった。

すでに多くの報道がなされているとおり、とにかく北京の空気は悪い。いや、「悪い」を言いだせば、水だって悪いし、役人や警官の態度だって悪いのだが、その最初の洗礼が、日本ではまずお目にかかれない空の色なのだ。

成田を九時過ぎに発つ便に乗るには、自宅を朝六時頃に出ることになる。まだ街が本格的に起き出す前の、いかにもさわやかな朝の空を眺めて飛行機に乗り込むわけだ。で、三時間半後、北京国際空港に降り立つと、頭上には、もう一つの赤茶けた大地が広がっているのである。

あの空を、どう表現すればいいだろう。色合いとしては赤茶、もしくは黄土色に赤味を少し足した感じで、ココアを薄めれば似たような色ができるだろうか。そこに黄色い太陽が浮かんでいるのだ。まるで満月のように、ぽっかりと。

大気中のなんとかの物質の濃度がどうのこうのという話は置いておいたとしても、美しい——とは、少なくとも僕の感覚では思えない。むしろ、まがまがしい。SF小説やマンガに出てくる人類滅亡後の地球を、ふと思いだしてしまったりもする。

そんな北京の空を、残念ながら（いや、幸いにして、と言うべきか）今回のフライトでは見ることができなかった。

八月六日、二十一時。北京の夜空は曇っていた。

星のまたたきを隠しているのは純然たる雲なのか、そうではないのか、いまはまだわからない。

空港のボランティアたち

三月に開業したばかりの北京国際空港第三ターミナルは、当然のことだが、とても新しい。ただし、やたらと広い。歩いても歩いても、出口どころか、出口に向かうシャトルの乗り場にもたどり着かない。それまで使っていた第二ターミナルも大味なつくりだったのだが、こちらは大味を超えて、原寸大でいいものを一・五倍に拡大コピーしてしまったような塩梅なのだ。

最後の予備取材をおこなった六月にも、そのムダなだだっ広さには閉口したものだが、あのときは両足でセカセカ歩くことができた。しかし、今回は松葉杖である。サンダル履きである。ノートパソコン大小二台を入れたバッグも持っているのである。

動く歩道の設置されている区間はごくわずかで、カートも見あたらない。大地を眺め夜空を見上げて北京の行く末を案じている場合ではない。ヨタヨタと、ヨロヨロと、三メートル進んでは休み、一メートル進んでは重たいバッグを肩に掛け直して、見る間に汗が噴き出しても、それを拭うこともできず、もはや行き倒れ寸前である。

それでもなんとか、長い通路の先にある広場が見えてきた。五輪関係者や観光客を歓迎する大きなボードの前に置かれたカウンターに、揃いのユニフォームを着た若者たちが何人も座っている。空港での案内を担当するボランティアだろう。

「中国には助け合いの精神がない」という世評を払拭すべく、ボランティアたちは相当に高い意識を持って本番に臨んでいるらしいのだが、さて、そのお手並みは、いかがか。

松葉杖をついていると速くは歩けない――それが武器になる。広場まではまだ遠い。ふつうに歩けば一瞥しただけで終わってしまう彼らのことを、おかげさまでじっくり見ることができた。

みんな、つるんとした顔をしている。夜九時を回っていても、起き抜けのようなさわやかな笑顔を浮かべている。男の子に、グランジ系の長髪や無精髭など一人もいない。日本でなら「真面目すぎないか?」「教室で浮いてるんじゃないか?」と心配になりそうな好青年たちである。女の子も同様。茶髪のギャル系はもちろん、パーマをかけている子すらいない。メガネの子が多い。僕にはあいにくそっち方面への興味はないが、萌えてしまう日本男児は少なくないかもしれない。

ただし、まだ開会式までは二日もある。持ち場についてから間もないはずの彼らは、いわばボランティアビギナーである。微笑みは浮かべていても、どこか所在なげで、なにをどうすればいいのかわからない様子なのだ。

しかし、やる気はひしひしと伝わってくる。なにかをしたいんです、なにかをやらせてください、なにかありませんか、どうしましょう……。まじめなのだ。張り切っているのだ。そして、その熱い視線は、決まって、欧米系の皆さんに注がれているのだ。

ついに一人の青年が立ち上がった。白人の老夫婦に駆け寄って、なにごとか話しかけた。

以下、表情としぐさから推察した会話である。

「なにかお手伝いできることはありますか！」

「ありがとう。でも、なにもありません」

「そうですか！　では、よい旅を！」

「はいはい、ありがとう」

「どういたしまして！」

ボランティアとしては撃沈である。しかし、小走りに席に戻る青年の顔は、上気しつつ晴れやかだった。仲間たちもうらやましそうな笑顔で彼を迎える。「やったよ、オレ、ガイジンとしゃべっちゃったよ！」「すげーっ！」とでも話しているのだろうか。なるほど、彼らにとっては「英語で外国人と会話をする」というのも、ガイドをつとめる大きなモチベーションになっているのかもしれない。

と――彼の行動に刺激されたのか、別の青年が席を立った。ペンギンの群れが、氷山から海に飛び込んだ最初の一匹に勇気づけられて次々に海に飛び込むようなものである。

だが、「世界」の荒波は厳しかった。

青年が駆け寄った相手は、やはり白人。「あんた、機内持ち込みの制限超えてるだろ」と言いたくなるような大きなキャリーバッグをひいて歩く中年男性だった。

以下、再び、シゲマツの推測に基づく架空対話である。

「なにかお手伝いできることはありますか！」

「あ、そう。じゃあ、これ持ってくれる？」

「喜んで！」

エスカレーターまでの短い距離とはいえ、荷物持たせちゃったよ、あのガイジン。持っちゃったよ、あの青年。

違うぞ、それは断じてボランティアではないし、ガイドでもないぞ。

若者たちの眼中にない東洋人のオジサンは、一人ひそかに気を揉むしかなかったのだが……今回の取材で初めて目にした北京っ子の表情が若者たちの笑顔だったというのは、なんだかうれしかった。いままでの取材では、空港で笑顔に出会うことなんて、まずありえなかったのだから。

いいぞ、その調子だ。いまはまだ慣れていなくても、少しずつ、困っているひとの手助けをするコツをつかんでいけばいい。ボランティアの心も覚えていけばいい。

せっかくだから、きみたちに、とても大事なことを教えてあげよう。

松葉杖をついて重たい荷物を提げたオジサンに「カートを持ってきましょうか？」とひと声かけることだって、ほんとうは、りっぱなボランティアなんだぜ。

生まれ変わった崇文門飯店

北京での本拠地は、北京駅のすぐ近くにある三つ星ホテルの崇文門飯店《チョンウエンメン》――中国のホテルランキングでは最高級が五つ星だから、クラスとしては中堅どころ、日本の感覚では「中の下」という設備やサービスなのだが、歴史と格式にはそれなりのものがあって、『マキシム・ド・パリ』が入っていたりする。もちろん、仕事で訪れた身には、なんの役にも立たない食い物処である。

崇文門飯店は、予備取材の間もずっと定宿にしていた。言いたい文句は山ほどあった。「自腹を切ってでもいいから、もうちょっとましなホテルに替えてもらおうか」と、出発ぎりぎりまで迷っていたほどだ。

しかし、ここは交通の便がいい。また、隣は「庶民の台所」といった風情の市場で、その隣にはデパートとスーパーマーケットもあるので、なにか足りないものや必要なものがあっても、すぐに買いに行ける。さらに、五輪期間中は、このホテルの会議室に朝日新聞の前線本部が置かれ、五輪会場のメディアセンターと連動しつつ記事をつくることになっている。朝日新聞スポーツ面のコラム『北京便り』に、『週刊朝日』の短期集中連載ルポ『五輪の「街」から』、そして本書と、朝日新聞にいいように使い倒されている……もとい、たいへんお世話になっている出入り業者からすれば、さすがに前線本部を離れるのははばかられる。

そんなわけで、「五輪直前になっても部屋はガラガラ」「料金も大幅ダンピング」という四つ星や五つ星のホテルに未練を残しながらも、崇文門飯店にチェックインした。

部屋は910号室。明日から約三週間の取材の基地である。滞在中に多数の原稿を書きまくらなければならない工房でもある。かつてベトナム戦争を取材した開高健がサイゴン（現ホーチミン）で泊まっていたサイゴン・ホテルの103号室には、ドアにそれを記念するプレートが埋め込まれている。崇文門飯店910号室はどうなるか。どうもなりはしない。わかっている。松葉杖をつきつき、ここまで来たのだ。夢ぐらい見させてくれ。

まずは、その910号室に入って――驚いた。いままでは、棚も洗面台もテレビの上も、とにかくどこもかしこも埃がうっすらと積もっていたのだが、それがきれいに掃除されているではないか。お茶を飲むカップにも茶渋の汚れはない。ソーサーにも、前の宿泊者がティーバッグを使った後の茶色い染みは残っていない。下のほうがカビで黒ずんでいたシャワーカーテンも新しいものに取り替えられ、よく見るとシャワーヘッドまで新調されている。どうしたのだ、崇文門。「泊めてやる」の殿様商売から、ようやく心を入れ替えたのか。これも五輪効果というやつなのか。

どこかにないか。オレの知っている崇文門飯店を彷彿とさせてくれるズサンさは、どこかに残っていないのか。部屋中チェックして、トイレットペーパーがセットされていないことに気づいたときには、そうそう、崇文門飯店はこうでなくちゃ、と安堵さえしたのだった。

荷物を置くと、同じフロアの前線本部に向かった。ここで緊急連絡用の携帯電話を受け取り、さらに国際宅配便で送っておいた荷物を受け取ることになっているのだが——。

ないのである。

二つ送ったはずの荷物が、一つしか届いていないのである。

取材や執筆のための資料を詰め込んだトランクはある。

しかし、着替えを入れたトランクがない。

未着のトランクには、着替え以外にも、資料の残りと、外付けのキーボードやマウスも入れてあった。さらに、これが最もヤバいところなのだが、痛風の鎮痛剤と湿布も大量に……。

「薬も入れちゃったんですか？　まずいですよ、それ」

Y記者も顔色を変えた。中国はテロを警戒して、とにかく、やたらと、めちゃくちゃに、ハンパではなく、セキュリティチェックが厳しくなっている。医薬品は特に警戒されていて、そのためにY記者はわざわざ僕に代わって病院に出向き、医者の処方箋まで取っておいてくれたのである。

「薬はぜんぶ、手持ちの荷物に入れてるんだと思ってました」

Y記者は痛風オヤジの世間知らずにあきれきっている。

「だって……大量の薬を持ってたら、もっと怪しまれると思ったんだもん……」

「そのために処方箋を取ったんじゃないですか」

「だって、ボク、よくわかんなかったし……」

しょんぼりとうつむいて、口をとがらせて、ほとんど子どもの言い訳である。

Y記者は朝日新聞のひとと二人で「税関ですかね」「そうでしょうね、税関でひっかかってるんでしょうね」「やっぱり薬ですか」「その可能性はありますよね」と、オトナの会話を交わしている。

中国当局の胸先三寸で、荷物は日本に送り返されてしまうか、あるいは問題になったものが没収されてしまうか——いずれにしても、これは相当にまずい事態である。

「それで、シゲマツさん、手持ちの薬は何日ぶんあるんですか?」

「……一日三回服んだとして、三日ぶん」

Y記者は無言で天を仰いだ。

僕も無言で、足元の床を見つめた。

行く手に暗雲がたちこめた。今夜の北京の曇り空よりも重苦しい色に染められてしまった。

前途多難。きわめて多難。しかも、肝心のオリンピックは、まだ開会式も迎えていないのである。

第1章　北京には、いろんなひとがいる

五輪のために壊された胡同（2007年夏）＝撮影・中田徹

開幕まで、あと三十八時間

八月七日、足首の痛みとともに午前四時起床。早起きなのである。出国前に終えられなかった原稿を書かなければならないのである。

中国と日本の時差はちょうど一時間。北京の午前四時は、東京の午前五時にあたる。東京の夏の午前五時といえば空はもうすっかり朝の青い色に染まっているのだが、ホテルの窓から眺める北京の空は薄暗い。陽がのぼるのが遅いというだけでなく、やはり、あんのじょう、空気が悪いのだ。

午前六時、仕事にとりあえず一区切りつけて、ホテルから一人で外に出た。

ふらりと――と言いたいところだが、松葉杖ではそういうわけにもいかない。

うんせ、うんせ、どっこいしょ、である。

ほんとうに松葉杖をついて街を歩きまわれるのか、体をどこまで思い通りに動かせるのかを探りながらの朝の散歩である。

勝手知ったるとまでは言えなくとも、崇文門飯店の近所はだいたい把握している。

今日の朝食は二十四時間営業の『永和大王』にした。油条（中華風揚げパン）の卵巻きと豆乳のセットで九・五元（約百五十二円）。美味い。

北京市内にいくつも店舗がある『永和大王』は、いささか褒めすぎの言葉をつかえば、日本でのファミリーレストランのようなたたずまいの店だ。確かにテーブルや食器はそこそこ清潔で、店内の照明も明るいのだが、そのぶん値段も「庶民の味」と呼ぶには少々割高になる。たとえば一年前に北京大学の学食で食べた昼食の値段はスタッフ五名で総額二十四元（約三百八十四円）だったし、ホテルの近所には、二、三元（約三十二円〜約四十八円）で腹一杯になる——ただし衛生状態はかなり心配な屋台だっていくつも出ている。

それを思うと取材初日から贅沢な朝食ではあるのだが、僕はこの店の油条の卵巻きが大好きなのだ。衣だけの揚げパンのような油条に甘辛いタレをつけ、薄焼き卵と小麦粉の皮（ちょうど広島風お好み焼きの皮のような感じだ）でクルッと巻いただけのシンプルな料理である。ビタミンなどかけらもなさそうなオヤジのクレープである。使い捨ての薄いポリ手袋もついてくる。それを手にはめて熱々のところをむんずとつかみ、わしわしとかぶりつくと、手袋や口のまわりはあっという間に油でベトベトである。これこそがオヤジのクレープ。文字どおりの加油。朝っぱらからそんなものを食っているから痛風になるのだ。

さらに言うならば、いまはまだ胃腸が北京に慣れていない。アヤしげな店のアヤしげな食い物で、いきなりおなかをこわしてしまうわけにはいかない。今日からしばらくは移動に次ぐ移動である。体調管理が重要になる。着替えの荷物が届いていないということは、パンツの替えもないのである。大事に、きれいに使わねば。

松葉杖をついて北京に来て、なぜパンツの心配までしなければならないのか。

じつに情けない話である。

だが、中国の厳戒態勢を甘く見ていたことは、素直に認めなければならないだろう。三月のラサ暴動から、聖火リレーの大混乱、雲南省昆明市のバス連続爆破事件……オリンピックへのカウントダウンと並行して、中国をめぐる情勢はどんどん緊迫してきた。空港や公共交通機関でのセキュリティチェックも厳しさを増す一方である。五輪開催中の北京の街は戒厳令さながらの雰囲気になる、と予想する記事もあった。

午前六時三十分。ようやく本格的に朝を迎えた北京の街に、まだそこまでの緊張感はない。自転車で通勤するひとも、地下鉄の駅から出てくるひとも、バス停にたたずむひとも、のんびりとあくびをしている。

しかし、ここは北京だ。中国という共産党一党独裁の国家が威信をかけて開催するオリンピックの開幕まで、あと三十八時間足らず。すでに昨日、チベット独立を訴える米国人と英国人が二人ずつ国外退去処分となっている。また、外国人がパスポート不携帯で国外退去になった事例も何件か出ているらしい。

なにが起きても不思議ではない。かたちだけの常套句ではなく、肝に銘じた。今後の行動には十分に気をつけよう、と心に誓った。

だから、パンツの替えはともかく、せめて鎮痛剤と湿布だけでも早く返してくれないか……と言ったって通じない国であることは、よくわかっているのだが。

「いろんな」ひとびと

『永和大王』を出ると、うんせ、うんせ、どっこいしょ、とホテルのすぐ隣にある市場に向かった。名前は『崇文門菜市場』。そのまんまである。

だだっ広い倉庫に小さな店がいくつも並ぶ、屋根付きのアメ横といった風情の場所である。決して清潔ではない。一歩足を踏み入れるなり、ねっとりとしたなまぐさいにおいがまとわりついてくる。野菜や果物、お菓子や雑貨類はともかく、鮮魚や精肉まで、ショーケースなし、むきだしで店頭に並んでいるためだ。お肉屋さんの店先には、豚のあばら肉がまるごと鉤で吊され、レバーもまるごとどーんと置かれている。客はそこにたかる蝿を手で追い払いつつ、ピチャピチャと素手で肉を叩いて品定めをして、血がうっすらとついて汚れた手を、隣の売り場の野菜になすりつけて……という市場である。アメ横にたとえるのは失礼な話だったかもしれない。

さすがにここでナマモノを買う勇気はないが、屋台でつくっている総菜はどれも安くて美味い。特にピリ辛のおでんのような立ち食いの麻辣煮串は、一串〇・八元（約一・三円）という安さで、夕方になると会社帰りの若い女性たちが店先に群がって、味の染みた串の争奪戦が繰り広げられる。僕も去年の秋に参戦した。十本以上食べた。肉や魚介類は避けて、練りものと野菜中心に慎重に選んだつもりだったのだが、みごとに腹を下した。量のせいか質のせいかは、問わずにおきたい。

とにかく、日本では見かけない野菜や魚、木箱に山盛りの豚足やニワトリのトサカ、日本では「昭和」の頃に絶滅したたぐいの駄菓子、日本の商品にとーってもよく似たデザインや名前の雑貨類などなど、店を回っているだけで一時間程度はあっという間にたってしまう、暇つぶしにはぴったりの市場なのである。

だが、僕のいちばんのお気に入りの場所は、市場の中ではない。

北京を訪れるたびに、暇さえあれば市場の出入り口の脇の石段に腰かけて、歩道を行き交うひとたちをぼんやり眺めていた。

いろんなひとがいる。

それも、東京よりもはるかに振り幅の大きな「いろんな」である。

道行くひとを大ざっぱに分けると、三種類になる。

まず、経済発展をつづける中国の豊かさを全身で享受しているような、お洒落ないでたちをしたひとたち。若い世代が中心である。上限は三十代半ばといったところだろうか。携帯電話で早口にしゃべりながら、いかにも颯爽と――薄汚い市場になど目もくれずに歩いている。

一方、その豊かさを喜びながらも、どこか困惑を隠しきれない様子のひとたちだってている。世代でいうなら中高年。服装も髪型もやぼったくて、化粧気のまるでない女性もいる。左右をきょろきょろしながら歩いているひとたちは、地方から観光に来たおのぼりさんだろうか。よそゆきの服を着ていても、市場にひょいと入って行きそうな皆さんだ。

中高年世代は、文化大革命の時代を知っている。こういう言い方をゆるしてもらうなら、貧しさも身に沁みて知っているはずだ。だからこそ、きらびやかになった北京の街を歩くのは誇らしいことに違いない。だが、その反面、あまりにも急激な変貌への戸惑いもあるだろうし、過去への郷愁だってないわけではないだろう。特に、四十五歳の僕とさほど変わらない年格好の両親が、高校生あたりの子どもと一緒に歩いていると、服装も歩き方も、顔つきさえも、その差は歴然としている。「いま」と「昔」が一つの家族の中に同居している感じなのだ。

そして、三番目のひとたち――彼らは、道を歩くよりも、市場の前にたむろしたり、石段に所在なげに座り込んでいることのほうが多い。服装は、申し訳ないが、みすぼらしい。風呂にもろくに入っていないんじゃないかとおぼしき風体のひともいる。夏場は上半身裸のひとも多いし、冬場には、古びたシャツを何枚も重ね着しているひとが目立つ。

彼らは、地方の農村から出稼ぎに来ている農民工――農村戸籍を持ちながら、農業以外の産業に従事しているひとたちである。具体的には、道路工事やビルの建設作業に携わっているひとが多いという。いわば、北京の繁栄を下から支えているひとびとだ。

だが、彼らの表情に晴れやかさはない。持ち歩いている水筒は見るからに汚れていて、中に入っているお茶も、いかにも出がらしの薄さである。石段に座り込んでそんなお茶をちびちび啜る彼らの前を、スターバックスのカップ片手の若者が通り過ぎて、その後ろを中高年の夫婦がきょろきょろしながら歩いてくる。それが、北京の街である。

まだ開店前の市場の正面入り口はドアに鍵が掛かっている。石段にいるのも僕一人だ。歩道を行き交うのは勤め人ばかりで、上半身裸のオッサンはいない。

五輪期間中、市内の工事はすべて中断される。農民工たちはそれぞれの故郷に帰るように指示されている。当局は「強制帰還はさせていない」と言うが、警察による身分証明書検査が徹底的におこなわれた結果、約百万人いたといわれる出稼ぎの農民工は、八月の頭までにほとんど帰郷したという。

工事の中断は大気汚染対策という名目である。そして、農民工の市外退去は、治安対策——おそらく、それに加えて、彼らの姿を世界中から来る観光客や五輪関係者に「見せたくない」という思惑もはたらいているのだろう。

そういう国なんだよな、ここは。

あらためて噛みしめる。

市場の前は、片側三車線に一車線の側道がついた大通りである。その向かい側に建ち並ぶビルの隙間に、古びた小さな胡同がある。路地の中ほどには小吃《シャオチー》(大衆食堂)があり、朝になると、たくさんのひとが路上でお粥や饅頭を食べている。特に、湯気がもうもうとたちのぼる冬場の店先は、遠くから見ているだけでもいかにも暖かそうで、美味そうで、「五輪取材のときには、ぜひあそこでも朝飯を食べよう」とずっと楽しみにしていた。

だが、いま、その路地は見えない。オリンピックの巨大な看板で、路地の入り口がすっぽりと覆われているのである。

未舗装のうらぶれた路地は「ない」ことにしてしまいたいのか。

「見せたい」ものと「見せたくない」ものを、そこまで画然と分けてしまうのか。

足首がうずく。

三日ぶんしかない薬を少しでも長持ちさせるために、ゆうべは鎮痛剤を服まなかった。

今日もできるだけ我慢したかったのだが、もはや限界である。このままではホテルにも戻れそうにない。

屋台で水を買い、その場で鎮痛剤を服んだ。

なまぬるい水をごくんと呑んだ。小さな錠剤と一緒に、薬よりも苦いものも腹に落ちていった。

一年前、初めての北京

前述したとおり、五輪本番に向けて二〇〇七年の夏から、北京をはじめ中国各地を訪れてきた。
まとめておくと、こんな具合だ。
第一回取材（北京）二〇〇七年七月十六日～七月十九日
第二回取材（北京）二〇〇七年十月十五日～十月十七日
第三回取材（北京および河北省の農村部）二〇〇七年十二月二日～十二月四日
第四回取材（大連・瀋陽・北京・ハルビン）二〇〇八年三月二日～三月五日
第五回取材（上海・香港）二〇〇八年四月二十六日～四月二十八日
第六回取材（北京）二〇〇八年六月二十八日～六月二十九日

長くても三泊四日、短いときは一泊二日という駆け足の取材ばかりだったのだが、二〇〇二年秋に雑誌の取材で上海を訪れたのが唯一の中国体験だった僕にとっては、どの取材もまことに密度の濃い、というか、あきれはてたり腹を立てたりすることばかりの、ココロが胃もたれして、アタマが胸焼けしそうな旅だった。

その取材の結果は朝日新聞のコラム『北京便り』で随時リポートし、また『週刊朝日』にもルポを掲載させてもらってきた。

本書でも、それらの文章を適宜引用しようと思っている。

五輪カウントダウンの雰囲気を味わっていただきつつ、紙幅の関係や、ちょっとした自主規制ゆえに、あえて書かずにおいた話を補足していこう。

むろん、その自主規制に朝日新聞社はいっさい関与していない。あくまでもシゲマツ個人の、「あんまりネガティブにならず、気持ちが前向きになる記事にしよう」というレベルの話である。

たとえば、第一回目の取材のあと、僕はこんなコラムを書いた。

『北京便り——よーし信じるこの街を　のーんびり模様替え中』

北京の空は黄土色にくすんでいた。太陽が、まるで満月のように空に浮かんでいる。

曇り空というだけではない。数百メートル先のビルが霞《かす》んで見える。遠くの山並みも、どんよりとした空に隠れてしまっている。

五輪招致にあたって北京市が2003年に発表したマスタープランには、大気汚染対策も盛り込まれていたはずなのだが、「1日に1千台のペースで自動車が増えている」とまで言われる経済成長がつづくなか、まだめざましい効果は挙がっていないようだ。

街を歩けば埃《ほこり》っぽさに鼻がむずむずしてくる。なにしろ、至るところで工事中なのである。青空にお目にかかれないかわりに、工事現場を目隠しする青いトタンのフェンスが街のあちこちに張り巡らされ、それがまた、よけいに風通しを悪くして……くしゃみも止まらなくなってしまった。

僕が北京を訪れたのは7月16日——五輪本番を約1年後に控えた街に、まだ華やいだお祭りムードはない。いまはお祭りを迎えるための、模様替えの時期なのだ。

古い路地・胡同《フートン》が取り壊され、ビルに生まれ変わる。道路の拡幅工事も多い。郊外では高速道路の工事が進む。繁華街・王府井《ワンフーチン》にある巨大なデパートは、来年の五輪を見据えた改装工事のさなかだった。

ただし、どこの工事現場でも、大がかりな重機はほとんど見かけない。スコップやツルハシをふるう作業員も、手を動かすより、がれきの上に座り込んでおしゃべりをしている時間のほうが長い。せっかちな目で見ると「これで本番に間に合うのか?」と心配にもなってくるのだが……。

肝心の五輪会場もそうだ。青いフェンスが延々と連なる工事現場は、いまはまだ広大な空き地に過ぎない——というのが率直な感想である。『鳥の巣』の愛称を持つメーンスタジアム(国家体育場)と、シャボン玉を集めて四角い型にはめたようなユニークな外観の『水立方』(国家水泳センター)は、全容をほぼ見ることができるものの、人工の川が流れ、緑が生い茂るはずのメーンスタジアム周辺は、赤茶けた土がむき出しで、工事用車両の出入りさえめったにない。

工事現場の外では、作業員が舗道に水をまき、フェンスをぞうきんで拭いている。のーんびり、のーんびり……。舗道に座り込んで煙草を吸う作業員の手に、潮干狩りで使うような小さなじょれんが握られているのを見た瞬間、広大な現場とのスケールの落差に、思わず噴き出してしまった。

決して悪い意味の笑いではない。マイペースのおおらかさに触れて、逆に心配性が吹き飛んだ。「よーし、わかった、信じる、間に合うのを信じるからな」という気にもなったのである。

作業員たちは中国各地から集まって、工事現場の中に立ち並ぶプレハブの宿舎に寝泊まりしている。そんな彼らが買い物をする売店に寄ってみた。店に並んでいるのは食品や飲み物や衣類や家電、そして、テレホンカードに携帯電話、封筒と便箋《びんせん》のセット……。ふるさとに残した家族に、作業員はどんなことを話すのだろう。「お父さんのつくってるスタジアムを世界中の人々が見るんだぞ」と自慢するのだろうか。いさ さかのホームシックで泣き言を口にしてしまうのだろうか。

売店の隣では、公衆電話コーナーの工事が進んでいた。あいかわらず埃っぽく、溶剤のにおいも鼻を刺す。だが、4日間の取材で見てきた中で、作業員が一番てきぱきと働いていたのが、北京とふるさとをつなぐこの現場だったというのが、むしょうにうれしい。

五輪会場を立ち去るとき、『鳥の巣』を遠望できる歩道橋の上で記念撮影する家族連れに出会った。山西省から北京観光に来たのだという。

五輪で一番楽しみな競技を訊《き》くと、30代半ばの女性は迷わず「飛び込み」と答えた。本番でも金メダルが期待される、中国の得意種目である。

「会場の工事、間に合うと思いますか?」

意地悪な質問だった。

だが、彼女はにっこりと笑って「間に合うわよ！」と声をはずませたのだった。

（朝日新聞二〇〇七年八月八日）


正直に言おう。

信じる——というのは、かなり無理をした表現だった。

正確には「信じたい」。

もっと本音に近い表現をつかうなら、「信じさせてくれよ、頼むぜ、ほんとに」という感じである。

だって、とにかく、ひどかったのだ。

「本番の一年前でこの程度なのか？」とびっくりするほどの進捗状況だったのである。

工事現場は立ち入り禁止なので、近くのビルに入り込んで、二十階部分の非常階段から全貌を眺め渡したのだ。

『水立方』はほぼ完成している様子だったが、『鳥の巣』のほうは、まだ巣のてっぺんで作業員が何十人も働いている。いや——これも正直に言うなら、巣の上をぶらぶらとただ歩いているようにしか見えない。ついでに言えば、どんなに目を凝らしても、作業員の皆さんの腰に命綱は見つけられなかった。安全管理もへったくれもなさそうだったのだ。

五輪関連の工事での死者や負傷者の数はいったいどれくらいになるのか。補償などはきちんとおこなわれているのか、いまでもそれが気にかかってしかたない。

「最初の予定では今年十月に完成する予定だったんスけどね、来年三月までかかりそうっていう話っスね」

通訳を頼んだ李《リ》青年が教えてくれた。北京に生まれ育ち、日本の大学にも留学経験のある李青年だが、見た目もしゃべり方も、とっぽい兄ちゃんである。いいヤツなのだが、仕事の手際は学生ノリで、日本語もちょっと怪しい。話がややこしくなると「わかんないっスよねえ」と笑ってごまかし、そうでないときは、テキトーに「ああ、それならそっちっス」と見当はずれな場所に連れて行く。

そんな李青年でさえ、「ほんとに間に合うんスかねえ……」と工事の遅れを心配しているのだ。

しかも、工事現場の周辺を歩いてみると、『北京便り』に書いたとおり、工事とは関係のない道路に水まきをしている作業員もいる。街路樹を植える予定の場所にしゃがみ込んで、園芸用のスコップで地面を掘り返しているひともいる。

いま、それをやらなきゃいけないのか？

もっとマクロで見ろよ、マクロで。

もう、イライラしてしかたないのである。

もっとも、工事現場で一箇所だけ、作業員が何人もせっせと働いているところがあった。現場監督もいる。早くしろ、早くしろ、とせかしている。

工事現場と表通りを区切る鉄板の壁のペンキを塗り直しているのだ。聞けば、翌日に温家宝《おんかほう》首相が視察に訪れるために、壁をきれいにしているのだという。

でも、そこじゃないだろう、首相に見てもらうべきポイントは……。

とにかく、一年前の五輪会場はそういう状況だったのである。よくぞ開会式に間に合わせたものだ、と素直に感心する。

もちろん、それには無数の農民工の存在が欠かせなかったはずだ。

彼らの日当は四十元（約六百四十円）ほどだという。『永和大王』の朝食の値段と比べるとその安さがわかるはずである。ちなみに、五輪期間中に訪ねた青島の街で、レストランで住み込みのアルバイトをしている北京外語大学の女子学生に出会ったのだが、彼女の日給が食費や宿泊費を差し引いて三十元（約四百八十円）だというから、やはり農民工の給料は相当に安いことになる。

出身地別にあてがわれたプレハブ宿舎の部屋には、三段ベッドが窮屈そうにいくつも並んでいた。工事現場の売店は市内の市場よりずっと割高で、一本一元（約十六円）から一・五元（約二十四円）で買える水が、ここでは三元（約四十八円）もする。その隣には医務室もあったが、医療機関としての清潔さはまるで感じられなかったし、なにより、不自然なほど、そこには治療を受けているひとが誰もいなかったのだ。

そんな労働環境の下で働きつづけた彼らが、五輪が始まる前にお払い箱になり、職をなくしたあげくに北京から追い出されてしまうというのは……オレ、やっぱり、そういうのってすごく嫌だな。

三泊四日の取材中、一度だけ、李青年に本気でムカッとしたときがある。

取り壊し工事の進む胡同の一つを訪ねたときのことだ。

住み慣れたわが家を追われ、立ち退きを命じられたひとたちの気持ちを思うと、やりきれない。取材もつい言葉少なになってしまうのだが、李青年は意に介する様子もなく、あっけらかんとした口調で言った。

「このへんに住んでたのは、もともとの北京人じゃないんスよ。みんな外地から来て、そのまま住み着いてたんスよ」

繰り返しておくが、李青年は、仕事はテキトーだが、いいヤツなのだ。悪気があって言った様子ではなかったし、「外地」という言葉も、日本語のつたなさゆえに「北京の外から」をそう表現してしまっただけなのかもしれない。

それでも、彼はさらりと、あたりまえのように——だからきっと、北京っ子全般のごく自然な感情として、地方出身者を見下していたのだ。その軽い口調が腹立たしかったし、悔しかったし、悲しかった。

「ニッポンの東京にも、地方から出てきてそのまま住み着いたひとはたくさんいるぜ」

僕は李青年に言った。「オレだってその一人なんだ」とも付け加えた。

李青年はきょとんとした顔で「あ、そっスか」と言うだけだった。

一年ぶりの北京南駅

足がうずく。

鎮痛剤はまだ完全には効いていないようだ。

そういえば、と第一回目の取材のことを、また思いだす。

崇文門から地下鉄を乗り継いで、北京でも有数の繁華街——東京でいうなら銀座のような位置づけの王府井《ワンフーチン》を訪ねたのだ。

ショッピングモールに直結する駅の地下通路の壁には、子どもたちの描いた絵がたくさん展示されていた。未来の科学技術をテーマにした絵画コンテストの入選作らしい。

展示された絵は、どれも微笑ましいものだった。宇宙船があったり、空を飛ぶ自動車があったり、ヘンテコな形の超高層ビルが建ち並んだりしている。僕たち「昭和の子ども」が学校で描いた『21世紀の絵』と同じだ。違いがあるとすれば、環境問題をふまえているのだろう、科学技術によって森の緑がよみがえる絵や、きれいな青空が広がる絵が多かったことぐらいだろうか。

絵の中の子どもたちは、みんな幸せそうに笑っていた。たくさんの子どもが笑顔で手をつないだ絵もあった。だが、その子どもたちの中に、農村の子はいるだろうか。

「一人っ子政策の中で育てられたからワガママで甘ったれが多い」と揶揄されることも少なくない北京の子どもたちは、生まれたときから豊かさの中にいる——裏返せば、豊かさしか知らない。

そんな彼らは、自分と農村の子どもが仲良く手をつないで笑い合う姿を、どこまでリアルに想像できているのだろう。工事現場で働くオジサンたちはふるさとにいる子どもと長い間会えないままキツい仕事をしているんだと、彼らはちゃんと知っているのだろうか。

足がうずく。

ゆうべ飛行機に乗ったせいだろうか、腫れは東京にいたときよりもひどくなっている。

第一回目の取材では、北京南駅の付近にも出かけた。

以前、この駅の近くには、役人の不正や不公平な裁判を訴えるために地方から陳情に来たひとびとが多数集まっていた。いわゆる「直訴村」である。最盛期には約一万人が一縷の望みを託して陳情をつづけていたのだが、すでに僕が訪れた頃にはひとびとの大半が追い払われ、宿泊所の解体が急ピッチで進められていた。

代わりに、地方から出稼ぎに来たひとたちが安宿に寝泊まりして職探しをする北京南駅のバスターミナル付近の路地を回ってみた。

このあたりもほとんど瓦礫となっている。残っている建物も大半は空き家のようだった。午後の陽光にさらされた路地に座り込んでいる中年の男たちが数人。その脇を、あばら骨の浮き出た野良犬がよろよろとすり抜けていく。ひとは野良犬に無関心で、犬もひとに無関心だった。僕たちが通りかかっても、座り込んだ男たちはちらりとこっちを見るだけで、なんの表情も浮かべない。疲れ切っている、というより、疲れるほどのなにごとかをなすすべすらなく、ただ力なく座っているだけ、という様子だった。職探しをしているようには見えない。あきらめてしまったのだろうか。北京で仕事を見つけられず、故郷に帰ることもできずに、途方に暮れて日々を過ごしているのだろうか。

瓦礫の向こうには、巨大な工事現場が見える。老朽化した北京南駅を新しく建て直しているのだ。周囲をフェンスで覆われて全貌は定かではないが、とてつもなく大きな駅になることだけは見当がつく。この駅も、五輪開幕に合わせて開業する予定なのだという。

駅ができる。地下鉄の新路線が開通する。スタジアムができる。ビルが建つ。デパートが改装される。道路が拡張される。バスの車両が新しくなる。街路樹が植えられる。花壇ができる。北京の街ではあらゆるものが、二〇〇八年八月八日に向けて動き出している。だが、そのうねりの中で押しつぶされてしまうもの、消し去られてしまうもの、「なかったこと」にされてしまうもの、追い払われてしまうものだって、たくさんある。輝きに満ちた未来を画用紙に描いていた北京の子どもは、それを、ほんとうに正しく伝えられているのだろうか。

足がうずく。

今回の取材の通訳は李青年ではない。彼とは結局、第一回目の取材だけのお付き合いだった。

髪はボサボサで、無精髭を生やして、シャツの胸をだらしなくはだけて……ほんとにとっぽいヤツだったよな、きみは。日本の若者でいうなら、悪い仲間のパシリとしてコンビニの前にしゃがみ込んでいそうなタイプだ。

取材最後の日に、ホテルの部屋でしばらく二人で話した。

「立ち退きになった胡同のこと、どう思う?」

あらためて訊いてみると、李青年は「でも、新しい家がもらえるんスから」とあっさり言った。

「直訴村のことは?」

「ジキ……ソ? はあ? よくわかんないっスよねえ」

地元では「直訴」ではなく「上訪」という言葉をつかうのだと知ったのは、帰国してからだった。だが、李青年がほんとうに「直訴」の意味を知らなかったのか、知っていて、感想を答えたくなかったのかは、わからないままである。

李青年は「無職なんスよ、わたし」と苦笑していた。いまは日本語が少々できる程度では就職はおぼつかないのだろうか。

「共産党には入ってるの?」

僕の問いに、とっぽい顔が少しゆがんだ。「いやぁ……いやぁ……」と急にもごもごした早口になって、首を横に振る。だが、彼の父親は共産党の、けっこうなエリートなのだ。その関係で、彼もソ連にいたことがあるほどなのだ。「なんで入らないの?」と重ねて訊いても、「いやぁ……いやぁ……」と繰り返すばかりだった。

結局、彼が共産党に入っていない理由も、複雑な表情になった理由も、聞き出せずに終わった。取材者としては失格である。申し訳ない。

だが、そのときの彼の表情は、僕を少しだけ安心させてくれた。農民工へのシンパシーなどかけらも見せなかった彼も、じつはこの国の権力を独占している（そして父親のいる）共産党に対して微妙な屈託を持っていた、というところにホッとしたのである。

李青年は、その後、日系企業に就職が決まったらしい。彼は今回のオリンピックをどんな立場で、どんなふうに見るのだろう。あのとっぽさで、会社勤め、ちゃんとやれてるのかな。これからは歩きながら痰を吐くのはやめて、ひとの話を聞くときはズボンのポケットから手を出して……がんばれよ。

椅子は自らの力で勝ち取れ

あれから一年後の北京南駅界隈は、すっかり様変わりしていた。

見渡すかぎりの花畑——である
失礼、ちょっと言葉が足りなかった。

建物を取り壊したあとの瓦礫の山を隠すフェンスに、花畑と青空の写真がプリントされた垂れ幕がかかっているのである。

笑うだろ？

ズッコケちゃうだろ？

だが、当局はマジなのだ。本気で「ここはきれいな場所なんですよ。瓦礫の山なんてないでしょ。遠くから見れば、きれいなお花がいーっぱい咲いてるじゃありませんか」と言い張っているのだ。ちなみに、建設途中のビルの工事現場を隠すフェンスには、完成したビルの絵がかかっているものもある。ほとんど『太閤記』の墨俣一夜城のノリである。

子どもだましだろうとなんだろうと、「見せたくない」ものは断じて見せない。やるときは徹底的にやる。にこりともせずにやってのける。その証拠に、偽装お花畑の周囲には警察の車が何台も停まって不審者に目を光らせているのである。

そして、「見せたい」ものの一つ――この八月一日に開業したばかりの北京南駅から、僕の五輪取材は、ようやく始まる。

八月七日、午後三時。開会式に先立って、今夜おこなわれる男子サッカー予選・日本対アメリカ戦を取材するために、いまから鉄道で天津に向かうのである。

去年感じたとおりの、とてつもなく大きな駅である。なにも知らずに建物を見たら、国際便の発着する空港と思うかもしれない。全体の広さは東京ドーム十個ぶん。エスカレーター七十六基、エレベーター三十五基が設置され、天津や上海と結ぶ高速鉄道が発着する北京の玄関口になる。

ロビーも広い。ベンチではなく応接セットが多数置かれているあたりが、中国の旅のスケールを感じさせてくれる。列車の時間待ちにトランプをしているひとが多い。のんびりしたものである。

だが、そのロビーのあちこちに警官の姿が見える。武装警官もいる。駅舎に入るときもセキュリティチェックを受けた。過去の取材で嫌というほど味わってきたことだが、警備担当者の態度はきわめて悪い。ひとを「おい、こら、こっちに来い」と手招き、用がすんだら「早くあっちに行け」と顎をしゃくる。五輪期間中は会場を訪れたり公共交通機関で移動したりするたびにそれが繰り返されるのかと思うと、早くもうんざりしてしまう。

とはいえ、五輪関係者に多少の配慮はしてくれているようで、ロビーの中央にはソファーセットが置かれた関係者専用のラウンジがあった。午前中に国際プレスセンター（BIMC）でつくった取材用のＩＤカードを係員に見せると、自由に使えるのである。

もちろん、タダのものはなんでも使わせていただく。ＩＤカードをチェックするだけの仕事なのに、なぜ受付のボランティアが五人も必要なのかはよくわからなかったが、とにかくソファーに腰を下ろして一息ついた。

じつは、ホテルを出るときに、さんざん迷ったあげく松葉杖を部屋に置いてきたのである。足首はあいかわらず腫れ上がっているし、鎮痛剤を服んでいても、痛みは完全に消えたわけではない。しかし、午前中にプレスセンターまで出かけて、松葉杖の歩きにくさにつくづく閉口したのだ。道路も建物も、段差がやたらとある。歩道の敷石も波打っていて、石と石の継ぎ目に松葉杖の先がしょっちゅうひっかかってしまう。当局は九月のパラリンピックに備えて市内のバリアフリー化を進めているらしいのだが、まだまだだな、というのが率直な感想である。しかも、「片手を空けておかないと不便でしょうがないだろう」と思って松葉杖を一本にしたものの、よく考えてみれば、利き手の右手に松葉杖を握っているわけだから、左手が空いていてもたいした意味はなかったのである。これは北京のせいではないいな。

とにかく、両手を使おう。邪魔な荷物は置いて行こう。ホテルを発つぎりぎりまで待ったが、薬と着替えの入った荷物は届かず——着のみ着のまま、今日から天津で一泊、四川省・成都で二泊のツアーである。

ソファーに座って足の痛みをこらえていたら、おお、さっきまでのオレと同じような松葉杖の青年がロビーに入ってきたではないか。しかも松葉杖は二本である。左足の下半分がギプスで覆われている。思わず立ち上がった。さすがに手は振らなかったが、同志として連帯の「加油!」を心の中で贈った。

立ったままロビーを見渡すと、応接セットの椅子はどれもふさがっている。青年も、まいったなあ、という感じで立ち止まった。

トランプに興じる皆さんは、さて、どうするか。

少々悪趣味な興味で様子を見ていると……誰も席を譲らない。ちらりと青年を見るひとはいても、反応はそれだけである。青年もやがて松葉杖をついてロビーの隅に向かい、壁に背中をもたれて一息ついた。

こっちにおいでよ、とは言えない。言ってもムダだというのがわかっている。「彼を見てみろよ、松葉杖だぞ。こっちのソファーはがら空きなんだから、なんとかしろよ」——それで受付が融通を利かせてくれるようなら、最初から苦労はしない。彼らにはきっと、自分の裁量で塩梅する権限は与えられていないだろう。五輪会場の出入り口には体の不自由なひとの優先ゲートがあるはずだが、街なかで出会った松葉杖のひとへの応対はマニュアルに載っていない、ということなのか。

なるほどねえ……と、ため息をついて座り直す。

足首がまた、ズキッとうずく。

そのときだった。

応接セットの椅子が一つ空いた。すると、それを見た青年は椅子に向かって松葉杖でダッシュしたのだ。いや、マジで、あれはダッシュだ。速かった。力強かった。やや遅れて席が空いたことに気づいたオヤジも、椅子に向かう途中であきらめてしまうほどの迫力だった。

青年は無事に座った。椅子に座る権利を自らの力で勝ち取った。

まわりのひとはあいかわらず無関心にトランプをめくり、新聞を読んで、水筒のお茶を啜っている。青年も椅子に落ち着くと、なにごともなかったかのようにイヤホンで音楽を聴きはじめた。

なるほどねえ……。

今度のため息は、苦笑交じりになった。

悪くない気分のため息と苦笑いだった。

第2章　取材の旅は天津から始まる

中国版オリンピックおじさん（2008年７月）

中国の「速さ」

北京から天津までは百二十キロ、北京南駅と同じ八月一日に開業したばかりの新型高速鉄道の『和諧号』に乗って三十分――最高速度三百五十キロである。鉄路を車輪で走る「鉄道」の中では、世界最速になる。さすがに速い。乗り心地もいい。二等車でも日本の新幹線並みの設備である。北京―天津につづいて北京―上海間でも同様の高速鉄道の建設が進んでいて、そちらは二〇一〇年の上海万博に合わせての開業を予定しているのだという。当局にとっては世界中に「ぜひとも見せたい」ものの一つだろう。

上海といえば、『和諧号』よりさらに速いリニアモーターカーがある。四月の上海・香港取材で乗ってみた。まずは、そのときのリポートから――。

『北京便り――ひたすら前へ　止まらぬ加速』

人口1867万人（06年調べ）を擁する中国最大の都市・上海――8万人収容の上海体育場は、女子サッカー1次リーグで日本代表がノルウェー代表と対戦する会場である。

もっとも、人口で北京をしのぎ、経済発展もいち早く果たした上海には、やはり北京への対抗意識があるのだろうか、市内を回っても五輪ムードは拍子抜けするほど薄い。代わりに2010年開催の上海万博を盛り上げる立て看板やポスターが街のあちこちに掲げられ、なんとなく「向こうは向こう、こっちはこっち」の様子なのである。

そんなクールな未来都市へと観光客をいざなってくれるのが、浦東《プートン》国際空港と市内の竜陽路《ノンヤンルー》を結ぶリニアモーターカー。約30キロの道のりを7分20秒で疾駆するリニアは、なるほど確かに速い。すこぶる速い。発車から30秒ほどで時速100キロに達し、3分半足らずで最高の時速430キロへと至る加速の感覚は、息継ぎなしの長い長い長い笛の音を聞かされているようで、ちょっと他にたとえようのないものだった。

揺れはほとんどなく、高架の軌道からの眺望が開けているためか、速さに圧倒されながらも意外とのんびりと車中で過ごすことができた。

もっとも、車両内の電光表示板に時速430キロが記されると、まるで「ノルマ完了」というふうに、たちまち減速である。元・鉄道少年の端くれとしては、いささか拍子抜けした思いだったが、ぎりぎりまで「加速」をつづける前のめりのリニアモーターカーは、ある意味では、いまの中国そのものを象徴しているのかもしれない。

電光表示板の数字はひとときも休まず切り替わる。加速でも減速でも、「しばらくこの速度で」という階段の踊り場にあたる箇所《かしょ》がない。言い換えれば、立ち止まって足元を見直す暇がないということでもある。

バブル崩壊がささやかれながらも、中国経済はいまだ加速をつづけている。しかし、四川省の大地震では、耐震構造の不備や手抜き工事がクローズアップされた。超高層ビルが日本では考えられないほどの急ピッチの工事で次々に建ち並んでいる上海にとっても、それはひとごとではないはずだ。また、社会保障や福祉の問題も、被災者へのケアを通じて問われることになるだろう。

中国は、震災を踊り場を設ける契機とするのか。それともやはり、強引なまでの加速をつづけるのか。それが文字通りの頂点に達したあとの減速は、はたして……。

(朝日新聞二〇〇八年五月二八日)

リニアモーターカーや『和諧号』の「速さ」は、まぎれもなくいまの中国そのものを象徴している。ちょうど日本で東京五輪に合わせて東海道新幹線が開業したのと同じだ。

確かに「速さ」は優れた価値である。しかし、すべてではない。わがニッポンは、バブル崩壊をへて、ようやくそれに気づいた(……んだよね?)。

『和諧号』のシートのポケットには、豪華な車内誌と一緒に、飛行機に置いてあるのと同じ防水加工の紙袋――「気分の悪いときにお使いください」という、いわゆるゲロ袋があった。世界最高の「速さ」に体がついていけずに具合の悪くなるひともいるかもしれない、ということだろうか。それもまた、いまの中国を象徴しているような気もする。

列車が天津に近づいた頃、客室乗務員が回ってきた。ミネラルウォーターを乗客に配っているのである。そのサービスはありがたい。しかし、来るのが遅い。というより、天津までの所要時間が短すぎる。客室乗務員は大あわてである。ヤバいヤバい、早くしないと着いちゃう着いちゃう、と手早く配っているのだが、車窓の風景は見る間に市街地に変わり、列車はスピードをゆるめはじめた。はたして水は乗客全員に行き渡ったのか？「速さ」のあおりをくって、水を受け取れなかったひともいたのではないか？なんだかそれも、いまの中国だなあ、と思うのだ。

ちなみに、『和諧号』は高速車両全般の愛称で、胡錦涛《こきんとう》国家主席が唱える国家目標「和諧社会（調和のとれた社会）」に由来しているのだという。

「遅さ」は「速さ」に劣るのか

二〇〇八年三月に大連・瀋陽・ハルビンの中国東北部を回ったときにも、大連から瀋陽まで鉄道を使った。かつての南満州鉄道である。所要時間は、約四時間。日本の新幹線型車両やドイツのシーメンス型車両を採用したスマートなデザインの『和諧号』とは対照的な、武骨な機関車での旅である。

確かに時間はかかった。四人掛けのボックスシートは、狭く、硬く、よく揺れた。だが、まだ開発が進んでいない東北部の大地を重量感たっぷりに、駆け抜けるというよりドッカドッカと踏み締めていくように走る列車に揺られていると、「速さ」でくることのできない中国という国のスケールと力強さを実感できた。

そして、ハルビンにて――夕暮れの松花江《ソンファジアン》で鉄橋を渡る貨物列車を見たときのことは、おそらく一生忘れられないだろう。

対岸まで真っ白に凍結した松花江にたたずんでいたのだ。川岸の公園は家族連れやカップルでにぎわっていて、僕と同じように凍った川に降りてくるひとたちもいた。

氷の上で、五、六歳の男の子に出会った。ぷくぷくに着ぶくれて、真っ赤なほっぺをした男の子だった。手に光線銃を持っていた。引き金を引くとカタカタという音とともに銃の中で光が火花のように点滅するプラスチック製の、「昭和」のニッポンでもおなじみだった、アレである。きちんとしたオモチャ屋よりも、お祭りの露店でよく売っていた。僕も一度ならず買ってもらったことがある。三日も遊んでいると決まって引き金がひっかかって動かなくなってしまい、そのたびに親父やおふくろに叱られたものである。

その男の子も、きっと公園に出ていた露店で買ってもらったのだろう。得意そうに持った光線銃を撃ちたくてしかたない様子だった。ぼーっと立っていた僕と目が合った。ここ撃てよ、と僕が自分の胸を指差すと、男の子ははにかみながら銃をかまえ、カタカタカタカタ、と鳴らした。

何度も撃たれた。途中から怪獣になって「ガオーッ、ガオーッ」と吠えてやったら、男の子も笑顔になった。時代が違っても、国が違っても、男の子は（もちろん女の子だって）正義の味方が大好きなのである。楽しかった。岸辺に立つ母親は中国語のまるでしゃべれない不審な中年男を「なんだ、こいつ」みたいな顔で見ていたが、かまわず「ガオーッ、ガオーッ」とつづけた。

凍りついた松花江は、夕陽に照らされて金色に輝いていた。遊びに飽きた男の子が母親のもとに、足を滑らせながら駆け寄っていくのを見送って、ふと遠くに目をやったら、川に架かる鉄橋を貨物列車が渡っていたのだ。何十両もある長い列車だった。途中で停まってしまうんじゃないかと思うぐらいゆっくりと走っていた。そのスピードの遅さが、なんともいえず、よかった。「遅さ」とは「速さ」に劣るものではない。「速さ」とは違う種類の——だからこそ共存しうる大切な価値観なのだ。

「昭和」のニッポンだってそうだったじゃないか。僕たちは新幹線の速さに憧れる一方で、

SLやローカル線が消えていくことを惜しんだ。高速道路の便利さを享受しながら、路面電車の廃止のニュースに寂しさを感じた。それはただのノスタルジアだけではなかったはずだ、といま思う。

北京南駅の旧駅舎は一九五七年に完成した。中華人民共和国建国の八年後である。中国の現役の駅舎としては最古のものだった旧駅舎での営業最終日は、二〇〇六年五月九日。その日、北京南駅の職員は全員出勤して、最後の列車を見送ったのだという。

僕は、なんというか、そういう話が、とにかく大好きなのである。

旅の相棒の乙女たち

さて、列車が天津駅に着くまでの間に、取材の旅の同行者を紹介しておこう。って、クサい段取りですが。

まずは、第一回目の予備取材から同行してもらっている朝日新聞のY記者。序章でもちらっと書いたとおり、二十六歳の女性記者である。コンビを組んでもらうのは、二年前にマスターズ甲子園(現役時代に甲子園出場の夢を果たせなかった元高校球児のオヤジたちが、再び甲子園を目指す大会である)のルポを書いたとき以来二度目。あのときも、北は埼玉から南は徳之島まで、あっちこっちを動きまわった。僕のワガママも怒りっぽさもヘタレ具合もよーく知っている。第一回目の取材に先立って、少しでも土地勘をつかんでおこうと格安航空券で北京に赴き、屋台でヘンなものを食っておなかをこわしたという、じつにマヌケな、いやマジメな記者でもある。

つづいて、通訳の李《リ》玮婧《ウェイジン》さん。中国を代表する名門・清華大学の日本語科に通う二十一歳。早稲田大学に留学した経験もあって、日本語と英語がペラペラという、まことに頼りがいのある女子大生である。それまで取材に同行してもらったのは六月の直前取材のときに半日間だけだったのだが、彼女の頭の回転の速さと行動力には舌を巻いた。一年前の李青年に見せてやりたい。「ほら、『デキるほうの李』をよく見てみろ、これが仕事ってものなんだよ」と小突いてやりたい。なんだかんだ言って、オレ、「とっぽいほうの李」だって大好きなんだな。

そんな二十代女性二人を伴っての取材の旅である。オヤジ冥利に尽きる話である。しかし、Y記者は二言目には「足、だいじょうぶですか？　痛くないですか？」と心配してくれるし、痛風について勉強したらしい李さんは「お水どうぞ、お水を飲まないとダメです」とミネラルウォーターをどんどん買ってきてくれる。彼女たちにとっては、ほとんど介護の旅だったかもしれない。

いずれにしても、二人とも仕事はできる。しかし、万が一の際の用心棒にはならない。

というか、してはいけない。これで李さんが太極拳の達人だったりすれば話はまた面白くなるのだが、島耕作ではないのだから、そんなに都合良くはいかない。

日本人取材者が中国を回るのである。ましてや、ナショナリズムが高まること必至のオリンピックなのである。不測の事態に陥った際には我が身に代えても娘さんをお守りします、と佐賀県在住のY記者のご両親と、人民解放軍の軍人と小学校の事務職員である李さんのご両親に、心の中で固く誓ったのだった。

なお、天津でサッカーを観戦した夜、足首の痛み（鎮痛剤が切れたのだ）と急ぎの原稿（翌朝八時がマジにぎりぎりだったのだ）のためにホテルにひきこもった僕を残し、若手二人はキャッキャッとはしゃいで食事に出かけた。夜食のおみやげを買ってきてくれた。名物の包子と炒め物である。包子も美味かったが、甘辛いタレをからめた炒め物はさらに美味い。ホテルの部屋の照明がとんでもなく暗かったので正体は判然としないものの、プリプリしてクニュクニュした肉の歯触りは、チキンロールの鶏の皮を思いださせる。美味い美味い、サイコー、ときれいにたいらげて朝を迎え、Y記者に「あの炒め物、なんの肉だったの？」と訊いてみた。

Y記者はにっこり笑って「ブタの腸です」と言った。

モツ料理である。七月までは大好物だったのである。しかし、モツは痛風の大敵・プリン体のかたまりのようなものなのである。

「美味しかったですか?」と李さんも笑顔で訊いてきた。

「はい、とっても美味しかったです。ボク、ぜーんぶ残さず食べちゃいました」

顔で笑って心で泣いて、発作の再発の危険がいや増すなか、残りわずかな鎮痛剤をまた一錠、そっと服んだ。

そんな三人組での取材の旅である。

初めてのブーイング?

肝心のサッカーの試合はどうだったか。

八月九日付の朝日新聞で、原稿締切の早い一部地域限定だが、それについてのコラムを書いた。同日付の原稿締切は八月九日午前○時なのだが、配送の都合上、その時刻に原稿を仕上げていたのでは間に合わない地域もある。締切は開会式の始まる前——そこで、サッカーを題材に書いた。

『北京便り——日本を見る目　確かめたい』

ブーイングのスゴさを初めて実感した。開会式に先立つ8月7日、天津での男子サッカー・日本対アメリカ戦である。

覚悟していたとおり、5万7千人以上の観客が詰めかけたスタジアムは、圧倒的にアメリカびいき——それも、アメリカを応援しているというより、日本のピンチやミスに大喜びするという感じなのである。

スタンドが屋根に覆われていることもあって、ブーイングの声は、とにかくよく響く。テレビではなかなか伝わらない、地響きのような迫力がある。だからこそ逆に、スタンドの一角に陣取った日本のサポーターの声援が、選手たちをどれほど勇気づけてくれただろう。

試合は残念ながら0対1で敗れてしまったのだが、大会前に僕のインタビューに応えてくれた反町監督は「精神的にタフなメンバーを選んだ」と言っていた。第2戦のナイジェリア戦の会場も天津である。スタジアムの雰囲気にも慣れた反町ジャパンの逆襲を、ぜひ期待したい。

ただ、このブーイング、殺気立った雰囲気はなかった。日本への強い敵意を込めているというより、一部の観客がブーイングを始めると、まわりも便乗して「とりあえず盛り上がろうぜ、騒ごうぜ」といった感じで会場全体に広がっているように、僕には思えたのだ。欲求不満やストレスのはけ口として、日本へのブーイングは使いやすい、ということなのだろうか？

いや、まだ取材は始まったばかりだ。結論を出すのは早すぎる。実際、翌8日に、四川省の中心都市・成都に入ると、一転して、現地の対日感情がいかに良好かを聞かされた。5月の大地震に際しての日本の救援活動は、いまなお高い評価を受け、感謝されているのだ。

中国という巨大すぎる国に生きる人々は、日本という隣人を、そして自らの国家を、どう見ているのか。五輪、開幕。僕も中国のあちこちを本格的に歩き回ろうと思っている。

（朝日新聞二〇〇八年八月九日）

先回りして結果を書いておくと、反町ジャパンは惜しくも三戦全敗を喫して、予選リーグで敗退してしまった。敗因の大きな一つにはオーバーエイジ枠を使えなかった不運があったはずなのだが、反町監督はそれについてはいっさい泣き言を言わなかった。僕より一歳年下の一九六四年生まれ。同世代である。メキシコ五輪の銅メダルという古き良き時代の栄光を背負わされているぶん、プレッシャーもキツかったはずである。指導者としてはまだ十分に若い。捲土重来を心より期待する。

スタジアムの雰囲気はコラムに書いたとおりだった。中国代表とは無関係の試合なので、のちにお馴染みになる「中国《ヂョングゥオ》、加油《ジャアヨウ》！」の大声援や赤い国旗がスタンドを埋め尽くす光景はなかったのだが、やはり声援はアメリカに向けられる。「中国のひとたちは、みんなアメリカの国力や経済的な豊かさには憧れがありますから」と李さんも言っていた。

ただし、これもコラムで書いたとおり、日本へのブーイングは確かに多かったが、「日本、憎し」という感情はそれほどこもっていないように見える。怒号の激しさや呪詛の重苦しさ、あるいは嘲りの冷ややかさはない。もっと陽性だった。あっけらかんとしていた。

それを実感したのは、後半も終盤にさしかかった頃のことだ。自国の登場しないゲームにいささか飽きてきたのか、スタンドにいた十数人ほどがいきなりウェーブを始めたのだ。最初はほとんど周囲に広がることなくしぼんでいたのだが、何度か繰り返していくうちに、少しずつ波が動きはじめた。試合展開とはなんの関係もないウェーブである。「なにをやってるんだか……」と醒めた目でそれを眺めていた僕の席にも、やがて波が訪れた。スタンド全体が波打つのではなく、有志のみが参加したショボいウェーブなのだが、僕のまわりにいたオヤジたちや若者たちは、待ってました、と声をあげて立ち上がって両手を振った。波の役目を終えて席に座り直したあとも、みんな、また回ってこないかな、早く回ってこないかな、と言いたげな様子で、ゲームそっちのけでそわそわしているのである。

日本代表にぶつけるブーイングも同じだった。遠くからブーイングが聞こえてくると、皆さんあわてて、おおそうかそうか、ここはブーイングの場面か、と楽しそうに「ウオーッ」と低くうなる。付和雷同というかなんというか、盛り上がるきっかけが欲しくてしかたないのだろう。そして、日本へのブーイングというのは、そのきっかけとして最も収まりがいいということなのだろうか。

もちろん、日本対中国の直接対決になると色合いも変わってくるに違いない。

ただ、少なくとも八月七日のスタジアムに満ちていたのは、日本への悪意や敵意よりも、むしろスタンドの浮かれ騒ぎのパワーだった。お祭りなのだ。待ちに待ったオリンピックなのだ。ある種の躁状態に入ったと言ってもいい。

この浮かれ騒ぎは、翌日の開会式でナショナリズムが一気に高まったあとはさらにヒートアップして、五輪開催期間中ずーっと途切れることなくつづくのだろうか。だとすれば、けっこう胃もたれしそうだな。

洗濯オヤジ

だが、光あるところには影もある。スタジアムの外やテレビカメラの映さないところ——要するに当局が「見せたくない」ところでは、テロや反政府活動を封じ込めるための徹底した厳戒態勢が敷かれている。

サッカーがおこなわれるだけの天津でも、警察の車両が街のあちこちに停まっている。タクシーの運転手さんによると下水道の中もロボットで警備しているというし、化学兵器専門の部隊も配備されているのだという。

「テロを決行するっていうイタズラ電話があったときには、大騒ぎになってヘリコプターまで出動したんだよ」と運転手さんが苦笑するそばから、車は、ひとだかりのする交差点に差しかかった。パトカーも停まっている。思わずドキッとしたが、地中の水道管が壊れて水が路上に噴き出しているだけだった。

水道テロ——？　さすがにそれはないよな、と赤信号で停まった車の中から苦笑交じりに眺めていたら、人垣からちょっと離れたところにランニングシャツに半パン姿のオヤジがしゃがみ込んでいた。あふれ出る水は交差点を水浸しにして、歩道が池のようになっているのだが、オヤジはその水で服を洗っていたのだ。

まいった。笑った。国家の威信をかけた水も漏らさぬ厳戒態勢から漏れてしまった水で、せっせと洗濯をするオヤジ——オレ、結局、そういう場面が見たくて歩き回ってるんだな。

二つの瓦礫

天津には十四時間ほどしか滞在できなかった。

翌朝五時三十分にはホテルをチェックアウトして、天津空港へ向かった。

次の目的地は、四川省・成都。五月十二日の四川大地震の傷痕が残る四川の地で、オリンピックの開会式を観てみようと思ったのだ。

パンツは三日目。思いっきり蒸し暑かったサッカースタジアムで観戦したせいで、一晩たってもTシャツは汗でじっとり濡れている。鎮痛剤は残り二日分。Y記者と李さんの心づくしのブタの腸の炒め物をたらふく食べたおかげで、体内にプリン体をたっぷり溜め込み、おそらく尿酸値は着実に上昇中である。

いや、痛風オヤジの体調や服の汚れ具合など、大地震に被災したひとたちの苦しみや悲しみを思えば、どうでもいいことだ。

何十年かたって「二〇〇八年の中国」が語られるとき、そこにはきっと、二つの瓦礫の山が浮かびあがっているだろう。一つはオリンピックに向けて再開発の進む北京の市街地の瓦礫、そしてもう一つは、五月十二日に起きた四川大地震の被災地の瓦礫――それは単純な光と影のコントラストではない。取り壊された胡同の瓦礫は、歴史の評価を受けるときには、むしろ圧政の象徴として語られるかもしれない。そして、死者・行方不明者が合わせて九万人近くにのぼった四川大地震の瓦礫は、悲劇ではあっても、中国国民十三億人が一つにまとまった契機として位置づけられるかもしれないのだ。

前述したとおり、五輪本番前の最後の予備取材は六月二十八日・二十九日の二日間だった。

そのときに見た北京の雑感は、以下のとおり。

『北京便り――厳戒の街彩る　昆明のおじさん』

五輪本番へのカウントダウンの記事は連日紙面をにぎわせているので、あえて時計の針を少し戻してみよう。

北京の街の雰囲気が明らかに変わった――と感じたのは、6月末のことである。ギアが切り替わった、と言ってもいい。それまではメーン会場の工事の進捗《しんちょく》状況も含めて、なにか全体的にのんびりムードが漂っていたのだが、開会まで残り50日を切ると、さすがに空気がピリッと引き締まってきた。

ただし、その引き締まり方は、文字どおりの緊張感を伴うものである。具体的には、警備がいっそう厳しくなった。空港での所持品検査はもとより、地下鉄のすべての駅でも荷物のX線検査がおこなわれる。水のペットボトルを持っていれば、危険物ではないという証しに「一口飲め」と言われるし、大きな駅の構内には警察犬も歩いている。さらに、国内各地を結ぶ長距離列車との乗換駅でもある北京駅などは、工事中を名目に封鎖されてしまったのだ。

もちろん、テロは決して許されないものだし、チベット問題や各地で相次ぐ暴動を思うと、当局が神経質になるのもやむを得ないかもしれない。それでも、「歓迎」の文字が躍る垂れ幕やポスターのすぐそばで武装警官がおっかない顔をして立っている光景は、今回の五輪の抱えるさまざまな問題を象徴しているようにも思うのだ。

おそらく、北京五輪は近年のどの大会よりも「国家」が強調される大会になるだろう。アジア最大と言われるショッピングモール『新光天地』では、四川大地震からの復興を目指すポスター展が開催され、街のあちこちには少数民族との友好を謳《うた》うポスターもあった。後の世に語られるこの大会は、スポーツそのものの記録や名場面以上に、チベット問題や四川大地震、あるいは大気汚染とセットになってしまうのかもしれない。

ちょっと複雑な思いを抱きつつメーン会場周辺を歩いていたら、道ばたに人だかりができていた。そこにいるのは、派手な電飾やスピーカーをつけたリヤカーを自転車で引いたおじさんだった。57歳。五輪成功を祈って、ふるさとの昆明を4月に出発し、2カ月かけて自転車を漕《こ》いできたのだという。その隣には、髪を五輪マークに刈ったうえに五色に塗り分けた若者もいた。どこの国にもお祭り男はいるのである。なんだかホッとして、うれしくもなって……でも、あのおじさん、7月21日に昆明で起きたバス連続爆破事件のニュースを、どんな思いで聞いていただろう……。

(朝日新聞二〇〇八年七月二十八日)

字数の制限があるコラムではさらりとしか触れられなかったが、地震から一ヵ月半がたっても、北京の街には「四川」の文字があふれ返っていた。タクシーの車内には募金箱が置かれ、王府井の目抜き通りに設置されている広告塔には、四川大地震をめぐる写真入りのニュースが何枚も掲げられていた。そのほとんどは人民解放軍が生存者を救出したニュースだったり、胡錦涛国家主席や温家宝首相が被災地入りしたニュースだったり……と、プロパガンダの性格も見え隠れしていたのだが、大地震の被災者に寄せる北京のひとびとの思いはホンモノだった。コラムにも書いた『新光天地』のポスター展には、「アート」としての出来映えを超えた熱い思いが確かにあった。

合言葉は「抗震救災」——地震に負けずに、災害からひとびとを救え。

その言葉、なにかに似ている。

「抗日救国」——抗日戦線を張っていた頃のスローガンである。

日本人の端くれとして、微妙に苦い思いもないわけではない。

それでも、「我們在一起（我々はいつも一緒）」と被災者に呼びかけるポスターの数々の前で、僕は粛然とたたずんで、一年前に王府井駅の地下通路で見た子どもたちの絵のことを思いだしていたのだった。前章でも触れた、屈託がないからこそ微妙に寂しかった『未来の科学技術』の絵である。

もしも、地震のあとで描いたなら、そこには「瓦礫の下からひとびとを助け出してくれる機械」や「地震を起こさない機械」が登場していたのではないか。そうであってほしいと願っている。笑顔で手をつなぐ子どもたちの中には、きっと四川省の子どももだっているはずだ。絵を描いた北京の子どもが「この子は四川省の子だよ。その隣がチベット族の子で、その隣にはウイグル族の子もいるんだよ」と画用紙を指差してくれたら……それが「我們在一起」なんだよ。そして、「我們在一起」を実感してこそ、チベットやウイグルの独立の訴えだって真摯に受け止めることができると思うんだよ、ニッポンのオジサンは。

当局が「見せたくない」もの

そんな四川の地は、地震から三カ月たったいま、どうなっているのか。

成都市内のホテルを拠点に、二泊三日の取材になる。

まず、今夜——八月八日に、成都市内のどこかのパブリック・ビューで開会式を観る。

そして、明日——八月九日は被災地に入る予定なのだが、じつはこの取材、ぎりぎりまで難しそうだと言われていた。当局が被災地への取材陣の立ち入りを厳しく制限しているのだ。取材許可証の割り当ては数が極端に少なく、新聞の支局員が入手するのが精一杯という状況だった。といって、許可証なしで現地に赴くと、ヘタをすれば拘束されてしまう恐れもある。いまもなお多数のひとびとがテント生活をしている被災地の光景は、当局にとっては「見せたくない」ものなのである。あえて窮状を「見せる」ことで被災者のためになにができるかを世界各国とともに考えよう、という発想はいっさいないのである。

ところが、八月六日になって、取材許可証の人数制限が解除になった、との連絡が入った。四日に新疆ウイグル自治区で日本人記者二人が武装警察に暴行を受けるなど、海外メディアへの取材妨害が国際的に問題になっていることを受けて、やむなく……だったのだろうか。

もちろん、被災地のすべての場所に入れるわけではない。最も被害の大きかった地域はいまなお道路が封鎖され、警察が監視している。土砂崩れによってできた「せき止め湖」が決壊する恐れがあるから、というのが表向きの理由だが——封鎖された道路の先にどんな「見せたくない」ものがあるのかは、誰にもわからない。おそらく、封鎖地点に立っている警官でさえ。

第3章　四川の被災地で笑顔と涙を見た

四川大地震の被災地・綿竹市で（2008年8月9日）

臨戦態勢で被災地へ

四川大地震の規模は、中国地震局の発表でマグニチュード8、直下型地震としては世界最大級である。震源の深さはわずか十キロで、震源地の四川省汶川《ぶんせん》県から千五百三十キロ離れた北京でも、高層ビルにいたひとたちがあわてて外に飛び出すほどの揺れを感じたほどだ。

四川省の省都・成都市は、震源地から百五十キロほどしか離れていない。地震が起きたときには激しい揺れで立っていられないほどだったという。ビルの窓ガラスが割れたり、水道管が破裂して断水したりという被害も出た。

また、この街は被災者への鎮魂の地としても、象徴的な存在となっている。

五月十九日から二十一日にかけての全国哀悼日では、中華人民共和国建国以来初めて一般国民のために天安門広場に半旗が掲げられるなど、国を挙げて犠牲者の冥福が祈られた。成都市でも、毛沢東像のある天府広場に数万人の市民が集まって、黙祷は一時間以上もつづいたのだという。

だが、八月八日の成都市内に、その日の悲しみの余韻はほとんど残っていなかった。確かに街のあちこちには「抗震救災」や「重建家園（ふるさとを建て直そう）」というスローガンの看板が掲げられ、救援活動や援助に対するお礼のメッセージも見られるが、市街地のにぎわいは、すでに平時に戻っているという印象である。

もちろん、復興は一日でも早いほうがいい。ひとびとに笑顔が戻ったことは素直に喜びたい。そして、成都の市民の胸に残る傷跡について忘れてしまうほど、僕も鈍感ではないつもりだ。

それでも――日本でも阪神・淡路大震災のときにそうだったように、復興は決してすべてが足並みをそろえて進められるわけではない。後回しにされてしまう地区があり、行政の手をなかなか差し伸べてもらえないひとたちがいる。

その時差というか格差は、日本よりも中国のほうがずっと大きく、また、あからさまなのではないか。予断を持つべきではないというのはわかっていても、北京の街を見ていると、どうしてもそう思わざるをえないのだ。

五輪開会式の始まる午後八時が少しずつ迫ってくる。成都の市街地のパブリック・ビューは、おそらく北京や上海と変わらないにぎやかさになるだろう。

ならば、その周辺部はどうだ。

Y記者も僕と同じ感想を持っていたようで、こちらが話を切り出す前に「震源地にもっと近い街に行きましょう」と言ってくれた。

異存はない。ないのだが、成都の市街地から外に出るというのは、つまり、出発時刻が早まるということである。開会式を観てホテルに戻る時刻も遅くなるということである。

本日の締切は、前章で引用した「開会式を観ていては間に合わない」締切の『北京便り』――夕方五時まで。

開会式を途中まで観て、ホテルに戻って、すぐに午前〇時が締切の『北京便り』を書く。

さらに翌朝までに『週刊朝日』のルポ『五輪の「街」から』もある。

臨戦態勢である。

Y記者は、万が一ホテルに戻るのが遅れた場合は移動の車から原稿を送れるよう、自分のパソコンを設定した（僕のパソコンはマックなので、朝日新聞から配布された通信カードが使えないのだ）。僕はさっそく最初の『北京便り』の原稿にとりかかる。忙しい、忙しい。

成都で少し時間が空いたらパンツの替えを買おうという目論見は、あっさりと崩れてしまった。もちろん、そんなことはどうだっていいのである。

そういう状況で書いた『週刊朝日』のルポを再録しておこう。

『五輪の「街」から――四川』

5月12日に起きた四川大地震から、ちょうど3カ月。オリンピック開幕を迎えた四川の地には、二つの「その後」があった。

現地の言葉では「震后」——文字どおり地震の後という意味である。

8月8日に省都・成都を訪ねた僕が最初にその言葉を目にしたのは、市内の中心地に掲げられた新築マンションの広告看板だった。

「震后新設計」

地震のあとの設計なので耐震構造はだいじょうぶ、という意味だ。

商魂のたくましさ……いや、ここは素直に、地震を機にそれだけ建物の安全性に対する意識が高まったのだと解釈しておこうか。

いずれにしても、総人口1000万人を超える成都の市街地には、地震の名残はほとんどない。瓦礫《がれき》の一画があったかと思うと、それは地下鉄工事の現場だったりもする。「震后」の日々は確実に未来へとつづいているのだ。

だが、成都から西北に向かって約50キロ——震源地にほど近い都江堰市《ドウジアンイエン》には、もう一つの「震后」があった。

『三国志』に登場し、世界文化遺産にも登録された古代の水利施設・都江堰で知られるこの街は、人口約60万人の（中国の感覚では）こぢんまりとした都市である。車で中心部を抜けてしばらく走ると、舗装された道路は忽然《こつぜん》と途切れてしまう。そして、その先には、無数のプレハブ——四川大地震の被災者約3000人が暮らす仮設住宅である。

1部屋は8畳からせいぜい10畳ほどの広さで、ベッドを二つ置けば、それだけでスペースはほぼ埋まってしまう。床はコンクリート、炊事場もトイレも共同、雨水は建物のまわりの土を掘って溝をつくって処理するという環境で、表札の名前からすると、1部屋に3人で住んでいるのはあたりまえのようなのだ。

通りには「地震無情 人有情」という横断幕がかかっている。地震は無情だが、人間には情けがある、という意味の言葉である。

じつは、この仮設住宅は、四川省から遠く離れた河北省の唐山市が被災者に贈ったものなのだ。

唐山市もまた、1976年に大地震に襲われている。公式記録での死者の数は約24万人——それだけでも20世紀最大の惨事なのだが、当時の中国政府は海外の援助も拒否するなど、徹底した情報統制をおこなっていたので、犠牲者の数は一説には80万人に達するとさえ言われている。そんな唐山市だからこそ、四川大地震の被災者の苦しみを我が事のように受け止めてくれたのだ。

仮設住宅の壁には「河北省唐山市」と「四川省都江堰」の文字がハートマークで結ばれていた。まさに「人有情」なのである。

僕がその仮設住宅を訪れたのは、8月8日の夕刻。すでに時刻は夜7時を回っているが、まだ夕陽は西の空に浮かんでいる。

北京ではきっと、待ちに待った五輪開会式を数十分後に控えて、期待、警戒、さまざまな意味での緊張がピークに達していることだろう。

仮設住宅でも、テレビのアンテナを大急ぎでつないでいるひとがいた。仮設住宅の入り口にある事務所では、被災者の世話役のおじさんが、ブラウン管のテレビを事務所の前の駐車場に出していた。「テレビを持っていないひとと一緒に開会式を観るんだ」と世話役さんは笑う。ここが小さな小さなパブリック・ビューの会場になるようだ。

勤めに出ていたのか、それとも職探しをしていたのか、おとなたちが次々にバイクや自転車で帰宅する。路地で遊ぶ子どもたちは、自分の親が帰ってきたのを知ると、友だちとバイバイをしてお父さんやお母さんのもとへ駆け寄る。

みんな笑顔だ。よくしゃべる。ここが仮設住宅だと知らなければ、ごくふつうの下町の夕暮れ——というふうにさえ見える。

だが、事務所の壁には、当局がつくったポスターが何枚も貼られている。もう一つの「震后」は、そこにあった。

「震后自我情緒調整」

「震后児童健康留意事項」

地震によるＰＴＳＤ（心的外傷後ストレス障害）の説明と、子どもたちの健康への注意事項が、そこには記されている。また、地震で我が子を失った家庭には一人っ子政策の適用を緩和するという通達や、地震で両親を失った孤児の養育先を探しているという知らせもある。

ここでの「震后」は、まだ触れれば血のにじむような生々しさを持った言葉なのだ。仮設住宅に兄一家と娘さんと暮らすバツイチの母親・尹全珍《インチユエンヂエン》さん（37）は強い口調で言った。

「実際に私たちのために汗を流してくれた人民解放軍や、仮設住宅を提供してくれた唐山市には深く感謝していますが、政府への感謝の気持ちは、正直なところ、ほとんどありません」

地震前は観光地の切符売り場で働いていたという尹さんは、幸いにして地震で家族を亡くすことはなかったが、職と自宅を失った。いまは兄に生活を助けてもらいながら職を探そうとしているが、なかなかうまくいかないのだという。

11歳になる娘さんがちょうど上海にサマーキャンプで出かけていることもあって、人恋しさがつのっていたのか、尹さんは突然訪ねてきた僕を、こっちが恐縮するぐらい歓迎してくれた。一本きりしかなかったミネラルウォーターを「どうぞどうぞ」と勧めてくれ（さすがにいただきませんでした）、こっちのつたない質問にもていねいに、時には訊いている以上のことを笑顔で話してくれた。どうやら、尹さん、娘が可愛くてしかたないらしい。「ウチの子は成績がいいから、被災地の子どもが招かれるサマーキャンプに選ばれたんですよ」と娘の写真を誇らしげに見せて、「ここに二人で一緒に寝てるんです」と、どう見てもシングルサイズのベッドを指差して笑う。

だが、そんな尹さんが、不意に泣きだしてしまった。僕がなにげなく「オリンピックではなにが一番楽しみですか？」と訊いたときのことだ。

表情が曇った。声が沈んだ。

「いまは自分の生活のことで頭がいっぱいで、なにも考えられません。オリンピックのことなんて考えている余裕はないんです……」

声を詰まらせ、涙をぽろぽろ流す尹さんにとって、「震后」は決して、あの日を過去にしてしまう言葉ではない。むしろ、そこから始まる苦しみをあらわす言葉だった。

尹さんのお宅を辞去して外に出ると、電柱についたスピーカーからアナウンスが聞こえた。「テレビのないひとは外で一緒に開会式を観ましょう」というお誘いだった。尹さんの家にはテレビはあっても、アンテナが来ていない。家にいても開会式を観ることはできないのだが、尹さんが外に出てくる気配はなかった。

開会式のカウントダウンが始まった頃には、パブリック・ビューのテレビの前には30人ほどの住民が集まっていた。自分の椅子を持ってきて、渦巻き形の蚊取り線香を焚いて……という、昭和のニッポンの野外映画鑑賞会の趣である。お年寄りも、おとなも、子どもも、みんなワクワクした顔で開会式を待っている。

しかし、尹さんの話をうかがったあとは、その笑顔を表面だけでは受け止められなくなってしまった。

この中には家族を亡くしたひとだって、きっといるだろう。生き残った喜びを噛みしめるひともいれば、亡くなったひとへの申し訳なさに打ちひしがれているひともいるはずだ。たとえ家族が無事でも、みんな職や家を失い、ふるさとを奪われた。だからここにいる。その先の見通しはなにも立っていない。それでも、小さなパブリック・ビューに集まったひとたちは優しかった。ニッポンから来た僕を笑顔で迎えてくれた。わざわざ椅子を持ってきて「ここに座りなさいよ」と言ってくれたおばさんの陽に焼けた笑顔は、きらびやかな開会式のどんな演出にも負けない「人有情」だった。「震后」とは、心の深い傷を笑顔というカサブタが覆い隠すまでの日々のことをいうのだろうか。カサブタは、もちろん、まだ乾いてはいない。ちょっとしたことで、笑顔はあっけなく泣き顔に変わってしまうだろう。その笑顔が笑顔のままで揺るぎなくいられるようになったとき、被災者の「震后」は初めて、未来へと歩みはじめるのだろうか。

小さなパブリック・ビューのテレビで観る開会式は、特に前半が、どうにも単調だった。中国という国がどんなに優れているか、それはよくわかった、わかったから、早く入場行進を始めてくれ……とイライラしていたら、最前列に陣取っていたはずの男の子の姿が消えていた。彼もすっかり退屈してしまい、友だちと路上で遊びはじめたのだ。おばあさんたちもテレビのことを忘れて、おしゃべりに花を咲かせていた。

それを「痛快だ」と言ったら叱られてしまうだろうか。だが、『鳥の巣』で繰り広げられた一糸乱れぬマスゲームよりも、なしくずしに終わってしまった仮設住宅のパブリック・ビューのユルさのほうに、僕は「人有情」を感じる。感じていたいと思う。路上で遊びはじめた少年には、残念ながら開会式の記憶はほとんど残らずじまいだったかもしれない。だが、それよりも、仮設住宅で「震后」をともに生き抜いた友だちと開会式の夜に遊んだ記憶のほうがずっと大切なんだよ、と言わせてほしい。「震后」の未来は、きみたちが主役になってつくるのだから。

入場行進はまだ始まらない。

尹さんは、結局、外へは出てこなかった。

（週刊朝日二〇〇八年八月二十二日号）


入場行進の始まる前に締めくくった構成は、やむをえない選択でもあった。

午前〇時締切の『北京便り』を送るには、原稿を書く時間を加味すると、都江堰市を九時過ぎには出なければならない。入場行進が始まるまで仮設住宅にいることは叶わなかったのである。

小さなパブリック・ビューは、ほんとうに居心地がよかった。椅子を勧めてもらったのは僕だけではない。Y記者も通訳の李さんも座らせていただいた。Y記者など、写真撮影の仕事があるのでもともと椅子に座っている場合ではないのだが、おばさんに「ほら座って、座って」と勧められて、結局一つの椅子をおばさんと半分ずつ分け合って腰かけていたのだ。

だが、ルポにも書いたとおり、住民の今後の生活の見通しはまだほとんど立っていない。

「もう、ふるさとには帰れないだろうなあ……」

あきらめ顔で言うのは、七月に入居した許徳生《シュドウシォン》さんである。六十歳。出稼ぎ中の息子さん夫婦に代わって、奥さんと二人でお孫さんを育てている許さんは、地震のときには小学校のそばでご近所の仲間とトランプをしていたのだという。

「俺は若い頃に唐山市で働いていたから、唐山の地震を知ってるんだ。でも、仲間たちはこんなに大きな地震は生まれて初めてだったから、みんな驚いて、あわてふためいてたな」

目の前の小学校が倒壊した。中学校の建物が崩れ落ちるのも見た。「孫が小学校にいたから心配だったんだが、なんとか無事でよかったよ」と笑う。

仮設住宅に暮らす被災者には、いずれ定住用の住宅が供与されるのだという。

「でも、二、三年はかかるらしいから、それまではここで暮らすしかないよ」

許さんの口調や表情には、嘆きや不安はほとんどなかった。国への信頼感ゆえか。家族全員が無事だったことの喜びにまさるものはない、ということなのだろうか。

そんな被災者の皆さんと観た開会式について、取材メモにはいくつか走り書きが残されている。間抜けなものも含めてご紹介しておこう。

〈巨人の足跡。花火。空撮。危険ではなかったか。花火のスピードにヘリが追いつけるのか?〉――ご存じのとおり、これはCGの合成映像だった。シゲマツ、若干の疑念は持ちながらも、みごとにだまされていたわけだ。

〈マスゲーム。すごい人数。どこで練習した？　山奥か？〉――それぞれの演目ごとに人里離れた山奥に秘密の特訓施設が設けられ、参加者はそこで俗世から隔絶されて特訓を積んでいたのかもしれない。そんなヨタ話がリアルに感じられてしまうのが、中国のスゴいところであり、コワいところでもある。

〈活版印刷。かぶりもの。とんねるず。『ニコレット』のCMもあり〉――かぶりものといえば、とんねるず。それがオレの世代である。

基本的にはのんきなモードで観ていたのだが、本気でペンを走らせた箇所だってある。

〈国旗。各民族の子どもたちから軍隊へ〉

中国国旗の入場・掲揚の場面だ。中国に五十六ある民族のすべての子どもたちが、それぞれの民族衣装を着て、国旗を持って入場した（これもご存じのとおり、ほとんどが漢族の子どもだったのだと後日判明したのだが）。そこまではいい。とても微笑ましく、胸がじんわりと熱くなる場面だった。

ところが、国旗は掲揚台の前で人民解放軍の兵士に引き渡される。最後は軍なのだ。意地悪く解釈すれば、五十六の民族の上に、軍が君臨しているのだ。それを見た瞬間、気持ちがすうっと醒めてしまった。結局はこれかよ、とも言いたくなった。

儀典としての国旗掲揚の重みを無視した、シロウトのイチャモンだというのは認める。ただ、もしも逆だったら――軍隊が頼もしく守って運んできた国旗が、すべての民族の子どもたちに「あとは頼んだよ」と渡される演出だったなら、僕の印象はまったく違っていたはずである。

ちなみに、CCTV（中国中央電子台）は、数日後に開会式のダイジェストを放送した。来賓席に居並ぶ共産党の幹部たちの姿が何度も、海外の来賓を差し置いて映し出されていた。わがニッポンの福田首相の顔はダイジェスト版ではカケラも映らなかった。

都江堰市から成都市に戻ってきたのは午後十一時前。予定より少し早く帰り着くことができたので、市内のパブリック・ビューの会場に回ってみた。

モニターの設置された広場には多数の市民が集まっていた。入場行進の中盤である。円テーブルと椅子が並び、食べ物や飲み物を売る屋台も出て、ビアガーデンの雰囲気だった。みんな楽しそうである。大地震の直後に被災地入りして救援活動の指揮をとった温家宝首相が映し出されたときには、ひときわ大きな歓声があがる。広場にいるひとびとの中には、全国哀悼日に天府広場で黙祷を捧げたひともきっと数多くいただろう。

「胡錦涛主席と温家宝首相は、危険な被災地に自ら出向きました。それで人気がさらに高まったんです」と通訳の李さんが教えてくれた。その一方で、「国家主席在任中に私腹を肥やした」「自分の出身の上海閥を重用し、政治の腐敗を招いた」という評判の江沢民《こうたくみん》前主席夫妻が映し出されたときには、若者たちの間から失笑が漏れた。

政権のトップ二人の被災地入りをパフォーマンスとして冷ややかに見ることは、もちろん可能だろう。だが、「行動するリーダー」をひとびとが熱く支持したというのは確かだし、それはとても重要なことだとも思うのだ。

四川大地震は、国民の横のつながりだけでなく、国家と国民という縦の関係をも間違いなく強めた。それを、この一件にかんしてだけは肯定したい。

後日、北京で観たＣＣＴＶのニュース番組では、被災地で復旧活動にあたっていた人民解放軍の部隊の一つが任務を終えて現地を離れるときの様子が報じられていた。被災者は兵士たちを涙ながらに見送り、兵士たちもまた、お年寄りの肩を抱いて別れを惜しむ。これも「演出」だと断じるのはたやすい。しかし、「もっと持っていきなさい、これも持って帰りなさい」と両手に抱えきれないほどの果物を兵士に持たせる被災者のおばさんの感謝の涙と、列車の窓から手を振る若い兵士の、ひとびとを救ったんだという晴れやかな笑顔は――ホンモノだった、と僕は信じている。

「みんな」の力の光と影

一晩がかりで原稿を書き終え、仮眠をとったあと、被災地に向かった。

下半身はすっきり、さっぱり、である。

じつは、さすがはY記者、僕が昨日の夕方ホテルの部屋で原稿を書いている間に、李さんとともに市内のパブリック・ビューを下見に回るついでにパンツも買ってきてくれたのである。二十代の女性二人が男モノのパンツを買うのは嫌だったろうなあ、と心より申し訳なく思う。でも、まあ、XXLサイズだから、半分シャレで買えたのかもね。

車が向かった先は、綿竹市《ミィエンヂュ》――西北に険しい龍門山脈がそそり立つ、四川盆地の端にある人口約五十一万人の都市である。

ここもまた、大地震で街は壊滅状態になっていた。山がすぐそばに迫る地区の漢旺《ハンワン》広場には、大きな時計台がある。かろうじて倒壊を免れたものの、時計は四面とも地震発生時の午後二時二十八分を指したまま止まっている。当局は時計台を永久保存することを決定し、大地震のすさまじさを伝える無言の語り部としたのである。

その時計台の前に立つと、おのずと粛然とした思いになる。かつてはご近所のランドマークだったはずの背の高い時計台である。しかし、いま、それは瓦礫の山に半ば埋もれてしまっている。町なかにはそんな瓦礫の山が無数にある。残っている建物もコンクリートの柱が折れてひしゃげたり、壁のレンガが崩れ落ちたりして、ひとが住めるような状態ではない。瓦礫の中には、よく見ると、墓碑まであった。

もともとの街並みがどうだったか想像するのが難しいほどの綿竹市内には、すっかりお馴染みになった「抗震救災」「重建家園」のスローガンとともに、こんな横断幕もかかっていた。

「感謝　共産党！」

「感謝　胡主席！」

市街地には、まるで新たな一つの街ができあがったようにプレハブの仮設住宅が建ち並んでいる。だが、その数はまだまだ足りない。時計台のあるあたりでは、いまだに数多くのひとがテント生活を余儀なくされているのだ。

歩道や広場にはテントの商店街もできている。古いベッドを売っているテントもあった。瓦礫の山から拾ってきたのか、それとも、この町に暮らすのをあきらめてよその土地に移ったひとが処分したものだろうか。携帯電話の売店もあった。テントの中で薬を調合する薬局もあった。小吃もある。酒場もある。肉のかたまりを吊したお肉屋さんもあり、八百屋さんもある。飲み物やお菓子を売っているテントには、大地震を記録したビデオCDまで売っていた。二枚組で十五元（約二百四十円）。地元の四川新聞が発売したものである。

残念ながら僕のパソコンでは再生できなかったものの、瓦礫の下に埋もれた少年、顔から血を流す少年、泣き叫ぶおばあさん……といった写真がコラージュされたジャケットには、しっかりとつなぎ合う手と手の写真が大きく掲げられていた。

「みんな、おみやげに買っていくんだよ」と売店のおばさんが教えてくれた。まさか「観光」と呼ぶほど軽くはないものの、被災地を訪れるひとは多いらしい。もちろん、ボランティアで救援・復旧活動にあたっているひとたちだっている。綿竹市に入る道路の沿道には、救援物資を受け付ける事務所がいくつも設けられていた。ボランティアは個人だけでなく、地域や職場でまとまって出かけるケースも多い。北京市内の病院の待合室には、その病院のスタッフが現地で医療活動をおこなった際の写真が何枚も掲げられていた。駅でも、レストランでも、「ウチの町がいかに四川でがんばったか」「ウチの店が四川にいくら義援金を送ったか」を大々的にアピールしている。そのあたりは日本の感覚では「ちょっとなあ……」と苦笑してしまうのだが、もちろん、自慢しようがなにしようが、被災地のためになるのなら文句を言う筋合いなどどこにもない。

ただ、ヤボを承知で一つだけ。

四川への貢献をひとびとが競ってアピールするのと同様、オリンピックについても、町ぐるみのボランティアや職場ぐるみの応援が北京の随所で見られた。それはそれで大変けっこうなことなのだが、「みんなで一丸となって」は、その「みんな」からはずれたひとを排除してしまうことと表裏一体である。大地震やオリンピック、あるいは聖火リレーを通じて、中国のひとたちは「みんな」の力をあらためて知ったはずだ（というか、それこそが中華人民共和国建国のそもそもの理念だったんだけどね）。だからこそ、その力をつまらない不買運動やバッシングには使ってほしくないし、「みんな」とは違うひとを排除してほしくないな、と切に思うのである。

「ここにいるしかないんだから」


時計台の近くにそびえる瓦礫の山に、人影が見えた。

小柄な老人だ。

瓦礫の中を歩きまわって、なにか拾っている。

声をかけると、ひょこひょことした足取りで道路まで降りてきてくれた。

劉《リャオ》さんという。御年八十四歳。七十二歳の奥さんと二人で、テント生活を送っている。

「これを拾ってるんだよ。なにかに使えるだろ？」と笑って、手に持った梱包用のビニール紐の切れ端を見せてくれた。手は真っ黒である。素足にゴム草履を履いた足も、爪が判然としないぐらい黒く汚れている。

仮設住宅に入居できる目処は、まだ立っていない。仮設住宅への入居は都市部の被災者が優先され、農民たちは後回しなのだという。地区の復旧も進んでいない。すぐそばに迫った山ひだには、土砂崩れでできた「せき止め湖」がある。それが決壊する恐れがあるため、新しい建物をつくれないのだ。では、その「せき止め湖」の様子はどうなっているかというと――山へつづく道は封鎖され、警官が立ち入りを厳しく監視している。自分たちの町が、いまどの程度の危機に瀕しているのか、住民にすらわからないのである。

八十代でのテント生活はどれほどキツいだろう。だが、健康を案じる僕の気負いをいなすように、劉老人は「ウチだけじゃないからな、乗り越えるしかないんだよ」と淡々と言う。このあたりは冬になると数十センチの積雪があるという。いまの夏の暑さ以上に厳しい環境になる。それでも、「ここにいるしかないんだから」と劉老人は言うのだ。

瓦礫の山のすぐ裏手にある自宅は倒壊してしまった。「地震のときはばあさんと二人で畑仕事をしていたんだ。おかげで助かったんだよ」――そう、地震の発生時刻が昼間だったことは不幸中の幸いだったかもしれない。昼間の地震ゆえに学校での犠牲者が多数出てしまったという側面はあるのだが、公共の建物のみならず一般の民家もほとんど瓦礫となった惨状を見ると、もしも地震が夜、家族がそろって家にいる時刻に起きていたなら……と、ぞっとしてしまう。

劉老人の言葉をメモに書き取っていると、ふと、瓦礫の中に写真が落ちているのに気づいた。ラミネート加工された女の子の写真である。晴れ着を着ている。記念写真だろうか。それを肌身離さず持ち歩くためにラミネート加工してあるのだろうか。

写真の持ち主は、どうなったのだろう。晴れ着を着た女の子は、いまどうしているのだろう。写真に気づいたあとは急に、瓦礫の中に子どものオモチャが目につくようになった。

写真を拾い上げて「この子……ご存じですか?」と訊くと、劉老人の顔がほころんだ。

「ああ、近所の子だよ。友だちの孫娘さ」

「この子は、いま……」

「無事だよ。瓦礫の下敷きになってたんだが、救い出されたんだ」

家族もみんな無事だった。いまは劉さん夫婦と同様、テント生活を送っているという。

「これ、返してあげてもらえますか」

「ああ、わかった」と写真を受け取った劉老人は、表面についた土を軽くぬぐうと、写真をじっと見つめ、小さくうなずいたのだった。

軍人さんになりたい少年

テントの商店街を歩いていると、リヤカーをつけた自転車で水を運んでいる男性を見かけた。

蒲昌錫《プーチャンシー》さん。六十五歳。蒲さんもまた、被災以来ずっとテント生活をつづけている。共同の水場に水を汲みに来た帰りだという。

「家は壊れずにすんだんだが、まだ余震がつづいてるから、倒壊の危険があるんだ。それで家の前にテントを張って、家族で寝泊まりしてるんだよ」

蒲さん夫妻と、娘さん、娘さんの子ども（女の子）、そして息子さんの子ども（男の子）の五人暮らしである。娘さんのダンナと息子さん夫妻は、故郷を離れて出稼ぎをしている。蒲さんは留守宅の大黒柱なのだ。

「一時は生きていく自信もなくなったんだが……がんばるしかないからな」

重い水を積んだ自転車をゆっくり漕いで数分のところに、蒲さん一家の自宅がある。

「一緒におうかがいしてもいいですか？」

「ああ、かまわないよ。孫もいると思うよ」

ぶしつけな頼み事を気さくに聞いてくれた蒲さんは、道すがら、援助への感謝の言葉を口にした。

「畑仕事はできなくなったんだが、国がいろいろと助けてくれてるよ。援助の品物も届いてるしな」

表通りから奥に入った蒲さんの自宅のあたりは、畑が広がっている。日本の農村と変わらないのどかな風景だが、地震を境に畑の手入れができなくなったせいで、収穫の時季を迎えているトウモロコシやナスは、痩せて、しなびていた。

蒲さんの自宅に着いた。

「ここが俺の部屋だよ」と蒲さんが招き入れてくれたテントには、ベッドとブラウン管の古いテレビが置いてあるだけだった。

「ゆうべの開会式は、このテレビで観たんだ。面白かったなあ」

だが、居心地などいいわけがない。テントに足を踏み入れるなり、むわっとするような蒸し暑さが全身にまとわりついてくる。床などない。地面にシートを敷いてもいない。土が剥き出しである。雨が降りつづいたら、いったいどうなってしまうのだろう。

そんな状況にあっても援助への感謝の言葉を口にする蒲さんの——いや、たぶん、すべての被災者の心根の優しさに、胸を締めつけられる思いがした。

蒲さんの話をうかがっているうちに、テントの外がにぎやかになってきた。

蒲さんの家族やご近所のひとたちが集まってきたのだ。

オリンピックのTシャツを着た男の子がいた。ぷっくり太って頭を丸坊主に刈り上げた、ワンパク相撲の横綱みたいな男の子だった。

「この子が、息子のほうの孫だよ。正壮《ヂォンヂュアン》っていうんだ」

蒲さんが笑顔で言う。可愛くてしょうがないのだろう、無精髭の生えた浅黒い顔は、正壮くんがそばに来てからはゆるみっぱなしだった。

もっとも、肝心の正壮くんは見知らぬオヤジの来訪にすっかり恥ずかしがってしまって、そばにいるおとなにまとわりついて、なにを訊いてもほとんど答えてくれない。でも、そのはにかみ具合が可愛いなあ、たまんないなあ、きっと学校では「気は優しくて力持ち」タイプなんだろうなあ……。

だが、九歳の正壮くんは、ふるさとの町が瓦礫の山になった光景を目の当たりにしたのだ。学校の友だちはみんな無事だったらしいのだが、もしかしたら、ひとびとの遺体だってたくさん見てしまったかもしれない。『週刊朝日』のルポに書いた「震后自我情緒調整」の言葉を、あらためて噛みしめる。正壮くんが負ってしまった心の傷が外に出てくるのは、これから、なのかもしれない。

そんな正壮くんに、「おとなになったらなにになりたい?」と訊いてみた。

正壮くんは、太った体をふにゃふにゃとくねらせながら、「軍人さん」と答えた。

軍隊の勇ましさに憧れているのか。

それとも、被災地で救援・復旧作業をつづける人民解放軍の姿に心を動かされたのか。

いずれにしても、夢がかなうといいな、正壮くん。

そして、できれば、軍人さんになったきみには、一度も鉄砲をひとに向けて撃ったことのないままおじいさんになってほしい。いまはまだ「ニッポン？　よくわかんない……」と言うだけのきみが、おとなになって僕たちの国を「敵」と見なすことのないよう、そんな時代が決して訪れないよう、僕は心から祈っている。

第4章　オレは中国が嫌いだ。でも……

北京近郊の農村（2007年12月）＝撮影・伊藤恵里奈

お持ち帰りのスープはレジ袋で

八月十日は、午前六時に成都のホテルをチェックアウトした。

強行軍だが、心は軽い。

なぜか。

パンツの替えが手に入ったから――ではない。あたりまえだ。

ゆうべ、成都の街でちょっと面白い出来事に遭遇したのである。かなり間抜けな、しかし、日本と中国の「違い」を象徴しているような、忘れがたい出来事だった。

綿竹市での取材を終えて、成都市内で夕食をとったのである。Y記者と李さんと三人そろってテーブルを囲むのは、これが初めてである。せっかくだから小吃ですませるのではなく、ちゃんとした店で食べよう、と市内の薬膳料理の店に出かけた。

美味かった。ことに烏骨鶏をまるごとグツグツ煮込んだ鍋仕立ての薬膳スープは、薄味なのにコクがあって、まさに滋養あふれる味だった。量も多い。というか多すぎる。「珍味」のつもりで頼んだニワトリのトサカが、皿に山盛りになって出てくるのである。薬膳スープの鍋もデカいデカい。これはもうスープを超えて、完全に鍋ものである。女性二人と、食べ過ぎを厳に慎まなければならない痛風持ちのオヤジでは、とても食べきれない。

残ったぶんはホテルの部屋に持って帰ることにした。僕たちだけではない。まわりの皆さんも食べ残しはどんどん持ち帰っている。お店のひとも慣れたもので、皿に残った料理を一目見ただけで、サイズによって何種類かある持ち帰り容器の中からぴったりのものを選んで持ってくる。「困るなあ、ウチの料理は熱いものは熱いうちに、冷たいものは冷たいうちに食べてもらわなきゃ」なんてうるさいことは言わないのである。

「スープも持ち帰りましょう！　わたし、あとで飲みます！」とY記者が言った。それはさすがに無茶なんじゃないか……と僕はためらったのだが、彼女は「コラーゲンです！　わたしの肌にはコラーゲンが必要なんです！」と譲らない。

「でも、液体だぜ？」

「なんとかしてくれます！」

Y記者はさっそく李さんを通じて、お店のひとにスープの持ち帰りをお願いした。

さて、ここでどんな容器が出てくるか。

密閉容器を持ってきて、容器代を追加請求するか。あるいは、紙コップにスープを注いでラップで蓋をするか。僕の予想ではこの二つのうちのいずれかだったのだが、中国恐るべし、しばらくたって戻ってきた二人連れの女性店員の手には、レジ袋があったのである。

唖然とする僕たちをよそに、一人の店員が二重にしたレジ袋の口を広げ、もう一人の店員が鍋を持って、レジ袋に鍋の中身をどぼどぼどぼどぼどぼ……っ。

ムカッときた。残飯じゃないんだぞ、と文句をつけたくなった。

Y記者もさすがに鼻白んだ顔でレジ袋を受け取った。

中国でメシを食ったり買い物をしたりしていると、こういう沈黙に包まれてしまうことが少なからずある。文化の違いと言えばそれまでなのだが、デリカシーに欠けているというか、優しさが足りないというか、もうちょっとなんとかしてくれよ、と言いたい場面にしばしば出くわしてしまう。

やれやれ、今夜もそのパターンかよ……とニワトリのトサカをピリ辛のタレにつけてかじっていたら、たぷたぷとふくらんだレジ袋を膝に置いたY記者が、不意に声をあげた。

「シゲマツさん、お湯です！」

「うん？」

「お湯が入ってます！」

「スープだろ？」

「じゃなくて……レジ袋の間にお湯が入ってるんです！」

レジ袋を二重にしたのは、熱くて重いスープを入れても耐えられるようにするため、ではなかった。保温用である。スープを熱いまま持ち帰れるように、との気づかいだったのである。

うーん、とうなった。

まいっちゃったなあ、と首をひねりながら苦笑した。

僕が店員なら、やはりいくらなんでもレジ袋は使わないはずだ。その代わり、冷めないように、という発想もなかっただろう。

客が家に帰り着くまでに冷めてしまうのはやむをえないこととして、清潔できちんとした容器にスープを移すか。残飯さながらの扱いでも、熱々のまま持ち帰れることを優先するか。これ、どちらが「正しい」かの話ではないだろう。発想や価値観の「違い」なのだ。優しさの「違い」だと言ってもいい。

さっきの僕はレジ袋を見ただけで、店員の優しさのなさに憤然とした。

だが、彼女たちの優しさは、僕には思いもよらないレジ袋の中にひそんでいた。

要するに僕が求めていた優しさの出しどころと、彼女たちが出してきた優しさの場所が、きれいにズレていたのだ。優しさが「ない」のではなく「場所が違っていた」だけなのだ。

「これ、ホテルの部屋でどうやって飲めばいいんですかね」

Y記者が苦笑する。お玉やレンゲなどはついていない。もちろん、そんなもの、ホテルの部屋にだってない。

「コップですくって、そのまま飲むしかないんじゃないか？」

「ですよね……」

Y記者は困りながらもうれしそうだった。

「謝謝」事件

そんな調子で胸をほっこりさせつつ、笑顔で成都を発つことができたなら、まことに幸せな話なのだが——。

中国はそこまで甘い異国ではない。

八月十日午前七時過ぎ、成都空港の手荷物検査場には長蛇の列ができていた。徹底したセキュリティチェックがおこなわれているのである。

この一年間、予備取材で中国を訪れるたびに、空港でのセキュリティチェックは厳しくなっていった。特に中国発の国際便と国内便がキツい。たとえば、第一回目の取材ではライターを機内に持ち込むことができたのだが、いまではライターもマッチも、持ち込みはもちろん手荷物として預けることすらできない。チェックイン後の検査だけでなく、空港の建物に入る時点でのチェックもある。見送りや出迎えのひとも全員である。当然、検査場でのボディチェックもどんどん入念になる。それでいて三つあるゲートを一つしか開けないようなことを平気でするから——そしてその一つきりのゲートの人員交代に手間取ったりするものだから、国内便でも国際便並みの時間の余裕を見ないとフライトに間に合わなくなってしまう。

僕たちもそれを案じて、八時発の北京行きに乗るために六時半には空港に着いていたのだが、検査場の行列は遅々として進まない。

国内便の利用者は旅慣れたビジネスマンだけではない。出稼ぎに向かうのか、帰りなのか、荷物を詰め込んだ段ボール箱をロープで結わえて背負っているひともいれば、荷物の重さで取っ手が切れてしまった紙バッグをいくつも抱えたひともいる。そんな皆さんに靴や上着を脱がせ、荷物をいちいちチェックしているのだから、時間もかかるはずだ。

ようやく順番が回ってくると、今度は係員の横柄さに神経を逆撫でされてしまう。思えば、いまどきのニッポンは、気づかいの足りない無神経なヤカラは多くても、横柄な連中に出食わすことは珍しくなった。しかし、この国では「横柄」は死語ではない。「高飛車」も「殿様商売」も現役バリバリである。手に持った金属探知機のスティックで「こっちに来い」と呼んで、用がすんだら顎をしゃくって「あっちに行け」——こちらが空港や航空機の「客」であるという意識など、かけらもない。アナウンスでは「レディース＆

ジェントルマン」でも、現場の係員の応対は「おいコラ、そこのおまえ」なのである。

Y記者はいきなりバッグの中を引っかき回され、ポーチも勝手に開けられて、憤慨しきりである。

キツい顔つきをしたオバサンの係員は、僕のバッグも遠慮なしに引っかき回して、成都のホテルからいただいてきたシャンプーとリンスをあっさりと没収した。さらに、残り一日分しかない鎮痛剤と湿布を見つけ出して、「ちょっと、これ、なによ」の顔である。

待ってました。いよいよY記者が用意してくれた処方箋の出番である。

見てろよ、と『水戸黄門』の印籠気分で処方箋を出しかけたら、その前に医薬品だとわかったのだろう、彼女は「つまんないものを持ち込んで手間暇かけさせるんじゃないわよ」と言わんばかりに、乱暴きわまりない手つきで薬をバッグに戻した。

わが命綱とも言うべき薬をゴミ同然に扱われて、さすがにキレそうになった。

しかも、検査機のモニターの前にいた男性の係員が「ライター！」と吐き捨てるように怒鳴る。バッグの中に御法度のライターがあるというのだ。

冗談ではない。こっちは成都入りしてすぐに買った使いきりライターを、泣く泣くホテルに置いてきているのである。

「ライターを出せ、コラ、早くしろ」

まだ若い男性係員に思いきり横柄に言われて、「持ってねえよ、ふざけんなよ」とニッポンの高校生みたいなキレ方をしてしまった。

「ライターがX線に映ってんだよ、バカ野郎」とワカゾー係員も言う。妄想だろうが幻聴だろうが、オレにはそう聞こえたのだ。

「持ってねえもんは持ってねえんだよ、このデコスケ」と僕も言い返す。日本語である。中国語で相手を罵倒する言葉を覚えてこなかったことを、心底、悔やんだ。

「ここに映ってんだよ、このデブ」

ワカゾー係員はモニターを指差し、オバサン係員は再びバッグを引っかき回した。しかし、見つからない。当然である。

「だから最初から持ってねえって言っただろ、ほんとに……」

と、そのときだった。

オバサン係員がバッグの中の小さなポケットのファスナーを開けて、中を探った。ポケットから出した手には、使いきりライターが握られていた。

日本国内の取材のときに入れておいたものだろう。すっかり忘れていた。痛風騒ぎでバッグの中身のチェックを怠ったのがマズかった。

顔から火が出るとは、このことである。

穴があったら入りたいとは、まさにこれである。

「わっ、わざとじゃねえよ、オレ、わざと隠してたわけじゃねえよ……」とニッポンの中学生みたいな言い訳をする僕をよそに、オバサン係員は仏頂面でライターを没収用の箱に放り込んだ。

うろたえながらも、そこは親のしつけが厳しかったシゲマツ、やはりこちらに非があったのだと率直に認め、詫びの言葉を口にした。

「謝謝《シェシェ》」

バカである。「対不起《ドゥイブチー》」(ごめんなさい)と言うべきところを、狼狽のあまり、漢字の「謝」についひっぱられて、「ありがとうございます」と言ってしまった。礼を言ってどうするのだ。

オバサン係員は小さく肩をすくめて苦笑して、言った。

「不客気《ブークーチー》」

英語で言うなら、ユー・アー・ウェルカム。「どういたしまして」である。

皮肉だったのか、それとも、この間抜けな日本人に同情して話を合わせてくれたのか。

いずれにしても、恥ずかしかった。まったくもって情けなかった。

検査場を抜けると、痛風の痛みにもかかわらず思いきり早足になった。Y記者と顔を合わせたくない。すぐ後ろにいた彼女は、いまの「謝謝」発言を聞いてしまっただろうか。もちろん、たとえ聞いていたとしても、「へっへっへーっ、シゲマツさん、さっきは赤っ恥でしたね」なんてことを言うような記者ではない。だからこそ、怖い。

生き恥をさらしたまま残り十数日間の取材をともにしなければならないのかと思うと、通路を歩く足取りはさらに速くなってしまう。

それでも、ひたすら無愛想でつっけんどんだったオバサン係員が初めて見せた苦笑いの顔は、意外といい感じだった。

たぶん、あんな間抜けな言い間違いへの対応はマニュアルになかったから——なんだろうな。

誰に向けたアピールか

空港でのセキュリティチェックの厳しさと係員の横柄な態度には、その後も移動のたびにカリカリさせられた。

だが、言うまでもなく、現場の係員や当局関係者は僕以上にカリカリして、ピリピリしているのである。なにしろ、この国、火種だらけと言っていい。チベット問題に新疆ウイグル自治区の問題、さらには中台問題もあるし、さまざまな人権抑圧への国際的な批判も決して消えているわけではない。日本との関係にかぎっても、東シナ海でのガス田開発に尖閣諸島、毒入りギョーザ、不法入国者、反日デモに靖国神社参拝……。「平和の祭典」のオリンピックとはあまりにも不釣り合いな、物騒な話ばかりなのである。

しかし、当局はそれを認めない。「わが国は開かれた国であり、安全な国であり、民主的な国であり、世界と協調する国なのだ」とアピールして譲らない。

そのアピールの是非および真偽をとやかく言うつもりはない——というか、「とやかく」は日本国内の各メディアがさんざん言いつのっているのだから、僕ごときの個人が「いまさら」並べ立てるまでもないだろう。

ただ、中国に来て感じたことがある。

当局のアピールは、はたして誰に向けられているのか。

日本で中国報道に接していたときは、当局はひたすら海外に向かって「中国は間違っていない」を発信しているように見えた。

だが、中国に来て、国内向けの報道を見ていると、当局が最も神経をとがらせているのは国内の反応なのではないか、という気がしてくる。「中国は間違っていない」というメッセージは、むしろ中国人民十三億人に向けられているように思えてならないのだ。

中国という国は、なにしろ中華——世界の中心である。世界の中心で強弁を叫びつづけている国家である。外に対するケンカには自信を持っている。悔しい話だが、斬った張ったのレベルに持ち込むなら、わがニッポンのことなど屁とも思っていないはずだし、アメリカやロシアに対しても気後れはしていないだろう。

そんな中国が最も恐れているのは、国家の内側からの叛乱ではないのか。獅子身中の虫は、独立を求める少数民族や反政府勢力だけではない。むしろ、フツーの市民や農民たちの不満がうねりとなって全土に広がることのほうが、政府にとっては怖いだろう。

一九八九年の天安門事件で民主化や自由を訴える若者たちの声を武力で押しつぶした当局は、その後の経済成長の恩恵をその世代にもたらすことで、いまはオヤジやオバサンとなった彼らを「ほら見ろ、国に従えばいいことあっただろ？」と懐柔した、と僕は見ている（実際、四十代のひとたちと話をしていると、驚くほど保守的な発言を耳にすることが多い）。一九九〇年代に江沢民政権がおこなった反日教育も、日本の戦争責任云々というより、若い世代の仮想敵を国の外側につくりあげる目的のほうが大きかったのではないか。

五輪開催の最大の狙いも、「やっぱり、われわれの国は素晴らしい！」と国民に思わせることなのだとすれば——これはもう、海外に対する見栄やメンツや国の威信という以前に、なにがなんでも失敗するわけにはいかない。海外諸国がオリンピックをどう評価しようとかまわない（もちろん、批判を謙虚に受け容れるようなタマではないのだが）。当局がなによりも欲しいのは国民の自画自賛の拍手喝采なのだ、と僕は思っている。当然、邪魔になる要素は排除される。「なかったこと」にされてしまう。それができるだけの絶大な権力を、当局は握っている。

前置きが長くなりすぎた。

八月十日、成都から北京に戻った僕は、現地の報道を見てガクゼンとしたのである。前日、北京市内の観光名所・鼓楼《グーロウ》で痛ましい殺人事件が起きている。五輪観戦で北京を訪れていたアメリカ人男性が、中国人の男にいきなり刃物で襲われ、殺されてしまったのだ。犯人の男も犯行直後に飛び降り自殺をしている。開会式翌日の、いかにも前途多難を思わせる事件である。

ところが、国内向けのメディアでは、その事件はいっさい報じられていない。

通訳の李さんも、「わたしは日本の新聞やインターネットで確認しましたが、そういう手段を持っていないひとは、なにも知らないままでしょうね」と言う。事実、数日後に街を歩く若者に新疆ウイグル自治区でのテロ事件について訊いたときもそうだった。なにも知らない。きょとんとしている。

報道の自由が保障されていないこの国では、「英語が読み書きできる」「日本語がつかえる」というのは、正しい情報を得るための——もっと言うなら、生きるための武器なのだ。

「李さん、きみはすごいよ」

「は？」

「英語もできて日本語もできるってことは、中国語も含めて、三通りの『目』で中国を見られるっていうことだもんなあ」

「はあ……」

「日本に帰ったら、ウチの娘たちにも、せめて英語はきちんと勉強しろって言うよ」

僕たちの国の、僕たちの言葉で伝えられる情報だって――ほんとうは、なにかが隠され、なにかがごまかされているのかもしれない。

「シゲマツさんは、英語は話せるんですか？」

李さんに訊かれて、「カタコトだけどね」と答えた。

見栄を張った。

その会話の小一時間後、僕は彼女の前で醜態をさらしてしまうことになる。

崇文門飯店に荷物を置くと、すぐに水泳競技の会場である『水立方』へ向かったのだ。

外の歩道は、チケットを求める客と、それを高く売りつけるダフ屋とが入り交じって、たいへんな混雑だった。

ダフ屋と交渉中の外国人の親子がいた。イギリスから来たのだという。名前はデイビッド。おまえの取材なんかに応えている場合じゃないんだ、早くチケットを買わないと競技に間に合わないんだ、とデイビッド氏はひどくあせっていた。

こっちもあわてて、せめて娘さんの名前と歳だけでも、と早口に言った。

「ハウ・オールド、娘さん?」

トニー谷である。

隣にいた李さんが、プッと噴き出すのがわかった。

「謝謝」事件につづいて、「娘さん」事件の勃発である。

ニッポンの若者たちよ、オジサンはもう間に合わないが、きみたちは英語をきちんと勉強したほうがいいぞ。いや、しなければならないんだ。

もう一度、マジに言っておく。

中国では、母国語しかできないと、ほんとうにかたよった情報しか得られないんだ。

それは——日本だって、同じかもしれないんだぜ。

元気な北京

さて、二日ぶりの北京である。

開会式を終えて、いよいよ五輪本番である。

日本を発つ前の報道では、厳戒態勢が敷かれた市内の物々しさがしきりに強調されていた。戒厳令さながらに武装警官がずらりと並び、ちょっとでも不審な人物は次々にしょっぴかれて、一般市民は外出さえ控えてしまうのではないか……と。

そんなことはありません（だから、やっぱり情報というのはかたよってるんだよ）。

北京、まったく元気でした。

確かに警察の車両は街のあちこちに停まっているし、巡回する武装警官の中には自動小銃を持っているひともいる。農民工や「直訴」の人々は街から排除され、海外メディアの取材にも、「中国国内を自由に取材できる」との公式発表とは裏腹に、有形無形さまざまな制限が加えられている。

しかし、北京の街を歩いてみると、萎縮ムードはほとんど感じられない。厳戒態勢の物々しさを呑み込んで、街じたいがオリンピックという「祭り」の舞台として蠢動している感じなのだ。

街の要所には、ボランティアの若者たちが詰めているブースがある。街角には「首都治安志願者」のTシャツやポロシャツを着たオヤジやオバサンが、小さな椅子とパラソルを出して、水筒のお茶をちびちび飲みながら、一日中座っている。

ブースにいる若者の数は、明らかに仕事量よりも（ついでにブースの中の椅子の数よりも）多すぎる。ご近所の道ばたに座っているオヤジやオバサンの目の前を、アヤしい人物がそう頻繁に行き交うとも思えない。ムダと言えばムダだし、市民の相互監視態勢というのも考えようによってはゾッとする光景ではあるのだが、みんな張り切っていることは確かだ。公式ボランティアに登録されているのは北京の若者の中でも「勝ち組」の大学生が中心だし、「首都治安志願者」の皆さんは職場や地域ぐるみで駆り出されているのだと知ってしまうと、ちょっと複雑な気分にもなるのだが、「オレはいま、オリンピックのためにがんばってるんだぞ」という溌剌とした笑顔にだけは、嘘はない、と思う。

五輪開幕直前に届いたTシャツやポロシャツを袋から取り出して広げ、ニヤニヤしたりドキドキしたりするひとびとの姿を思い描くと、なんだか「まあ、細かいことはどうだっていいや」という気にもなってしまう。

甘いか？

おひとよしすぎるか？

それでも、「お父さん、いよいよ明日から出番ね」「おう、しっかりがんばるからな、弁当デカ盛りで頼むぞ」と両親が話すそばで、息子や娘が『英会話一口メモ』みたいなのを読み返し、「キャン・アイ・ヘルプ・ユー？」とぎごちなく諳んじて、「おっ、国際人だな」とよけいなツッコミを入れたオヤジは無視されてへコんでしまう――そんな開会式前夜の一コマを無理やりにでも思い浮かべたいのだ。

あらためて、ここではっきり言っておく。僕は中国という国家の体制は嫌いである。共産党だからというのではなく、一党独裁だから嫌いなのだ。批判を許さず、対抗する勢力の存在を認めず、ひとびとの自由や権利を一方的に（時には武力をもって）制限する、そんな独裁というシステムがつづくかぎり、僕は中国という国家を好きになることはないだろう。

だが、中国という国家に生きるひとびとのことは、好きでありたい。

マナーの悪さ、身勝手さ、ずるさ、いいかげんさ……悪いところはたくさんある。ただし、そこには「日本人にも悪いところがたくさんあるのと同じように」という一文を入れなければフェアではないはずだ。ならば、「日本人にもいいところがたくさんあるのと同じように」、中国のひとたちにだって好きになれる部分は山ほどあるだろう。だいいち、出会ったひとを好きになれないのなら、取材の旅をする意味なんて、どこにある？

甘く、冷たかったニンジン

振り返ってみれば、中国取材で初めて自分なりの手応えを感じたのは、二〇〇七年十二月――三回目の予備取材のときだった。

われながら遅い。ガキの頃から転校・引っ越しつづきだったこともあり、新しい環境にすぐに馴染めることには自信はあったのだが、一回目と二回目の取材のときには、この国の、この街の、この時代の、このひとびとの、どこにどう爪をひっかければいいのか、まるでわからなかった。外に出て行かないうちに迷子になってしまった子どものようなものである。あるいは、目当ての場所に着く前にバスの中で酔ってしまった観光客のようなものでもあった。

大気汚染に「食」への不信、会場の工事の遅れ、いかにも国家総動員めいたマナー向上運動、広がる一方の経済格差や人権抑圧問題、そして日本へのブーイング……中国とオリンピックについては、開会一年前からさかんに報道されていた。その大半は――少なくとも、印象に残ったニュースの大半は、ネガティブなものだった（思えば、最初の予備取材のときは段ボール入り肉まん騒動の真っ最中だったのだ）。

確かに、それらの報道を裏付けるようなムカつくことやあきれることは、取材中に何度も体験した。だが、「やっぱり報道どおりでした」「あんのじょう北京はひどい街です」でまとめてしまうのは、ひとの尻馬に乗ってしまうようなもので面白くない。それなら『ネットで見つけた中国ひんしゅく話ベスト１００』でもつくればいいのである。

かといって、さまざまな問題点に目をつぶって、「五輪だ五輪だ、祭りだ祭りだ、わっしょいわっしょい」とも書きたくはない。ポンと膝を打って「よしっ！」と盛り上がるのではなく、理不尽は理不尽としてムカつきつつ、しかし最終的には、首をかしげながら、苦笑交じりに、「なるほどなあ……」とうなずくような、そんな中国との付き合い方ができないものか。

最初の二回はだめだった。『鳥の巣』の工事現場をはじめ行くべきところには行き、北京在住の日本人の皆さんやIT関連の若き起業家など、会うべきひとには会ったつもりなのだが、どうもいけない。資料を読みあさり、ノートをつくり、東京五輪当時の報道までチェックしても、「中国」や「北京」や「中国のひとびと」「北京のひとびと」という総体しか見えない。ひとの顔が見えない。声が聞こえない。目に映る風景も、なんだか雑誌のグラビアをそのままなぞっているだけのようにしか感じられない。

これはマズい。このままでは本番のルポも、「〇〇選手が金メダルをとりました」「××選手はだめでした」だけで終わってしまいかねない。

三回目の取材前に、Y記者に言った。

「ちょっと、北京の外に出てみる」

農村に行ってみたかった。

北京はとにかくオリンピックの本丸である。中国というデカすぎる国家の首都である。基本的には都市戸籍の持ち主しか住めない、エリートの街である。

名門・北京大学のキャンパスには、こんなスローガンが掲げられていた。

二〇〇五年『闊歩前行』

二〇〇六年『微笑北京』

二〇〇七年『決戦之年』

まことに威勢のいいものである。

だが、北京の外はどうなのか。中国の格差の「下」に置かれてしまっているひとびとは、いま、オリンピックについて、さらには中国について、どう思っているのか。

北京から車で二時間の距離にある近郊の農村・姜家村《ジャンジャ》へ出かけてみた。

姜家村は、河北省廊坊市《ランファン》が管轄する永清県《ヨンチン》の中にある。総人口三百九十五万人を擁する廊坊市の市街地を抜け、永清県の町なかを通り過ぎて、往復四車線が確保された広い道路をしばらく走っていると、いきなり道が途切れた。三叉路である。T字の形の横棒にあたる道路の向こうが姜家村――村内の道路は未舗装の細いデコボコ道ばかりだった。道路一本を隔てて、「いまの／豊かな中国」と「かつての／貧しい中国」とが隣り合っている。北京や上海と農村部の落差をそのまま、コンパクトな形で見せつけられたようなものだ。

貧しい村だった。文字どおりの寒村である。昭和四十年代あたりの日本の農村を彷彿とさせるところもあるが、日本の農村風景ではおなじみの山や川が、ここにはない。水気のほとんど感じられない乾いた大地が、見わたすかぎりつづいているのだ。「荒涼」という言葉を実感する風景だった。それでいて、平屋建ての農家の一軒一軒には衛星放送用のパラボラアンテナが設置され、山の代わりに視線をさえぎるのは市街地に建ち並ぶ高層住宅——というのが、いまの中国なのだろう。

木々がすべて葉を落とし、日陰の土がシャリシャリと凍った冬枯れの畑で、冷蔵庫代わりに地中に埋めておいたニンジンを取り出す老夫婦に会った。イモでつくった麺を、素麺の風干しのように竿に干しているおねえさんにも話を聞いた。

身なりはみすぼらしい。太く節くれだった手の指や分厚い手のひらが、厳しい暮らしを物語っている。

「オリンピック？　あるけど、行けないよ、チケットが高くてね」

掘り出したばかりのニンジンを僕にふるまいながら、おばさんが苦笑する。

麺を干していたおねえさんは、仕事の手を休めることなく、「中国の選手にがんばってほしいね」とだけ言った。

愛想がいいわけではない。しかし、はにかんだ笑顔にせちがらさはない。オリンピックに対して醒めているわけではない。だが、「私たちが!」「私たちの街で!」という肩に力の入った気負いとは無縁だ。

ニワトリやヤギが放し飼いにされている村の路地を歩き、小学校にお邪魔してみた。入学前の子どもたちの教室もあったから、保育園と小学校を兼ねているようだ。その保育園児の教室には、黒板に足し算の計算式が書いてあった。二十年後の中国の頭脳はこうしてつくられていくのか、と一瞬ビビったが、当の子どもたちはアニメのシールをおでこに貼って、のんきなものである。口まで届きそうなみごとな青っぱなを垂らした男の子を見るのは何年……いや、何十年ぶりだろう。

少しホッとした。国を挙げての祭りの準備に気おされて、火照り気味だった僕の頬も、冷たい風にさらされて落ち着きをなんとか取り戻した。

ひとに会おう、と決めたのだ。

中国の裏事情なんて知っていなくてもいいし、五輪後の中国経済について予測などできなくていい。そこいらのオヤジやオバサンやにいちゃんやねえちゃんに会いたい。「闊歩前行」する北京の足取りに追いつけない、お年寄りや子どもに会いたい。「微笑北京」なんて言ってる余裕はないよ、という暮らしを営むひとに会いたい。「決戦之年」もいいけど、それよりウチの子どもは算数ができなくって……とぼやくひとたちに会いたい。

ようやく、遅ればせながら、今後の取材の方向性が固まった。

小学校を出て路地を歩いていると、後ろから来たオンボロのオート三輪が、僕を追い越したところで停まった。

運転席から作業着姿のオヤジが、なにか声をかけてくる。

道を訊いているのだ。

オレに――？

ニッポンから来て、おそらく姜家村を訪れることは今後一生ないはずの、このオレを、地元のひとと思い込んだ――？

一瞬きょとんとしたあと、思わず声をあげて笑った。

いいじゃないか。オレ、意外とやっていけそうじゃないか。

北京の外に出たからこそ、見えてくる北京がある。

学校にいた子どもたちは、迎えに来たおじいちゃんやおばあちゃんとともに帰宅した。両親は都会に出稼ぎしているので、村に残っているのはお年寄りと子どもがほとんどなのだ。両親は「農村戸籍」のまま（さまざまなハンディキャップを抱えつつ）都会で暮らせても、学校に通う子どもたちは故郷を出るわけにはいかない。この国では、家族そろって暮らす場所さえ自由には選べないのだ。

その一方で、北京の夕食時は、どこの小吃やレストランも家族連れでにぎわっている。祖父母に子世帯、さらには親戚の家族も加わっての、いかにも楽しそうな晩餐である。中国は伝統的に親子や一族のつながりが強い。だが、豊かな北京から一歩外に出ると、そこにはお父さんやお母さんと年に数日しか会えない子どもたちが、あたりまえのようにいるのだ。

青っぱなを垂らした姜家村の子どもたちは、とても恥ずかしがり屋で、純朴で、可愛かった。休み時間の教室にいきなりずかずかと入ってきた僕を（あとで先生らしき女性に叱られた）はにかんだ笑顔で迎えてくれて、別れぎわにはみんなで手を振ってくれた。

きっと、この子たちはオリンピックの「光」しか知らされることはないのだろう。だが、この子たちの両親の多くは、おそらく「影」の中でオリンピックを支えている。その矛盾や理不尽に、いつか子どもたちは気づくだろうか。そして、当局はそれに決して気づかれないように、これからも都合のいい情報だけを流しつづけるのだろうか。その歪みがあらわになったとき、当局はまた、一九八九年の天安門事件のように、武力で制圧するのだろうか。

それにしても、あの日畑で食べさせてもらったニンジン、冷たくて、甘くて、ちょっと凍ってシャリシャリとしていて、ほんと、美味かったなあ……。

第5章　北京にて、はじめてのおつかい

ダフ屋に群がる人々（2008年8月10日）

ダフ屋大活況

八月十日午後、オリンピックは最初の大きな盛り上がりを迎えていた。『水立方』でおこなわれる女子シンクロ板飛び込みに、中国の国民的アイドル選手・郭晶晶《グゥオジンジン》選手が出場するのである。

競技日程に中国の意向がどの程度入っているのかは定かでないが、十七日間の長丁場を通して、国民の誰もが知っているスター選手の配置はなかなかのものである。序盤戦で郭晶晶選手が艶やかに大会の雰囲気を盛り上げ、お家芸の体操や卓球がつづく。予選リーグから会場を沸かせてくれるはずの男子バスケットボールの英雄・姚明《ヤオミン》選手が、決勝トーナメントのおこなわれる日程後半をグイグイ引っぱって、そして大会のラストスパートは、アテネ五輪の金メダリスト・男子百十メートル障害の劉翔《リュシャン》選手にまかせろ……。いま名前を挙げた三人の選手は、いずれもCMにもやたらと登場している。選手のスター化、アイドル化は、もしかしたらニッポン以上かもしれない（ただし、彼らはお笑いタレントにイジられたりはしない）。

そんなわけで『水立方』のチケットは当然ながら完売——のはずなのだが、こんなときこそがダフ屋の書き入れ時である。開会前にダフ屋の徹底排除を公言していた当局の目をかいくぐって、というより、ほとんど見ても見ぬふりの状況のもと、皆さん、会場外の路上でせっせとビジネスにいそしんでいる。

国際色豊かである。地元・中国のオヤジもいれば、通訳も兼ねた中国人女性と組んだアラブ系フランス人っぽい若者もいる。カリビアンもいる。マレーシアあたりから来たとおぼしき、ポマードで撫でつけた七三分けの（ただし目つきは悪く、ポロシャツは紫色である）男もいれば、しょぼいタトゥーを腕に入れた白人もいる。脈のありそうな客には携帯電話の番号を伝え、そこから本格的な商談が始まるあたり、日本でのドラッグ密売にも似ている。

商売は強気である。正規で買えば六十元（約九百六十円）の一番安い席が、ダフ屋に頼ると五千元（約八万円）になってしまう。最初のうちは千五百元（約二万四千円）で売られていたのだが、買い手が殺到するのを見て、ダフ屋があっという間に値を釣り上げていったのだ。需要と供給である。郭晶晶を一目見たさになけなしのヘソクリを持ってきた中国のひとびとも、資本主義の厳しい仕組みを身をもって学んだに違いない。

父ちゃんと北京に来たぞ

「シゲマツさん、どうしますか?」

Y記者が訊いてきた。じつは、Y記者・李さん・シゲマツのチームは、今日のチケットを持っていないのである。

今回のオリンピック、すでに多くの批判がなされているとおり、海外諸国へのチケットの割り当ては極端に少ない。水泳や体操などの人気種目は、朝日新聞取材班の中でもチケットの争奪戦が繰り広げられているのだという。

僕たちも、たとえ違法行為ではあってもダフ屋からチケットを買うのもやむなし、と覚悟していた。しかし、すでに相場はわれらの予算をはるかに超えている。とても三人そろって入れるような状況ではない。

「予算のことは、わたしがあとでなんとかします。もしシゲマツさんが競技をどうしてもごらんになりたいのなら、一枚だけでも買っちゃいましょう」

なんと仕事熱心なのだろう。「謝謝」事件に「娘さん」事件を引き起こしたこのオレを、通訳なしで現場に放り込むというのは、罰ゲームのつもりなのだろうか。

Y記者のありがたい申し出に(ひそかな疑念とともに)感謝しつつ、しばらく考えたすえに、首を横に振った。

「オレ、ここにいる」

会場外の路上にあふれ返るひとびとを見ていたい、と思った。郭晶晶の競技そのものはテレビでも放映されるはずだし、それを客席でどんなに目を凝らして見ていたところで、スポーツ部の記者の取材にかなうわけもない。

路上にいよう。この場にとどまっていよう。歩かずにすむし。

「でも、会場の雰囲気は取材しなくていいんですか?」

「だいじょうぶ」

これはヘタレなシゲマツには珍しく、きっぱりとうなずいた。

独断と偏見ながら、理由がある。こんな人気競技のチケットを持って入場しているのは、中国でもごく一部の、かぎられた、組織的な動員であったり当局にコネを持っていたり、ダフ屋に何千元も支払える金持ちだったり……ロクでもないヤツらである(だから独断と偏見だと言っただろ)。

僕が目に焼きつけておきたいのは、そういうひとたちの姿ではない。

チケットもないのにお祭り騒ぎに誘われてつい会場の近くまで来てしまったひとや、ダフ屋にチケットの値段を聞かされてがっくりするひと、ただぶらぶらと歩いているだけのひと、植え込みのまわりにできた水たまりの泥をスコップですくって捨てるおじいさん、仮設トイレの見張り番のおばちゃん……ぼんやりと見ているだけで飽きないし、背の高いフェンスと警備の武装警官によって会場と隔てられた「外」にこそ、中国の「中」の暮らしがあるのではないか、とも思うのだ。

「でも、だいじょうぶなんですか？　オリンピックの取材ですよ、スポーツ面にコラムも書かなきゃいけないいんですよ」

「なんとかなるって」

「シゲマツさん……ひょっとして、天津のサッカーを観ただけで、オリンピックの取材に飽きちゃってません？」

「だってオレ、国を背負ってあーだのこーだのって、もともと嫌いだもん」

「そんな、いまさら……」

「でも、マジに、ここにいたほうが面白いんだって」

ほら、あそこ見ろよ、と指差した先には、ダフ屋と交渉中の親子連れがいる。いや、正確には「交渉」というレベルではない。幼い息子を連れた三十代の父ちゃんの予算がよほど安かったのだろう、長い金髪を後ろで束ねた若い白人ダフ屋はケンもホロロに、手に何枚も持ったチケットで、しっしっ、あっちに行きな、と追い払っている。

「ちょっと話を訊いてみようぜ、あの父ちゃんに」

広州から夜行列車に乗って北京に五輪見物に来た、三十六歳の陳一津《チェンイージン》さんと八歳の陳日《リー》林《リン》くんの親子である。

本日の『水立方』のチケットは高すぎて手が出なかったものの、明日の柔道のチケットをダフ屋から買ったばかりだという。定価百二十元（約千九百二十円）の券が、二枚で一千元（約一万六千円）――水泳に比べれば確かに安いのだが、それでも高い。ちなみに五輪終了後の二〇〇八年八月二十九日に中国の研究機関が発表した大都市の平均年収によると、広州で働くひとの年収は一・八万元（約二十八万八千円）から四十二万元（約六百七十二万円）だった。陳さん親子の身なりからすると、おそらく、父ちゃんの年収は真ん中から下のほうだろう。

「柔道、好き？」

日林くんに訊くと、「ううん」と首を横に振る。どうやら父ちゃんは値段優先で観る競技を決めているようである。

陳さんは、あわてて「昨日はバスケットボールを観たんだ」と父ちゃんの力をアピールする。

「そういえば、昨日は男子の予選リーグの中国対アメリカ戦がありましたね」

僕のなにげない相槌に、日林くんは「えっ？　そうだったの？」と言いたげに陳さんを見上げ、陳さんは気まずそうに目をそらして、「それは観てないんだ」と言う。

「じゃあ、どことどこの試合を観たんですか？」

「……ドイツと、アンゴラ」

縁もゆかりもない国同士の対戦である。

「で……もう一試合は、ロシアとイラン……」

シブい。シブすぎるチョイスである。さぞやダフ屋価格も安かったことだろう。

「試合、どうだった？」

ダメもとで訊くと、日林くんはやっぱり「ちっとも面白くなかった」と口をとがらせた。父ちゃんの面目、丸つぶれである。

それでも、父ちゃんはがんばっているのだ。優しい父ちゃんなのだ。手には、道ばたの露店で買ったという小さな中国の国旗を、息子のぶんとおそろいで二本持っているのだ。

「ところで奥さんは？」と訊いた僕に、陳さんはほんの少し寂しそうな笑顔になって言った。

「じつは、カミさんは病気なんだ。夏休みなのに、この子をどこにも遊びに連れていってやれないんじゃかわいそうだから、二人で北京に来たんだよ」

なあ、ニッポンの皆さん。

赤い国旗を振って「中国、加油！」を叫ぶ中国の観客のこと、「観戦マナーがなってない」とか「ナショナリズムの発揚だ」とか、あっちこっちで悪く書かれてるの、たくさん読んだよ。

その報道が間違っているとは思わない。オレも実際に見てると、いい気はしない。職場や地区で動員をかけられた連中の応援はやっぱり気持ち悪いし、組織的なブーイングなど許せるものか。

それでも、国旗を振っている中には、陳さん親子みたいなひとたちだっているんだ。広州から夜行列車に二十三時間も揺られて北京まで来た陳さんと日林くんが、なんとかチケットを手に入れて二階席や三階席に並んで座って、みんなと一緒に国旗を振って、だんだん楽しくなって、声を合わせて「中国、加油！」……きっと、日林くんは広州に帰ると、「バスケットや柔道はつまんなかったけど、応援は面白かったよ」と病床のお母さんに話して聞かせるんだよ。そんな親子の姿までひとくくりにされて悪く言われてしまったら、オレ、なんかツラい。

たぶん、「中国、加油！」には二種類あるんだよ。

「中国（という国家）、がんばれ！」――それは嫌いです、オレも。

でも、陳さんたちは、こう言っているんだ。

「中国（という国で生きるオレたち）、がんばれ！」

おう、しっかりがんばれよ——。

その程度のエールは日本人のオヤジにも贈らせてくれ。

待つことが嫌いな中国人

会場の外にいるからこその発見は、いくつもある。

たとえば——。

中国のひとたちは、仕事の手際はのんびりしているくせに、待つことが嫌いである。

その象徴がタクシーの乗り降りである。車を街なかで停めて降りようとすると、必ずと言っていいほど次に乗り込む客が駆け寄ってくる。ほら早くしろ早く降りろ、とドアを自ら開けて（中国のタクシーは自動ドアではないのだ）先客を急かすのは珍しくないし、後部座席でこっちが支払いをしているうちに助手席には早くも次の客が乗り込んでいることだって少なくない。

『水立方』の外の路上でも、こんな光景を見かけた。

ひとびとでごった返す歩道には、仮設トイレがずらりと並んでいる。日本ならトイレは歩行者の動線からはずれた奥まったところに置くはずだし、歩行者の行き来にトイレの順番待ちの行列が加わると、混雑する歩道がよけい混雑してしまうだろう。だが、当局はそんなことおかまいなしなのである。トイレの利用者も、壁の外を見知らぬひとが行き交うなか、平気な顔で使っているのである。さすがに二十数年前まではドアも仕切りもない集団排泄型トイレがあたりまえだったお国柄、シモには大らかなのである。

行列は長い。しかし、皆さん、おとなしく待っている。長い行列の後半になると、のんびりとジュースを飲んでいるひとまでいる。「なんだかよくわからないけど、とりあえず並んでみるか」のノリなのである（実際、そういうひとって多いんだよ）。

ただし、ドアのすぐ前に立つ「次」のひとだけは違う。「次の次」だった頃には気長にかまえていたのに、「次」になったとたん、目の色が変わるのである。急にイライラしはじめるのである。

たったいま先客が入ったところをこの目で見ているはずなのに、ノックをする。それも「早くしてくれ」ではなく、「ほんとに誰か入ってるのか？」と確かめるようなノックである。プリンセス天功ではないのだから消えません。ノブをつかんで回すひとまでいる。万が一、先客が鍵をかけ忘れていたなら、大惨事必至である。

「次の次」まではおとなしくても、「次」になったとたん、ものの道理がわからなくなるほどせっかちになる――ほんのわずかな中国体験で知ったふうなことを言うのは厳に慎むべきだが、なんだか、ここに中国のいろんな意味での「強さ」のヒミツがひそんでいるような気がしてしかたないのだ。たとえば、僕たち日本人は、往々にして「次の次」の立場のときには威勢がよくても、いざ「次」になると急にビビってしまいそうではないか。ネットの悪口とかさ、飲み屋にいるオヤジの「今度ガツンと言ってやるよ」とかさ。

さらに思った。いまの中国の元気のよさは、いよいよわが中国はアメリカの「次」の存在になったぞ、「次」はオレたちの時代だぞ、という意識が根っこにあるからなのかもしれない。

ならば、「次」のポジションから念願のトイレ使用権を獲得したら、いったいどうなってしまうのか。さすがにトイレから出てきたひとに「どんな気分でしゃがんでましたか?」と訊くわけにはいかなかったものの……いまの共産党一党独裁の当局の態度が、すでにその答えになっていそうな気もするのである。いや、マジに、トイレの使い方の汚さは王さま気分としか思えないのだから。

それぞれのマイ・ポーズ

また、中国のひとたちは、写真を撮るのが好きである。写真を撮ってもらうのは、もっと大好きなのである。

どんなに混み合った場所であろうとも、撮影に必要な一、二メートルの距離が確保できるなら、必ず撮る。通行人の迷惑などおかまいなしで撮る。通行人のほうも気づかいなしにカメラの前をばんばん横切っていく。「昭和」のニッポンでもオヤジたちがカメラを提げた姿は観光地の定番スタイルだったが、中国の場合は、庶民にカメラが普及したタイミングと、フィルム代や現像代の要らないデジタルカメラへの移行とが重なって、もう、撮り放題の撮られ放題なのである。

なにより、シャイな日本人との最も大きな違いは、撮られるひとたちの自意識である。ピースサインがせいぜいの日本人とは違って、アチラのひとたちは、みんなマイ・ポーズを持っている。どんなオバサンでも、腰に手を当てて斜め四十五度を向いたモデル立ちはあたりまえである。腹が出て髪が薄くなったオヤジも段差を見つけては片足を上げてそこに載せ、頬杖までついて、マドロス立ち、波止場のアウトロー立ちを決める。それもマジだ。思いっきりマジにポーズをとっている。

ましてや、ここは『水立方』の前である。遠くに『鳥の巣』も見える。『鳥の巣』の屋根からは聖火の炎もたちのぼっている。一世一代の晴れ舞台と言っていい。

右手を高々と頭上に掲げた若い女性がいる。カメラをかまえた連れの男は、もっと右だ、もうちょっと上だ、と軽く握った右手の位置を細かく指示している。しばらく見ていてわかった。聖火である。このおねーちゃん、『鳥の巣』の聖火をエア・トーチで右手に持っている写真を撮ろうとしているのだ。この角度なら彼女の横には仮設トイレも写り込んでしまうはずなのだが、細かいことは気にしない。自分がちゃんと写っていれば、それでよし。街の美観のために胡同を取り壊してフェンスで隠す当局より、よっぽどハラが据わっているのである。

そんなひとたちが、とにかくやたらといる。どこにだっている。いつだっている。

これは後日、オリンピック公園の中で見かけた光景なのだが、『鳥の巣』を背景に三人並んでジャンプしている少年たちがいた。その跳びっぷりもハンパではない。三人でつないだ手を高く持ち上げ、両膝を空中で折り曲げて、二昔前の『明星』や『平凡』のグラビアでおなじみ、『卒業・進学おめでとう！　ホリプロ三人娘、明日に向かってジャンプ！』のノリである。スポーツ新聞なら『目指せ新人王！　ルーキー新春に誓う！』なのである。これをマジでやっているのだ。しかし、プロのカメラマンのようなわけにはいかない。ジャンプとシャッターのタイミングが合わずに何度も何度も何度もやり直しているうちに三人は汗だくになり、不機嫌にもなって、最後は「誰がこんなの撮ろうって言いだしたんだよ」「オレじゃねーよ」「じゃ誰なんだよ」「おめーだろ」「じゃあ何時何分何秒にオレが言ったんだよ、ほら、言ってみろよ」……と、ひじょうに険悪な雰囲気になってしまったのである。しかし、それを最後まで見ているオレも暇だな。

そんな百花繚乱、百家争鳴のマイ・ポーズの中でも、最も唖然とさせられたのは、王府井のデパートの前で見た、こんなポーズだった。いいですか、ただのデパートですよ。ちょっとレトロな建築様式ではあっても、目を留めるほどではない、そんなデパートの前で、二十代後半のおねえさんが、バレエのアティチュードのポーズ——片脚を曲げて後ろに上げ、両手を伸ばしてLの字をつくる、アレを決めているのである。決してアブないひとではない。仕事帰りなのか、服装はキャリアふうのかっちりしたものだったし、スタイルもいい。顔立ちだって、かなり美人の部類に属するひとである。だからこそ、サムかった。イタかった。

彼女は何年か先にその写真を見て、どう思うのだろう。われらニッポンのオヤジが、ガキの頃の「シェーッ!」の写真を見て苦笑するのとはわけが違う。赤面どころではなく、顔面蒼白になっても不思議ではないはずなのだが……そんなタマじゃないよな、と思うのだ。平気な顔で「あら、なかなかいいじゃない」なんて言うんだろうな、という気がするのだ。

自意識過剰気味のポーズを軽々と決められるということは、ナルシシズムのあらわれでもあるだろうし、強烈な自己肯定と言い換えてもいいだろう。中国でビジネスをする日本人はしばしば「彼らは自分が悪いときでも絶対に謝らないんだよ」と嘆くのだが、なるほど、この自己肯定の強さを思うと、それも納得がいく。「オリンピックの成功は中国のひとびとのナショナリズムをさらに強めた」とよく言われる。だが、僕はむしろ、同様に数多くのひとが指摘する「自信をつけた」のほうに重きを置いて解釈してみたいのだ。オリンピックで発揚されたものは「ナショナリズム」よりも「ナルシシズム」のほうだとすれば……国家レベルの外交にとどまらず、ビジネスや日常生活の現場でも、ますます「おまえが悪いんだから謝れ!」「私が謝る必要はない!」の衝突は増えるだろうなあ、と思うのである。

生き抜くための知恵

もう一つ、『水立方』付近で気づいたことを挙げておこう。

中国のひとたちは、じつに、ひじょうに、とんでもなく、好奇心が旺盛である。物見高いというか野次馬根性丸出しというか、路上で誰かが立ち話をしていたらあっという間に人だかりができる。赤の他人だろうが、ダフ屋とのゼニカネの交渉だろうが関係ない。「ん? なんだなんだ?」と思った瞬間に足がそっちに向かっているのだ。

それも、遠巻きに眺めるようななまやさしいものではない。グイッと顔を入れてくる。体をぴったり寄せてくる。「話に割って入る」というのは決してただの比喩ではないのだ。

取材中だって遠慮も容赦もない。いきなり顔を突っ込んできたオヤジが「おまえ誰だ?」と僕の顔を至近距離で覗き込み、首から提げた取材用のIDカードを手にとって（ひっぱるな!）じろじろ見て、そうかそうか、取材なのか、と納得したうえで、本格的に参加である。僕と取材相手のやり取りに外野の連中もいちいち「ふむふむ、なるほど」とうなずき、「で、どうですか?」と僕が質問をすると、僕以上に熱心な表情で取材相手を見つめて、「で、どうなんだよ」と答えをうながす。取材相手が「こーゆーことなんだよ」と答えると、今度は僕のほうにクルッと向き直って「そーゆーことなんだよ」と念を押す。さらには、僕のメモが気になると「ちょっとオレにも見せてみろ」と頬をすり寄せんばかりにしてメモを覗き込み、取材相手に代わって僕の質問に脈絡なく答え、まいったなあと思うそばから、新たに人垣に加わったばかりのオヤジが顔を突っ込んできて、「おいおいおい、なんだなんだなんだ、ちょっとオレにも説明してくれよ」と僕から取材相手を奪い取ってしまう……。

この距離感の近さは、いったいなんだろう。

「ずうずうしい」とか「無遠慮」という言葉ではまとめきれず、かといって「下町の人情味あふれるおせっかい」とも明らかに違う、濃密な距離の取り方である。

取材に一段落ついた頃には、ぐったりしてしまった。草いきれならぬ人いきれに、息が詰まりそうだった。

そんな僕に、Y記者は、しみじみと感に堪えたように言った。

「中国の口コミっていうのは、こうやって広がっていくんですね……」

なるほど。

生き抜くためには正しい情報を持っていなければならない。正しい情報を得るために信じられるものは、自分の耳だけ。激動の二十世紀から脈々と——いや、時代をさらにさかのぼった頃からDNAのように受け継がれてきたサバイバルの知恵が、一言半句も聞き漏らすまいという、あの距離感を生んでいるのだろうか。

だとすれば、バッシングや不買運動や反日デモなど、インターネットから生まれたムーブメントが日本よりはるかに激しいというのも、なんとなく納得がいく、日本ではネット世界は仮想現実だが、中国でネットにハマるひとたちは、もっと現実的な、巨大な立ち話としてとらえているのかもしれない。

ささやかな日中友好

『水立方』の外の路上でダフ屋と交渉しているのは、中国のひとたちだけではない。日本人の若者もいた。

彼との出会いは、翌日が締切だった『北京便り』に書かせてもらった。

『北京便り――ささやかな「がんばれ！」』

8月10日午後におこなわれた女子シンクロ板飛び込みは、北京っ子が最も楽しみにしていた競技の一つ――中国の国民的アイドル選手・郭晶晶選手が出場するのだ。そのため、会場の『水立方』の周囲は競技開始ぎりぎりになっても、入場券をなんとかして手に入れたい人と、それを高く売りつけたい人（要するにダフ屋です）とが入り乱れて、たいへんな混雑だった。

そんな中、「要門票（入場券が欲しい）」の紙を掲げる日本人青年がいた。慶応大学4年生の小浜一成さん。男子平泳ぎの入場券が欲しいのだという。

「末永くんを見たいんです。そのために昨日、日本から来たばかりなんです」

じつは小浜さん、高校時代に平泳ぎの選手として活躍し、同い年で同じ神奈川県の末永雄太選手とは、当時の良きライバルであり、いまも友人なのだ。

「僕は大学1年生のときに北島康介さんと同じ試合に出て、とてもかなわないと思って、競泳をやめたんです。でも、末永は地道にがんばってきて、五輪代表にまでなったんです。よかったなあ、って思ってます」

もともと北京に出かけるつもりはなかったが、大会が近づくにつれて、いてもたってもいられなくなった。入場券が完売しているのは承知で、アルバイトで稼いだお金をはたいてやってきた。友人の晴れ舞台をこの目で見たい――という一心で。

代表選手に寄せられる「がんばれ！」は、なにも「ニッポンのために」だけではない。ささやかで、個人的な、でも、だからこそ深い「がんばれ！」の声は、末永選手にかぎらずすべての選手に聞こえているはずだ。

残念ながら、末永選手は100メートルでは11日の決勝に進めなかったが、13日には200メートルの準決勝がある。定価よりもうんと高いお金で当日の入場券を手に入れた小浜さんも会場にいるだろう。末永、がんばれ――小浜さんの声援が歓声に変わるといいな。

（朝日新聞二〇〇八年八月十二日）

じつは小浜さんがチケットを手に入れたのはダフ屋からではない。ダフ屋に二千ドル（約二十万円）の高値をふっかけられながら交渉しているとき、通りかかった中国人の若者が「ネットのオークションでもっと安く手に入るぜ」と教えてくれたのだという。

肝心の末永選手は惜しくも予選落ちしてしまったのだが、小浜さんにとって北京で過ごした数日間は、きっと生涯忘れられない体験になるだろう。コンサルティング会社に就職することが内定しているという小浜さん、もしかしたら、中国とかかわる仕事も手がけるかもしれない。そのときにはどうか、チケットの入手法を教えてくれた親切な若者のことを思いだしてほしい。そうすれば、きっとうまくいく。よその国のことをどう思うかというのは、結局のところ、どんなひとと出会ったかがすべてなのだと思うから。

僕だってそうだ。

『水立方』周辺での取材を終えて夕方に崇文門飯店に帰り着くと、一息つく間もなく街に出た。早朝に成都を発って、昼飯もろくに食っていない。残り一日分になった痛風の鎮痛剤も発作の再襲撃に備えて朝から服んでいないので、右足首はうずきどおしである。本音ではベッドに横になって少しでも体を休めたいのだが、のんびりしてはいられない。万が一ベッドで寝入ってしまい、夜になるまで目が覚めなかったら、明日から大変なことになってしまう。

なにしろパンツの替えがないのである。服の着替えもないのである。

北京空港の税関で足止めをくらっているスーツケースは、まだ手元に届いていない。李さんが業者に連絡を取ってくれているが、まったくラチが明かない。しかも、北京は思いのほか肌寒く、天気も悪くて、朝のうちにホテルの洗面所で洗っておいたパンツやTシャツは、夕方になってもじっとりと湿っている。翌朝までに乾く保証はどこにもない。とにかく当座の着替えだけは確保しておかなければ……と、ホテルの近所のデパートへ松葉杖をついて一人で出かけたのである。

Y記者は「わたしと李さんが買ってきましょうか?」と言ってくれたが、成都につづいて二度も下着を買いに行ってもらうなど、考えようによってはりっぱなセクハラ&パワハラである。自分のことは自分でやらねば。

まったくもって難儀な話ではないか。

しかし、いまにして思えば、その日の外出が、崇文門で過ごすその後の日々をとても心地よいものにしてくれたのだ。

話はオリンピックからどんどん遠ざかってしまうのだが、しばらく付き合っていただきたい。

四十五歳、はじめてのおつかい

ホテルから徒歩二分の場所にあるデパート『新世界商場』は、地下にスーパーマーケットも併設している。食料品だけでなく、日用雑貨や衣類の品ぞろえも充実しているのは、予備取材のときに仕込みずみである。

さっそくそのマーケットに向かい、下着を買いそろえた。パンツもシャツも二十元（約三百二十円）あたりからある。安い。ただし、趣味は思いっきり悪い。黒いランニングシャツの背中に、なにやらえたいの知れない紋章が白くプリントされていることぐらいは、まあ、想定の範囲内だったが、黒いブリーフの真ん中——要するにナニを収めるところにサソリのプリントがあるのは、さすがに笑った。股間のもっこりに合わせて、きっとサソリも猛々しく爪や尻尾を振りかざすことだろう。

当然、買い求めた。ホテルの部屋に戻って穿いてみた。XXLサイズなのだが、安物だけに、どうも全体的に窮屈である。ぽこんと突き出た腹がブリーフの上にのしかかっているせいか、せっかくのサソリもザリガニみたいなショボさである。それ以外の理由は、いまは考えたくない。で、一日穿いてみて（Y記者も李さんも、よもやこのオヤジの股間にサソリがひそんでいるとは思いもよらなかっただろう）、ホテルの洗面所で洗濯して、干して、乾いたブリーフを見ると、XXLサイズがMサイズに縮んでいた。もはやサソリは甘エビである。「安物買いの銭失い」——日本では「昭和」の終わらないうちに死語になってしまった言葉は、まだまだ中国では健在なのだった。

デパートに上がって、ジーンズも買った。着たきりスズメでは、にわか雨に降られたらおしまいなのだ。そして、この夏の北京の天候は、どうにもぐずついていて、雨が多い。夜中には毎晩のように雷が光っている。思わぬ出費は痛かったが、背に腹は替えられない。せめて日本に帰ってからもきっちり穿けるヤツにしよう、と日本でもお馴染みのメーカーのショップに入った。うまいぐあいに、ユーズド風の穿き心地のよさそうなジーンズが何本もラックに掛かっている。問題はサイズである。わがウエストは、恥ずかしながら三十八インチ。しかし、ラックにあるのは三十三インチが最大だった。

店員のおねえさんに声をかけてみたが、どうも英語は通じないようだ。ならば、ジェスチャーと筆談しかない。「オレのおなか、大きいんだよー」と相撲取りが腹を叩くような真似をして、「でも、ここにあるのは、みんなちっちゃいんだよー」とジーンズを体の前にあてて、とほほ、の泣き真似をして、メモを取り出して、オリジナルの中国語を書いた。

「我胴幅38吋也。現有商品過小。乞増胴幅商品」

通じたのである。

おねえさんは、あははーん、と笑って店の奥に入り、みごとに三十八インチのジーンズを持ってきてくれたのである。

しかしながら、丈が若干、いや、かなり長すぎる。

再び筆談である。

「我足短。乞切断商品」

おねえさんは再び、あははーん、と笑った。そして、おもむろにジーンズの裾を数センチほどくるっと裏返して、これでよし、これでよし、というふうにうなずいた。こちらとしてはきちんと裾上げをしてほしかったのだが、贅沢は言うまい、いまはただ、話が通じたことだけを喜びたい。

いや、実際、ほんとうにうれしかったのだ。

食べ物がらみで筆談やジェスチャーで注文をしたことは何度もあるが、服のように「残るもの」をきちんと買えたというのは、また喜びもひとしおである。意外とやるじゃんオレ、と自分を褒めてやりたい。

中国のデパートは、ショップで支払いをすることができない。ショップでつくってもらった伝票を持って支払いカウンターへ向かい、そこでお金を払って領収書を受け取り、それを持って再びショップに戻って品物を受け取るという、ムダに歩かされるシステムである。松葉杖をついている身にはキツい話なのだが、足首の痛みも忘れるほどゴキゲンだった。やれるぞオレ、この街で、この国で、やっていけるかもしれないぞ、とガッツポーズまで出た。

その勢いを駆って、バーゲンでオヤジくさい長袖のポロシャツを買った。別の店でTシャツも買った。あとで李さんに訊くと、北京の男子に人気のショップらしいのだが、デザインの趣味はやっぱり悪かった。ラメ入り刺繍だのスナップボタンだのと光り物がやたらと多いのである。シャツの襟がピンと尖りすぎなのである。それでも、その趣味の悪さ、オレ、決して嫌いではない。囚人服のようなド派手なストライプのTシャツを買い、ヘンリーネックのボタンが腹のあたりまでつづいた黒地の七分袖Tシャツを買った。七分袖のほうは左半身にツタのような龍のような刺繍がデカデカとついている。むろん、ラメ入りの銀色である。帰国後にそれを着ていたら、旧知の編集者に「テキ屋のダボシャツか?」と言われたのだが、そのときはとにかくゴキゲンだったのである。身振り手振りで高そうな新作を勧めてくる店員のおねーさんとコミュニケーションがとれるのがうれしくて、ついつい買ってしまったのである。

若者に人気のショップだけに、店員のおねーさんも、みんな若くてきれいである。ちょっとヤンキーも入っている。日本語なら「カレなんか、このあたりいいんじゃないかなー、今年の秋、ぶっちゃけ来ますよ、このデザイン」なんて言い方をしそうな皆さんである。

そんな彼女たちが、三人がかりで僕にジェスチャーと筆談で伝えてくるのだ。

「いまは特別キャンペーン中で、Tシャツを二枚買うと、ベルトが半額で買えます! なんとお得なんでしょう!」

持ってきたベルトは明らかに僕には短すぎる。やむなくそのベルトを腰に巻き、一周しないことを身をもって伝えて、ダメだよ無理だよごめんね、と断ろうとした。ところが、向こうは「平気平気ーっ」「カノジョにプレゼントすればいいじゃん」「半額だしー、お得だしー、これラストチャンス、みたいなぁ?」と譲らないのである。キャッキャッと面白がって、僕の腰に再びベルトを巻きつけ、一周しないのを確かめて、さらに面白がるのである。

もういいや、どうでもいいや、オレも楽しいし。

買った。使えもしないベルトを四十八元(約七百六十八円)も出して買ってしまった。

夜の街の取材をしないでよかった。

身ぐるみはがされるところだった。

ミヤサコとの出会い

とにかく買い物をしたのである。はじめてのおつかいは、成功だったのか大失敗だったのかは知らないが、とにかく終わったのである。

デパートを出て、裏通りをぶらぶら――いや、松葉杖をついて、よっこらしょ、どっこいしょ、と歩いた。すでに外はとっぷりと陽が暮れている。ホテルに戻る前にお疲れさまのビールでも飲みたいところだが、痛風を抱えた身にビールのプリン体は危険すぎる。せめて、美味いコーヒーを飲みたい。北京市内の飲食店は室内全席禁煙なので、できれば煙草の吸えるオープンカフェの店がいい。日本ではコーヒーを一日に十杯以上も飲むシゲマツ、そろそろ禁断症状が出ていたのである。

そんな店が都合良く近所にあるわけないよなあ……と、あきらめ半分で歩いていたら、ホテルのすぐ裏手に、一軒家のこぢんまりしたカフェを見つけた。オープンテラスもある。ジャズが流れている。『ペーパームーン』である。いいじゃないか。期待していなかったぶん、喜びが大きい。よく見ればたいしたことのない店のインテリアや照明も、このときだけは、とんでもなくお洒落に思えた。

店内に入り、カウンターでコーヒーを注文した。「大」が二十二元（約三百五十二円）――メシの相場からすると割高だが、まともなコーヒーが毎日飲めるのであればゼニカネのことなど言っていられない。

それになにより、カウンターにいた店員のにいちゃんが、いい感じなのである。歳は三十歳ぐらいだろうか。顔は、雨上がり決死隊の宮迫博之さんにちょっと似ている。カタコトの英語も話せる。悪くないな、と思っていたら、ミヤサコも中国語が話せない僕に興味を抱いたようで、「どこから来たんだ？」と英語で訊いてきた。

「日本から来たんだ」

「オリンピックか?」

「そうだ。オレは取材して原稿を書くのが仕事なんだ」

すまん。いまのは嘘だ。そんなにまとまったことは言えない。双眼鏡をかまえるジェスチャーをして「ルック」、それはそっちに置いといて、と両手で場所を移して「アーンド」、書きものをするジェスチャーをつづけて「ライト」。

するとミヤサコ、勘のいいヤツで、「おーう、ジャーナリストか」と大きくうなずいた。

うれしいんだよ、ほんとうに、その程度のことでも。

厳密には「ジャーナリスト」などという気張ったものではなく、ただの読み物作家なのだが、それを説明するのはさすがに難しそうだった。旅先のコミュニケーションは深追いしないことがコツなのである。

「じゃあ、オレ、外で飲むから、コーヒーとアッシュトレイ、プリーズ」

テラス席を指差し、コーヒーを飲むしぐさをして、エア煙草のエア灰をエア灰皿に落として、よろしくっ、と言った。

すると――。

ミヤサコは「ジャスト・ア・モーメント……」と言いかけて、ふとなにかを思いだしたようにニヤッと笑って、言い直したのだ。

「ちょと待て」

日本語である。

「ちょっと」が「ちょと」になってはいるが、確かにそれは日本語だった。

驚いて「キャン・ユー・スピーク・ジャパニーズ?」と訊くと、ミヤサコは「オンリー・ワン」と（あいつの英語もかなりデタラメだったなあ）答え、もう一度「ちょと待て」と言った。

それだけかよ。命令形かよ。でも、なんか、いいぞ。オレ、すごくゴキゲンだぞ。友だちになれそうな気がした。

コーヒーは熱いだけで味も香りも薄かったが、量はたっぷりあった。流れるジャズはオレでも知っているスタンダードばかりだ。悪くない。まったく悪くない。

すでに注文のときにコーヒー代は払っていたが、ひきあげる前にもう一度店の中に入って、テーブルを片づけといてね、とミヤサコに身振りで告げた。

ミヤサコはショーケースのケーキを指差して、「ケーキはいらないか?」と訊いた。

ちっちっちっ、と往年の宍戸錠よろしく指を振って「ネクストタイム」と返すと、ミヤサコもニヤッと笑って「トゥモロー?」と訊く。で、僕は肩をすくめて「メイビー」……。

なんか、ハードボイルドだぞ。

単語だけなら、オレ、英語で会話ができるぞ。

それに、ほんとうは「メイビー」というのは見栄だ。「たぶん」ではなく「絶対に」、明日もここに来るだろうな、と思っていた。明日からずっとミヤサコの「ちょと待て」を聞きたいな、と思っていた。そして、実際にそのとおりの毎日を過ごすことになった。

僕はミヤサコと出会って、北京という街をようやく好きになったのかもしれない。

街を好きになることなんて簡単さ。

その街に気の合いそうなヤツがたった一人でもいればいいんだ。

ごめんなさい、まだハードボイルド、つづいてます。

第6章　青島でキレた！

どこでも見かけた五輪ボランティア

スーツケース到着!!

荷物が着いた。八月十二日のことだ。税関で一週間も足止めをくらっていたスーツケースが、すでに取材の日程が三分の一近く過ぎた頃になって、ようやく手元に届いたのである。

一時は日本に送り返されることも覚悟していた。

じつは、朝日新聞の取材チームにも、僕と同じように荷物を税関で止められたあげく、えらい目に遭ったひとがいる。取材・執筆の資料として荷物に入れてあった新聞のスクラップブックが、当局によって没収されてしまったのだ。

そのいきさつは、当人の岡田健さんが『北京から』というコラムに書いていらっしゃるので、一部引用してみよう。

〈……（前略）押収物は「新聞切り抜き帳」1冊。理由は「チベット独立、反五輪などの内容を含むから」。没収されたのはちょうど今年3～4月、チベット騒乱や、長野で聖火リレーがあった時期のものだった。／頭では分かっていたつもりだった。中国では様々な自由が制限されている。自分たちが気に入らない内容だと簡単に人の物を押収し、有無を言わせない。今、その薄気味悪さを実感している。／荷物の中身は、封筒や小箱の中身まで開けられてくまなく調べられた。中国に関する本はブックカバーを取り外され、内容を改められたようだ。切り抜き帳もいつ返してくれるか分からないという。（後略）……〉

(asahi.com 二〇〇八年八月九日)

岡田記者の見舞われたトラブルは、決して他人事ではない。

じつは、送った荷物の中でヤバそうなものは薬だけではなかった。Y記者には言い出せなかったのだが（だって叱られたくなかったんだもん）、空港でライターを没収されることを見越して、マッチもこっそり入れておいた。危険物である。ノートパソコンで少しでも効率的に仕事をすべく、外付けのキーボードやマウスも入れた。Y記者の得た情報によると、パソコン関連機器もかなり厳しくチェックを受けるのだという。

さらになにより、スーツケースには、資料も入っている。そのほとんどは、中国当局を怒らせる内容の本である。タイトルを覚えているものだけでも、『SAPIO』の「危ない中国の歩き方」特集号、「撃論ムック」シリーズからは『中国が崩壊する日』『中国の日本解体シナリオ』『チベット大虐殺の真実』……。新聞の切り抜き帳でさえ没収されるのだから、このテの本が無傷で税関を通過するはずがないだろう。

だから、国際宅配便の業者から「本人が立ち会えば引き渡せる」と聞かされたときも、荷物どころか本人まで強制送還されるのではないか、とビビっていた。しかし、取りに行かないわけにはいかない。せめて鎮痛剤だけ、パンツだけでも、と拝み倒すしかない。万が一、強制送還の憂き目に遭った際には、懸案の「北京本」(この本である)は思いっきり薄い本になってしまうが、その代わりニュース性やインパクトは十分だろう。そっちのほうがよかったかもしれない、と朝日サイドは思っているだろうか、いま。

ともかく、「立ち会え」と言うのなら、空港に向かうしかない。李さんに同行してもらって、ホテルから車を飛ばした。それが八月十一日である。で、荷物を受け取ったのは翌十二日である。誤植ではない。記憶違いでもない。朝日新聞出版の営業的見地からすればまことに残念ながら、留置場に一晩ぶち込まれたわけでもない。

十一日の夕方に「いますぐ来い」と言われたのだ。こっちは素直に、取材や原稿書きのスケジュールを大あわてで調整して、空港に向かったのだ。で、空港のビルが見えてきた頃、助手席に座る李さんに会社に電話を入れてもらった。税関のくわしい場所を確かめようと思ったのだ。

ところが、電話のやり取りの様子がどうもおかしい。李さんの口調がどんどん剣呑になってきた。電話の相手も何人か代わっているようだ。

「シゲマツさん、ダメです、あのひとたち」

電話を切った李さんは、憤然として僕を振り向き、「帰りましょう」と言った。

「……どうしたの？」

「今日の仕事はもうおしまいだ、って言ってます。来ても税関は閉まってるから、って」

「おい、ちょっと待ってくれよ。だって……」

いますぐ来い、と言ったのは向こうなのだ。ほんの一時間ほど前のことなのだ。こっちが北京の市街地にいることは先方だって承知しているはずだし、市街地から空港まで小一時間かかることだって、先方が知らないはずがない。

「最初に電話をかけてきたヤツに代わってもらってくれ」

「言いました」

「……で？」

「そのひと、もう帰ってました」

これなのだ。

こっちがちょっと北京を好きになりかけたら、たちまち、これだ。

車は空港前のロータリーまで来ていたが、なすすべなくUターンである。

李さんは悔しそうだった。悲しそうだったし、情けなさそうでもあった。

彼女としては、中国のいいところをたくさん僕に見せたいだろう。だが、現実にはなかなかそういうわけにはいかない。デタラメなところは、やっぱり、少なからずある。しかも、それを自分で日本語に訳して伝えなければならない——ツラい立場である。

翌十二日の朝、やむなく出直した。荷物の受け取りにも二日がかりである。もっとも、その日の午前中は体操の男子決勝がある。午後からはセーリングの会場・青島へ移動である。さすがに「五輪ルポ」の名目で北京くんだりまで来ているのだから、日中が金メダルをかけて競う体操の団体を見逃すわけにはいかない。

代理としてY記者に税関に行ってもらうことにした。委任状だのなんだのと言われたら面倒なので、「きみがシゲマツだ！　重松清、シゲマツ・セイちゃんだと言い張ってくれ！」と送り出した。

「念のために確認しますけど……シゲマツさん、荷物の中に入ってるもので問題がありそうなのって、お薬だけですね？」

「そう」

「だいじょうぶですね？　お薬以外にはなにも入れてませんよね？」

「はいっ」

「じゃあ、取ってきまーす」

颯爽と出かけるY記者の背中に、そっと片手拝みで詫びた。すまん。身代わりになって強制送還されたら許してくれ。いや、「北京本」のためには、そうなってしまうことは決してやぶさかではない。むしろそれを心ひそかに切望していたことも、否定しない。さらばY記者。命あらばまた後日。強制送還されたアカツキには、地方の支局で二、三年もまれてこい。

数時間後――。

取材を終えてホテルに戻ってきた僕を待ちかまえていたのは、数名の武装警官だった。というのは嘘で、スーツケースを従えたY記者の笑顔だった。

「取ってきました！」

「捕まらなかったの？」

「え？」

「……あ、いや、なんでもない」

強制送還は免れても、没収ぐらいはあるだろう。もはや楽しみにしているのである。さてさて、なにがぶんどられちゃったかなあ、と部屋に入って荷物をチェックした。

すると――ヤバそうな本は、そっくりそのまま、きれいにスーツケースに入っていた。鎮痛剤も一錠たりとも欠けていない。

こっそり忍ばせたマッチだって、カムフラージュの胃薬の箱に入ったままである。

まったく無傷、無事、つつがなし、手つかず。というか、荷物の詰め方からすると、どうやら……あいつら、なーんにも中身を見てないんじゃないか？

半ば呆然としてロビーに出ると、Y記者が「どうでした？　荷物、ぜんぶ届いてましたか？」と訊いてきた。

「うん、それはだいじょうぶだったんだけど……だいじょうぶすぎるっていうか……」

「置いたままでした」

「は？」

「どうも、オリンピック直前になって世界中から荷物が大量に届いて、税関も忙しかったらしくて、シゲマツさんの荷物は後回しにされてたみたいなんです」

放置プレイである。

「でも、二つ送ったうちの一つは六日に届いてたんだぞ」

「気まぐれってことじゃないんですか？」

ガンコなラーメン屋ではないのだから。

「……一週間もほったらかしにするなんて、フツーありえないだろ」

「中国四千年の歴史の中では一瞬ですよ、一瞬」

「で、きみが立ち会って、荷物を開けたのか？」

「ノーチェックです」

「調べてないの？」

「X線ぐらいは通してるかもしれませんが、まあ、こっちも急いでたので、向こうも細かく見るのは面倒になったんじゃないですか？」

ほんとうに、まったく、中国っていう国は……。

オレは、こんなヤツらの気まぐれに翻弄されて、薬なしパンツの替えなしの一週間を過ごしたというのか。

悔しさと安堵感の入り交じるため息をついていたら、李さんとふと目が合った。

李さんは、まるで自分が責められているみたいに、しょんぼりとしていた。

「美談」の舞台へ

とにかく、待ちこがれていた鎮痛剤と湿布がようやく手に入った。痛風の再発作、どんと来い、である。

パンツもどっさりストックできた。下痢、どんと来い。ばっちいなあ。

やはり兵站は大事である。ロジスティックこそが戦況を決定づけるのである。旧日本軍はそこをないがしろにしたせいで数々の苦い敗北を喫したのである。

向かうは青島。

七月、セーリング会場の海に大量のアオノリが発生して、一時は競技開催さえ危ぶまれていた。ところが、人民解放軍と一般市民のボランティアが、それをすべて除去した。オリンピックをめぐる一つの「美談」の舞台となった街である。

僕はお話の書き手として、「美談」の仕組みというかメカニズムにはそれなりに敏感であるつもりだ。言い換えれば、「英雄」がいかにしてつくられ、それがいかに無名のひとびとへと波及するか、ということである。

たとえば聖火リレーの際には、パリで聖火を奪おうとする暴漢からトーチを守り抜いた車椅子のランナー・金晶さんが国民的な賞賛を浴びて、その後の聖火防衛隊や、各国の中国人留学生が沿道を赤い国旗で埋め尽くす光景へとつながった。

四川大地震のときには人命救助などに尽力した若者や子どもが「英雄少年」と呼ばれて国家から表彰を受け、その中の一人・小学二年生の林浩くんは、オリンピックの開会式で旗手の姚明選手と並んで行進し、客席から大きな拍手を浴びている（もちろん、「選手でも役員でもない少年がなぜ行進に参加できるんだ」という声など封殺するのが当局である）。

「美談」そのものを決して否定するつもりはない。だが、それは美しいからこそ、弱い。あっけなく権力に利用されてしまうこともあるだろうし、その反動としてのネガティブな感情や行動も呼びよせてしまう。実際、パリでの金晶さんの一件がきっかけになって、フランス系スーパーマーケット『カルフール』の不買運動が起きたときには、冷静な対応を呼びかけた金さん自身が、今度は一転して裏切り者扱いされ、激しいバッシングにさらされることになったのだ。

青島のアオノリ除去では、さすがに地味すぎるのか、「英雄」として称えられるひとは登場していない。これが人食いザメや巨大タコが相手ならまた違っていただろうが、なにしろアオノリである。噛まず、刺さず、暴れず、食えば美味しく、ただ波にゆらゆら揺れているだけなのである。

だが、聖火リレーや四川大地震をへて、「国のために無償で尽力する」ボランティアが「英雄」を必要としないほど定着した、と解釈することはできるだろう。さらに、それを「当局の思惑どおりじゃないか」と意地悪く見ることだって。

青島でセーリングの競技そのものを観るつもりはない。どうせ競技は沖のほうでやっているのだから、岸から観たって面白くもなんともないのだ。

この街では、ボランティアに参加したひとたちに会いたい。話を訊きたい。

僕の勝手な定義づけでは、ボランティアとは「困っているひとのお手伝いをする」ことであって、「国のために働く」ことではない。北京の街角にブースを設けて待機しているボランティアも、現実に道に迷ったり具合が悪くなったりしたひとを助けて、初めてボランティアとしての役目をはたせる。おそろいのTシャツやポロシャツを着て「オリンピック成功のために！」と気勢をあげているだけでは、市民参加を演出したい当局の手駒になっているにすぎない……と、僕は思うのだ。

ならば、アオノリを除去するという現実的なボランティア活動をおこなった（そのことじたいは立派だ、偉いぞ）青島の若者たちは、それを通じて、いま、なにを思っているのか。なにを得て、なにが変わったのか。

なんだかNHK教育の若者番組のリポーターになった気分だぞ。

「英雄」は国家主義の夢を見るか

青島空港から市内のホテルに向かった。チェックインは午後十一時。今夜は部屋で連載小説の原稿を書き、明日は早朝から青島市内の取材である。午後には北京にとって返し、野球の予選リーグ初戦・日本対キューバ戦を取材しなければならない。のんきなことばかり書いているようだが、こっちもそれなりに忙しいのである。

だが、その忙しさを支えてくれるはずのホテルの部屋が——ひでえ。

チェックインの時点から、フロントのだらだらした応対やロビーの薄暗い雰囲気に、ヤバいなあ、とは思っていたのだ。部屋に入ると、カビのにおいが鼻をつき、ベッドのシーツも湿っている。つながるはずのインターネットはつながらず、お湯は出ず、蛇口からは濁った水がゴボゴボと咳き込むように流れ落ちるだけ。用をたす前に試してみたら、あんのじょう、トイレの水も流れない。例によって空港でライターを没収されたので煙草は部屋のマッチを頼るしかないのだが、箱に入ったマッチはわずかに五本。おまけに湿気っていて、残り四本、三本、二本……マッチ売りの少女になったような気分で、結局、五本を使い切っても煙草に火を点けられなかった。

これで四つ星なのである。ホテルのグレードとしては北京の崇文門飯店よりも格上なのである。青島のこのホテルにかぎらず、中国各地のホテルを泊まり歩くと、「星」がいかにいいかげんなものかを思い知らされる。当局との癒着によって決められている、とまでは言わないが、そのあたり、個人旅行をするひとは気をつけたほうがいいだろう。

フロントに降りていき、半分寝ぼけているようなにいちゃんにマッチを頼んだ。それだけのことで所要時間五分。インターネットだのお湯だのトイレの水だのと言いだしていると、たちまち翌朝のチェックアウトの時間になってしまいそうである。

もういい、もうあきらめた、仕事だ仕事……。

ノートパソコンのキーボードをペチペチ叩きながら、テレビを観た。

ＣＣＴＶでは、また、おなじみの表彰式を流している。金メダリストが何人いようとも、国歌は最後まできちんとオンエアする。おかげで、あの国歌をすっかり覚えさせられてしまった。他の国のメダリストなどどうでもいい。中国選手の金メダル獲得の瞬間ばかり、何度も何度も何度も何度も、スロー再生を交え、感動的なＢＧＭもかぶせて、何度も何度も何度も何度も何度も……。

中国の、中国による、中国のためのオリンピックだよな——と、つくづく思う。

中国当局のモノの考え方の根っこには、やはりいにしえの中華思想があるのだろう。開催地としてＩＯＣ総会で「認められた」とは、少なくとも当局は思っていないはずだ。あくまでも「偉大なるわれわれの呼びかけに応えて、世界中から選手団や取材陣や観光客が馳せ参じた」のである。すぐお隣の、別のどこかの国の話とゴッチャになってしまいそうなのだが、実際、八月八日の胡錦涛主席主催の昼食会をはじめ、五輪外交の様子を伝えるＣＣＴＶのニュースを観ていると、「わが偉大なる中国の要人に拝謁するために門前列をなす各国首脳」という、朝貢まがいの場面ばかりなのである。

結局、この国のつくりだす最も偉大な「英雄」は、常に権力の側にいるのだ。胡錦涛主席も温家宝首相も、四川大地震のときには自ら被災地に赴いて大いに株を上げた。二〇〇三年のＳＡＲＳ（新型肺炎）騒動のときにも、政権が発足したばかりの胡・温コンビは先頭に立って事態を収拾し、戒厳令の噂さえ流れた北京からいちはやく上海へ脱出した江沢民前主席との差を大いにアピールしたという。また、このコンビ、キャラクターの組み合わせもよくできている。リーダーらしく常に毅然とした態度を保ちつづける胡錦涛主席に対し、補佐役の温家宝は感情を素直に出す性格だと言われる。四川大地震のときにも被災地で泣いた。で、ついたあだ名が「泣きの温家宝」――お話の書き手としては、なるほどなあ、とうなずかざるをえない、みごとなコンビである。

だが、権力を持った「英雄」が外からは「独裁者」に見えてしまうことも、お話にはよくあるパターンだ。反権力とまでは言わないまでも、民衆の側から「英雄」は出てこないのか。国のお墨付きを与えられるのではなく、むしろ国からはにらまれながら、しかし民衆の圧倒的な支持を得た「英雄」が生まれたとき――この大きな国は、本質的な変貌を遂げるのではないか。

柄にもなく難しいことを考えた。だから結論は出ない。ただ、その夜、むしょうに『水滸伝』を読み返したくなったことは付記しておきたい。

テレビの番組が変わった。だが、中身は似たようなものだ。『本日の五輪ハイライト』が『本日の五輪ダイジェスト』になった程度の違いである。また表彰式の様子が延々と映し出されるのだろう。

考えてみれば、オリンピックとは、元来は民衆の側にいるはずのスポーツの世界の「英雄」を、国家公認の「英雄」にしてしまう装置なのかもしれない。

もちろん、それは中国だけの話ではない。

愛国心の源にあるものは……

明け方、原稿がなんとか仕上がった。メールは送れないので、今夜、北京のホテルに戻ってから送稿するしかない。東京でやきもきしながら原稿を待っているはずの編集者の顔を思い浮かべ、だってオレが悪いんじゃないんだもん、と開き直って、仮眠をとる前に窓のカーテンを開けてみた。

すると、一瞬、自分がどこの国にいるかわからなくなってしまった。

チェックインしたときは夜中なので気づかなかったのだが、ホテルのまわりはオレンジ色の瓦屋根がついたヨーロッパ風のアパートメントが建ち並んでいたのだ。

青島は、もともとドイツの租借地として発展を遂げた街である。おなじみの青島ビールも一九〇三年にドイツ人が開業した製造所が起源で、いまも街並みや道路の石畳に当時の面影が残っている。

そういえば、今回の取材で最初に訪ねた天津にも、十九世紀後半から、欧米列強に日本を加えた各国の租界がつくられていた。一九三七年から太平洋戦争終結までは日本軍が占領し、戦後は一九四七年まで米軍基地が置かれていたのだ。それだけではない。予備取材で歩いた街——大連、瀋陽、ハルビン、上海、そして香港は、いずれも「あの時代」に街の骨格がかたちづくられている。中国のほとんどの大都市の近現代史には、なんらかの形で欧米と日本の足跡が残されている、と言ってもいいだろう。

瀋陽と香港について、僕は『北京便り』にこんな文章を書いた。

『北京便り——高級分譲住宅と　郊外のゴミ山と』

北京五輪は、上海や天津、瀋陽など、北京以外の街でも競技がおこなわれる。いずれも大都市である。しかし、日本のように大都市のまわりにベッドタウンが連なっているわけではない。派手な看板が林立する市街地から郊外に出ると、街並みはぷつりと途切れ、風景の色彩は極端に減ってしまう。

大連から瀋陽まで、列車で向かったときもそうだった。3月初旬の取材旅行である。車窓には赤茶けた冬枯れの大地が延々と広がっているのだが……ときどき、ハッと驚くほどの鮮やかな色が目に飛び込んでくる。

ゴミの山である。

村の空き地に、川原に、あるいは家のすぐ裏手に、小山のようにゴミがうずたかく積み上げられている。生ゴミ、資源ゴミ、可燃物、不燃物、いっさいの分別なし。人々の生活から吐き出された「いらないもの」がつくりだす混沌《こんとん》とした色合いは、衛生面や地球環境うんぬんの理屈を超えて、圧倒的な存在感を放っていたのである。

到着した瀋陽の街は、かつて「奉天」と呼ばれていた人口730万人超の大都市――8月13日に、男子サッカーの1次リーグ・日本対オランダ戦がおこなわれる街である。日本からも数多くのサポーターが訪れるだろう。その行き帰り、空港と市街地との間に広がる風景をぜひ見ていただきたいと思う。

いかにも「開拓」という言葉が似合う原野に、住宅展示場のような、いや、小ぶりのテーマパークと言ってもよさそうな住宅街が次々に現れる。新築マンションもあれば、瀟洒《しょうしゃ》な欧風一戸建てが並ぶ街区もある。いずれも、急増する富裕層をあてこんだ高級分譲住宅である。

だが、道路を隔てた向かい側には、昔ながらの、地面にへばりついて肩を寄せ合うような古い住宅が並んでいる。そして、道ばたにはいくつもの色鮮やかなゴミの山……。まるで質感のまったく違う2種類の絵の具で塗られた絵を見せられているような風景なのだ。

五輪を控えて、北京市当局はゴミの分別収集を本格的に始めている。瀋陽でも、ガラスの王冠をモチーフにしたと言われる五輪スタジアムを中心に、本番では美しい街並みが保たれるだろう。郊外のゴミの山も撤去されるかもしれない。しかし、国家の威信や躍進する経済力ではなく、庶民のたくましさは、むしろゴミの山のほうにひそんでいるのではないか。錆《さ》びたドラム缶を蹴飛ばして遊んでいた子どもたちは、この夏、「マチで開かれる世界のお祭り」を、どんなふうに見るのだろう……。

（朝日新聞二〇〇八年四月二十七日）

『北京便り――香港、お行儀の良い競馬場』

北京の公衆マナーは決して高いとは言えない。「電車やバスの乗り降りの際に割り込まない」「信号に従って道路を渡る」など、日本では当然のことを北京で期待していると、かなりのストレスが溜《た》まってしまうだろう。北京当局もその状況を改善すべく、月に1度は『排隊推動日』（バス停や駅で整然とした乗り降りを心がける日）を設けるなど意識改革に余念がないものの、市民にはなかなか浸透していないのが実感である。

だが、馬術競技がおこなわれる香港は例外――。

取材に訪れたのは4月27日。障害飛越と馬場馬術の会場である沙田競技場は工事中とのことで、隣接する沙田競馬場を訪ねてみた。当日は日本からもマツリダゴッホが出走した重賞レース『クイーンエリザベス2世カップ』が開催されるので、約7万人収容といわれるスタンドも相当な込み具合だった。

ところが、場内の雰囲気は実に整然としている。レースに対しては盛り上がるものの、混沌《こんとん》とした押し合いへし合いの騒がしさは皆無なのだ。

やがて、その理由に気づいた。場内の人は皆、すれ違うときにぶつかりそうになると、お互いにスッと身をかわしているのである。連れ立って歩く人たちも、必要以上に横に広がっていないのである。

「そんなのマナーの初歩の初歩じゃないか」とあきれないでいただきたい。うそのような話だが、ただそれだけのことで人の流れは目に見えて滑らかになるのだ。一方、北京では、「ぶつからないように歩く」「広がりすぎずに歩く」というだけのことが、まだ、残念ながら……本番までには市民の意識も変わっている、と信じたいのだが。

さらに、地下鉄の駅から競馬場への通路で驚いた。人の流れがみごとに「行き」「帰り」で左右に分かれている。日本の駅と同じように、通路の中央には手すりを兼ねた簡単な仕切りがあるのだが、その仕切りからはみ出して歩いている人は、まったく、ほんとうに、ただの一人もいなかったのである。このお行儀の良さは、どうも、いまどきの日本以上かも。

さて五輪本番。東京五輪以来44年ぶりに日本が出場権を獲得した馬場馬術団体には、日本五輪史上最年長選手（67歳）の法華津寛《ほけつひろし》さんもいる。超高層マンション群と切り立った山並みを借景にした会場で、日本にも譲り合いの精神やマナー順守の心がけがたっぷり残っていた東京五輪の頃に思いをはせながらの観戦もいい。馬術だけに背筋がピンと伸びたりしてね。

（朝日新聞二〇〇八年六月三十日）

若干の補足をしておこう。

瀋陽で見た新築の住宅街は、明らかにヨーロッパを意識した建物や街並みだった。「洋風住宅」というようなハンパなものではない。コピーである。街と外の通りは門と塀で隔てられ、門を抜けた先には噴水のついた池もある。「コロニアル様式」とまとめるのもはばかられるほどの、とにかく忽然と、三十メートル四方のヨーロッパが現れるのだ。そして、道を挟んだ反対側には、くすんだ灰色の胡同が広がっているのである。これは瀋陽だけの話ではない。大都市に続々と建築される富裕層のニュータウンは、ことごとくミニチュアのヨーロッパである。僕は実際には見たことがないのだが、パリの凱旋門をそのまま縮小して建てた街や、警備員がイギリスの衛兵の格好をして立っている街まであるらしい。

さらに、新築物件にかぎらず、大連でもハルビンでも上海でも、そしてここ青島でも、「あの時代」の建物や街並みはすっかり街の財産となっていて、当局も積極的にＰＲしている。日本でいうなら倉敷の美観地区や、小樽の倉庫街のようなものである。ただし、ここを忘れてはならないのだが、中国にとっての「あの時代」とは、欧米列強と日本の実質的な支配下に置かれていた頃なのだ。いわば屈辱の日々である。そんな日々の遺物を――日本がらみのものを除いて観光名所として整備し、また「あの時代」を彷彿させるヨーロッパの街並みの小さなコピーを次々につくっていくメンタリティとは、いったいどういうものなのだろうか。彼らの「愛国心」のようすがになるものは、いったいなんなのだろう。

あらためて考えてみると、中国は欧米列強から祖国の都市を奪い返したわけではない。第二次世界大戦の終結と民族自決の流れのもとで、列強が租界地を手放したにすぎない。一九九七年にイギリスから「返還」された香港も、決して「奪還」ではない。ちなみに、同じようにアメリカから沖縄を「返還」された日本は、車が右側通行だった沖縄を本土と同じように「車・左」にあらためたが、もともと「車・右」の中国は、香港をいまなおイギリスの支配下にあった頃のまま「車・左」にとどめている。一国二制度は、こういうところにもあらわれているのだ。

日本に対してもそうだ。もちろん「抗日」戦線の存在はあったにしても、最終的に日本が大陸から立ち去ったのは、ポツダム宣言受諾のため——つまりは欧米の力である。「抗日」はまっとうしても「排日」「勝日」にはならなかった。その複雑で微妙な意識が、欧米に対するコンプレックス交じりの憧れと、日本に対しての「居丈高な被害者」という独特のスタンスの源になっているのではないか。

さらに言うなら、中国は来年（二〇〇九年）に建国六十年を迎えるのだが、台湾問題はいまだに解決されていない。日本との関係をはじめ、ロシアやインドとも領土問題はくすぶったままだし、それこそチベットの問題やウイグル族の問題は、今後も中国という国家を内側から揺さぶりつづけるに違いない。

要するに、中国は「勝っていない大国」なのである。

少なくとも、若い世代には勝利体験や成功体験は意外と根付いていないのではないか……というのが、僕の印象である。それは自分たちの国に本質的な意味での自信が持てないことにもつながるだろうし、だからこそ、今回のオリンピックをその契機にしたいと官民ともに考え、オリンピックの成功や金メダルという「勝ち」に異様なまでにこだわるのではないか（そう、かつて大きな「負け」を味わった日本が、東京五輪の女子バレーボールや力道山に熱狂したように）。

——以上、まったくの素人の与太である。

ただ、これは青島から北京に戻ってからのことなのだが、北京市内の不動産会社で働く男性・劉《リウ》さんにお話をうかがったのだ。三十歳の彼は、江沢民政権のもと、学校で反日教育を受けた世代である。高校時代には、全員参加の学校行事として『抗日戦争記念館』も見学したのだという。

そんな劉さんは、オリンピックでの中国勢の大活躍について尋ねた僕に、きっぱりと言った。

「いじめられたくないなら、自分たちが強くならなくてはいけないんですよ」

「……中国って、いまもいじめられてますか?」

「ええ」

「昔の話じゃなくて、いまも?」

「そうです」

劉さんはうなずいて、「いろんなところでね」と付け加えた。

もっとも、その「いじめ」の具体的なものを訊くと、言葉は急にうやむやになってしまう。出てくるのはせいぜい、聖火リレーの妨害やチベット支援の声ぐらいのものだった。

だが、具体的ではないからこそ、僕はそこに根深いものを感じる。怖さも感じてしまう。

彼らの愛国心が、いまの中国の豊かさを屈託なく受け容れたものではなく、漠然とした被害者意識をベースにしているのだとすれば、それは簡単に「反〇〇」を呼び寄せてしまうだろう。反日、反米、反ロシア、反台湾……そこにあてはまるものはいくらでも出てくる。

オリンピックで金メダルを多数獲得するのはいい。隣国の一人として素直に称えたいし、尊敬もしたい。だが、「勝ち」が素直な喜びにとどまらず、「どうだ、オレたちの力を見たか」とことさら敗者を見下すものになってしまうのなら――たとえば競技中に嫌いな国（日本のことだよ）の選手のことは徹底的に無視して、ブーイングさえぶつけ、競技が終わったあとにも敗者を称える拍手などいっさい送らないようなことがあるのなら、やっぱり「それ、ちょっと違うんじゃないのか?」と言わざるをえないではないか。

役人ボランティア

いかんな。

ちょっと、いや、かなり、朝から機嫌が悪い。

カビくさい部屋で徹夜仕事をしてしまったせいか、頭痛がする。鎮痛剤がようやく届いた安堵感で張り詰めていたものが折れてしまったのか、足首の腫れがひかないうちに昨日まで歩き回っていたせいなのか、右足もズキズキと痛む。再発作? それとも、僕の中の僕が、また「理屈はいいから路上を見ろ」とにらんでいるのだろうか。

青島の街に出た。

肌寒かった北京とは対照的に、こちらは、いかにも夏らしい強い陽射しが照りつけている。

松葉杖を持ってこなかったことを後悔しつつも、ひさしぶりに後顧の憂いなく鎮痛剤を服み、足首を湿布とテーピングでガチガチに固めて、街を歩いた。

で——一時間後に、キレた。

街角にボランティアのブースがあったのだ。若者たちが数人、机の前に座っている。特になにをしている様子でもないのを確かめて、声をかけてみた。

「やあ、きみたち、青島に住んでるの?」「学生さん?」「ボランティアの仕事って、どんなことをしてるの?」「いままでどんなひとがここに来たの?」「将来はどういう仕事に就きたい?」……そんな程度のことを、軽く訊くつもりだった。この時点ではまだ取材にするつもりはない。だから、メモこそ出していたが、IDカードはポケットの中に入れたままだった。反応がよさそうなら、きちんとこちらの立場を明かして、じっくりと腰を据えて質問をしようと思っていたのだ。

ところが、最初の「やあ、きみたち、青島に住んでるの?」の一言を、つっぱねられた。

にこやかな微笑みを浮かべて座っていた青年は、その笑顔のまま無視した。

僕や李さんにはちらりとも目を向けない。通りの先の誰かを、にこにこと微笑んで見つめ――しかし、僕たちの背後には誰もいないのだ。

聞こえなかったのだろうか。李さんも怪訝そうに、もう一度話しかけた。

今度もだめ。代わりに青年のそばにいた女子学生が困惑した様子で僕たちを見て、ブースの奥に引っ込んだ。聞こえていないわけではない。明らかに無視されている。

李さんが三たび話しかけた。

すると、青年はあいかわらずこっちに目を向けることなく、早口で李さんに言った。

李さんが僕を振り向く。

「上の許可を取ったのか……と言ってます」

「はあ？」

「上の許可がないとなにも答えられないそうです」

「なんなんだ？　その『上』って」

「だから、ボランティアの責任者というか……」

カチンと来た。

取材とは、本来、いきなり相手のフトコロにずかずかと入り込んでしまう傲慢な行為である。質問を無視されたからといって怒る筋合いなどない。わかっている。「勝手に話してはならない」というのが決まりなら、それを彼のために尊重し、仕事の邪魔をしたことを詫びて、さっさと立ち去るべきだ。よーく、わかっている。

それでも釈然としない。自由な善意のもとに集まったはずのボランティアの若者が、なぜ役人のような杓子定規なことを言わなければならないのだ。

「取材なんかじゃないんだ、軽く訊いてみたかっただけなんだ」

僕はつとめて冷静に言って、李さんも、きっと慎重に言い回しを選んで伝えてくれた。だが、青年は笑顔でそっぽを向いたまま、顔の前で手を横に振るだけだった。

「こっちの顔ぐらい見ろよ、おい……」

思わず気色ばんだ。李さんはその言葉を、聞こえなかったのかどうか、通訳しなかった。

おそらく彼は、僕がメモを持ち、通訳も使っているので、取材だと勘づいたのだろう。だが、もう一度書いておく。僕は、この時点では取材のIDカードは見せていない。訊いたのも「青島に住んでるの?」という一言だけだ。観光客が通訳を連れて五輪観戦に来たことだってありうるぞ。筆談でコミュニケーションをとるためにメモを持っている可能性だって、十分にありうるぞ。それを、この若造、あっさり切り捨てやがった。なにがボランティアだ。なにが「困ったことがあればお手伝いします」だ。おまえにとって大事なのは目の前の相手よりも「上」の連中なんだな。「上」の連中の不興を買うのがなによりも怖いんだな。で、その「上」の連中はどこにいる？　いま、このブースの中にいるわけじゃないだろ？　それとも、どこかから双眼鏡で監視されているのか？　監視カメラがついてるのか？　仲間が「上」に密告するのか？

くだんねえ。言葉は悪いが、本音だ。腹立たしさよりも寂しさのほうが強い。おまえの善意ってのは寂しいなあ、ほんとに寂しい明るさだなあ、おまえの笑顔って。

「シゲマツさん、どうします？」と李さんが訊いた。「『上』のひとに許可を取ってみますか？」

「いや、そこまでは……」

首を横に振った、そのときだった。

あの若造、顎をしゃくった。手の甲をサッと払った。

邪魔だからあっちに行け——。

こちらへの警戒心や敵意をギラギラと覗かせながら、ではない。

目をそらし、「誰」とも知れない誰かに好青年の笑顔を向けたまま、邪魔でーす、あっちに行ってくださーい、と顎と手の甲で伝えてきたのだ。

「ふざけんなよ、この野郎……」

机を叩いた。軽くだけどね。

申し訳ない。オレの態度は相当に悪い。きっとスジからいけば、こっちが間違っているだろう。

だが、悔しかったのだ。

おまえ、この国の役人の嫌なところを真似してどうするんだよ、と言いたかったのだ。顎でしゃくってひとを指図し、まるで蚊やハエを追い払うように手の甲を振る、そんな役人や警官の姿を――醜い、と思わないのか？　オレは思うぞ。空港や街角で何度も何度も木で鼻をくくったような態度をとられてきて、そのたびにアタマに来てたぞ。

おまえも同じなのか。公式に登録された正規のボランティアになると、態度まで「上」と同じになってしまうのか。どこまでも明るく、あくまでもにこやかに、「上」の顔色をうかがって、「下」をモノのように扱うのか。

足早に歩きだす僕を、李さんは困惑して追いかけてくる。

いまの青年と李さんは、ほとんど歳は変わらないだろう。僕がなぜ急に怒りだしたのか、彼女にはわかっていないかもしれない。最後の僕の捨て台詞も、彼女は通訳しなかった。

説明したほうがいいだろうかと思ったが、やっぱりやめとこう、と黙って歩きつづけた。

「きみの国は、だからダメなんだ」と言いたくはないし、議論になれば、きっとこっちが負ける。「自分の思い通りに取材できなかったから怒ってるだけじゃないんですか?」と言われたら返す言葉に詰まってしまうし、万が一、李さんが腹を立てて「よその国のひとに言われる筋合いはありません、おせっかいはやめてください」と言われたら黙り込んでしまうしかない。

わかっている。認める。僕は取材という傲慢な立場で若者に接し、オリンピックが終われば日本に帰る無責任な立場で、文句を言いつのっているだけだ。

それでもなあ。

それでもなあ……と言わせてくれ。

ひとを顎でしゃくって指図するようなオトナの態度を間違っていると思い、オレたちは決してそんなオトナにはならないぞと心に誓うのが、若者じゃないのか。

「上」からの押しつけには理屈抜きに反発するのが、若者じゃないのか。

明るく、にこやかに、「五輪成功のために」貢献する——。

りっぱだ。すげえよ。

でも、オレはさ、「上」にぶつくさ文句を言いながら、たまにはサボって手を抜きながら、「目の前の誰かのために」手助けをすることを、ボランティアだと呼びたいんだよ。

なあ、若造クン、きみの笑顔は何度思いだしても、迷いがなかったぶん、やっぱり寂しいよ。
「上」の連中の無表情と、きみのにこやかな笑顔……根っこは変わらないような気がしてしかたないんだ、オレには。

中国の若者へ

その日の青島取材については、『週刊朝日』でルポにまとめた。記事の後半部分は十五日に訪れた秦皇島でのリポートになっているが、掲載されたものをそのままご紹介する。読み返してみても、やはり不機嫌である。

中国の若者たちに厳しすぎる内容だったかもしれないし、締めくくりには、少々不穏なことまで書いてしまった。

原稿を読んだY記者は「李さんが読んだら（李さん以外にも中国の若者に読んでほしいですが）どんな感想を抱くのか、ぜひ聞いてみたいです」と感想をメールしてくれた。もしかしたら、Y記者には、あまりにも不機嫌に中国の若者をとらえる僕の見方に異議を唱えたい思いもあったのかもしれない。原稿にケチをつけられるのが怖くて、くわしくは訊いていないが。

とにかく、僕はこんな原稿を書いた。反対意見や批判はあるだろう。だが、これが、旅の途上で書いた僕の本音である。

『五輪の「街」から――青島・秦皇島』

襲撃事件が相次ぐ新疆《しんきょう》ウイグル自治区に、決して世界が納得しているわけではないチベット問題、さらには都市部との経済格差に不満をつのらせる地方の人々……と「火薬庫」をいくつも抱えながら、オリンピックは中盤戦に差しかかった。

中国当局は空前の厳戒態勢を敷いていると言われ、実際、五輪会場でのセキュリティチェックも入念におこなわれて、どの競技を観るにも一時間前には会場に着いていないと競技や試合に間に合わないほどである。

ただ、「厳戒」というほどピリピリとした空気は感じられない。徹底して封じ込まれるはずだったダフ屋はしっかり出没しているし、「会場への大きな国旗や横断幕の持ち込み禁止」といったルールも有名無実化されて、お祭りムードは十分に保たれている。武装警官は多数警備にあたっていても、ものものしさを覆い隠す「明るさ」が満ちているのだ。

その「明るさ」を生み出している最も大きなものは、会場の内外の至るところにいるボランティアスタッフの若者たちの笑顔だろう。

中国の学校は9月に新年度を迎えるので、この時期は年度末の休暇にあたる。そのため、正式に登録されたボランティアの大半は大学生なのだという。みんな、つるんとした顔をしている。グランジ系の長髪や無精髭《ぶしょうひげ》の青年など一人もいないし、女の子のほうも茶髪やケバい化粧の子は皆無。メガネのよく似合う女子が多い。僕にはあいにくそっち方面の興味はないが、つい萌えてしまうニッポン男児もいるかもしれない。とにかく、みんな真面目なのだ。そして、自分がオリンピックにたずさわるということに強い誇りと使命感を持っている様子なのだ。

それを実感したのが、セーリング競技がおこなわれる青島市を訪れたときのことである。

国際的な観光地として知られる青島は、ドイツの租借地として発展した歴史を持っている。いまも西洋風の街並みや街路樹、石畳が残っているし、日本でお馴染みの青島ビールも、この街でドイツ人が開業したビール醸造所が起源である。

だが、今回の取材の目的は、街並みやビールではなく、沖でおこなわれるために岸からはほとんどなにも見えないセーリング競技でもない。

海である。海の様子を見たくて、ここまで来たのである。

「青島に大量の藻が発生」というニュースが流れたのは7月初めだった。セーリング会場になる海域の約32パーセントが藻で覆われ、漂着した藻が海岸を埋め尽くしたという。

青島の代表的な観光スポットの一つに、海に突き出た桟橋がある。突端に八角二層の監視台が建つこの桟橋は、青島ビールのラベルにも使われているなど街のシンボル的存在なのだが、地元のタクシーの運転手さんによると、「一番ひどかったときには、監視台がまるで緑の草原の中に建ってるように見えたよ」……。

青島に生まれ育って50年の運転手さんも記憶にないという異常事態である。「地球温暖化の影響か」「中国の沿岸諸都市が垂れ流す工業排水で海が富栄養化したのではないか」などとも言われ、一時は競技の実施も危ぶまれていたほどだった。

ところが、僕が訪れた8月13日、海はなにごともなかったかのように陽光に照らされていた。海岸では多くのひとたちが海水浴や磯遊びを楽しんでいるし、沖ではセーリング競技が予定どおり実施されている。

藻を撤去したのである。

人民解放軍と市民のボランティアなど延べ15万人が、文字どおりの人海戦術で、100万トン以上もの藻を海から取り除いたのだ。ちなみに、藻の正体はアオノリだったらしく、青島市共産党委員会では韓国への輸出も考えているという。転んでもただでは起きない、まことにたくましいお国柄ではないか。

いや、しかし、それにしても――軍はともかく、市民のボランティアがそこまで多数参加しているとは意外だった。なにしろ、いままでは「中国の人たちは徹底した個人主義で、ボランティア精神は根付いていない」というのが定説だったのだから。

これも五輪開催の影響なのか？　3月や4月の聖火リレー騒動、5月の四川大地震が、国民の連帯感を強めたのか？

桟橋でホウキを持って掃除をしていた中国海洋大学の学生（20）は、「もちろん、僕も藻の撤去に行きましたよ」と即座に答えた。それをきっかけに社会貢献に目覚めた彼は、桟橋の掃除もボランティアでおこなっているのだという。

青島ビールの創業地があるビール通りを歩いていた同大学の19歳の学生も、「僕は授業があるので行けませんでしたが、友だちが行きました。僕も授業さえなければ行きたかったです」と言う。迷いもてらいもなく、そんなのは当然じゃないか、という表情なのだ。

地元の学生だけではない。

夏休みの間、ビール通りのレストランで住み込みのアルバイトをしている張《ヂャン》志梅《ヂーメイ》さん（20）は、北京外語大で日本語を専攻している女子学生である。彼女もまた、ボランティアで藻を撤去した一人だった。

「7月の初めに北京から旅行で青島に来て、藻で埋め尽くされた海を見たんです。それで、自分にもなにかできることはないかと思って、青島に残り、7月終わり頃までボランティアに参加しました」

毎日40人ほどが海岸に集まって、朝8時から夕方6時まで、必死に藻を撤去した。夜はボランティア仲間が集まって「オリンピックのために私たちはなにをすればいいのか」「社会の一員として、どんな貢献をすればいいのか」「オリンピックに訪れた観光客を、どうやってもてなすべきなのか」を話し合ってきた。

その意気や、よし。真面目そのものの中国の大学生の姿に頼もしさを覚えるひともいるだろうし、ひるがえって「ニッポンの大学生にも、それくらいの社会意識を……」と言いたくなるひともいるだろう。僕も、心の半分では張さんたちに惜しみない拍手を送りたいと思っている。

だが、心の残り半分では――彼女たちの屈託のない「明るさ」に、微妙な危うさも感じてしまうのだ。

張さんがよりどころにしている「社会」は、ほんとうの姿を、彼女たちに正しく見せているのか？

北京の若者に人気の繁華街・西単《シータン》で出会った二十二歳の女性・李曼《リマン》さんは、新疆出身で、この7月に大学を卒業したばかりだという。

出身地を口にしたあと「(ウイグル族ではなく)漢族ですけど」と付け加えた彼女に、相次ぐ襲撃事件のことを訊いてみると、きょとんとした顔で「なんですか? バスの爆発事故のことですか?」と訊き返されてしまった。バスの爆破事件は7月で、しかも、それは「事故」ではなく「事件」のはず。新疆の問題にかぎらず、たとえば8月9日に北京市内の鼓楼で米国人観光客が中国の農村部出身の男に殺害された事件だって、中国の国内メディアはリアルタイムでは報道しなかった。若者たちの目に映る「社会」は、そんなふうにつくられているのである。

青島の張志梅さんにも、自分の国でいまなにが起きているか、いったいどこまで正しく伝えられているのだろう。そして、万が一、若者の素直な「明るさ」が国家に都合良く利用されてしまう時が訪れたなら——彼女たちに、それを見抜くことはできるだろうか……。

僕はいま、秦皇島市のホテルの部屋で、この原稿を書いている。すでに日付は変わって8月16日になった。女子サッカーの日本対中国戦がついさっき終わったばかりである。

スタジアムを埋めた約3万人の観客はほとんどが中国人で、無数の赤い国旗が揺れていた。日本に対するブーイングは地鳴りのように響き、報道によると、日本人観客が持っていた日の丸が奪い取られるなどの小競り合いもあったらしい。

ブーイングも「中国、加油（がんばれ）」の連呼も、誰か一人が音頭を取らなければ始まらない。だが、まっすぐな「明るさ」は、迷いがないぶん、たった一人の扇動者に煽《あお》られただけで、あっという間に（それが正しくてもそうでなくても）まとまってしまう。その怖さは、やはり、客席にいるとひしひしと感じられる。

それでも、ほっとしたこともある。試合は周知のとおり2対0で日本が勝ったのだが、後半の途中から、中国チームがイージーなミスをするたびに失望や不満のため息が客席から漏れるようになったのだ。不甲斐ない自国チームへのブーイング代わりなのか、応援グッズのスティックバルーンを踏みつぶす「パーン！　パーン！」という破裂音も、あちこちで響きわたる。その代わり、敗戦のやつあたりめいた日本へのつまらないブーイングは、少なくとも僕の席のまわりでは起きなかった。

そう、それなんだよ、大切なのは——と、中国の若い友人たちに言おう。たとえ自国のチームに対してでも、ダメなプレーにはきちんとブーイングすればいい。相手チームにぶつける感情的なブーイングは敵意をつのらせるだけだが、まなざしを内側に向けたフェアなブーイングは、自分たちのチームを成長させてくれるだろう。「社会」だって、それと同じなんだぜ。

中国という国には、素晴らしいところも数多くあるが、矛盾や理不尽だって、残念ながら少なくない。五輪の観光客を歓待することも大切だが、まなざしを内側に向けて、じっと目を凝らして見つめてほしい。そして、必要とあらば「社会」をよりよくするためのブーイングを、ぜひ——1989年6月4日、天安門広場には、そういう若者たちが何万人も集まっていたはずなのだ。

（週刊朝日二〇〇八年八月二十九日号）

雨の中の彼女

やっぱり機嫌悪いなあ、オレ……。

読み返してみて、つくづく思う。

桟橋で掃除をしていた学生（たしか韓《ハン》くんといったっけ）も、住み込みのアルバイトの張さんも、いいヤツだった。「将来は起業したいです」と言う韓くんに対しても、「いつか日本に行ってみたいです」と目を輝かせる張さんに対しても、もしもあのボランティアブースでの出来事がなかったら、もっと素直に「この体験を活かしてがんばれよ！」とエールを贈れたはずだ。

記事には書かなかったが、幼稚園の宿題のお絵描きをする孫を連れていた六十三歳の丁《デイン》九博《ジウブオ》さんは「藻の除去には、私も孫を連れて参加したんだよ」と言っていたし、移動に使ったタクシーでは、運転手さんが「オレは仕事があるからボランティアには参加できなかったんだが、海岸に向かうボランティアをたくさん運んだよ。そうやって自分のできるところで参加すればいいんだよな」と笑っていた。たぶん、僕が見てきたよりもはるかに幅広い層のひとびとの思いが、アオノリの除去には込められていたはずである。一泊二日――わずか十六時間の滞在でエラソーなことは言えない。ブースの若造クンだって、「上」から「勝手にしゃべるな」と言われてたんだったらしかたないよな、きみだってツラい立場だったんだよな、といまは思う(でも、あの態度はないと思うぜ。オレの態度もどうかとは思うが)。

それでも、青島の取材で最も印象に残った光景は、申し訳ないけれど、胸を張ってまっすぐに自分の前向きさを語るひとたちとの出会いではなかった。

タクシーで青島空港へ向かう途中、にわか雨に見舞われた。かなり激しい雨だ。雨脚はタクシーのワイパーが追いつかないほどだし、空港が近づいた頃には雷まで鳴りはじめた。

そんな雨の中、外で働いているひとたちがいた。

空港前の広場——花でかたどった大きな五輪のシンボルマークの前で、何人もの地元の人たちが傘も差さずに、その飾りつけの手入れをしていたのだ。ハタチぐらいの女の子もいた。着古したTシャツを雨でびしょ濡れにした彼女は、ひたすら萎びた花を見つけては新しいものに取り替えていた。

雨に濡れているのを割り引いても、彼女の身なりは、揃いの真新しいポロシャツを着た正規のボランティアたちに比べると、悲しいほどみすぼらしかった。

けれど、その姿は——こんなことをほんとうは言いたくはないが、涙が出るほど感動的だった。

安い賃金で雇われた農民なのだろうか、賃金などもらえずに当局からただ「やれ」と命じられているだけなのだろうか。彼女には「五輪成功のために」という意識などないかもしれない。それでいい。雨があがり、仕事が終わって、「あーあ、今日はひどい夕立だったねえ」と苦笑しながら家路につくときの、その苦笑いを、僕はなによりも尊いと思い、信じるに価する唯一のものだとも思っているのだ。

第7章　盧溝橋で再びキレた！

8月15日、盧溝橋で取材する

状況、急展開！

オリンピックの開催期間中に八月十五日を迎える——というのは、カレンダーを見れば誰でもわかることである。たとえ建前とはいえ「平和の祭典」のオリンピックの最中に迎える八月十五日を、中国はどんなふうに受け止め、あるいはやり過ごすのか。

それが今回の取材の一つの柱でもあった。

ただし、中国では日本が太平洋戦争の降伏を発表した八月十五日ではなく、降伏文書に署名した九月二日の翌日、九月三日を抗日戦争勝利記念日としている。

「福田首相が当日に靖国神社を参拝でもしないかぎり、意外と冷静なままかもしれませんね」

Y記者の言うとおり、中国では、福田首相とその前任の安倍首相の評判は決して悪くない。というより、その前の小泉首相の評判が悪すぎた。ほんとうにそこいらのおっちゃんやおばちゃんが、「日本についてどう思いますか？」と僕が質問すると、間髪を入れずに「コイズミはだめだよ」「コイズミのときはひどかったね」と答える。通訳の李さんでさえ「コイズミさんですかぁ……」と顔をしかめてしまうほどである。

「それに、いま中国は金メダルを獲りまくってますから、そういうネガティブなことはやらないような気がしますけど」

確かに、中国は文字どおりのお祭り騒ぎである。一方、日本は、北島康介選手の活躍などはあっても、どうもいまひとつ波に乗れないまま、大会中盤を迎えている。少なくともメダルの合計獲得数においては、もはやライバルという関係ではない。さらに、開会直後からロシアとグルジアが衝突したことも、中国当局がより平和をアピールする伏線にもなるだろう。

「じゃあ、とにかく十五日は午前中に盧溝橋に行って、『抗日戦争記念館』も観て、そのあとのことは当日考えようか」「そうしましょう」——と話していたのは、八月十二日の午後、北京から青島へ向かうときのことである。

ところが、その夜、状況が変わった。

女子サッカーの「なでしこジャパン」が、一次リーグ最終戦のノルウェー戦に逆転勝利をおさめ、みごと決勝トーナメント進出を果たした。準々決勝は八月十五日。相手は中国。なにごともなく過ぎ去るかと思われた八月十五日は、一転、風雲急を告げる展開になってしまったのだ。

会場は、北京から特急列車で二時間半ほどの距離にある秦皇島市だった。夜九時キックオフというスケジュールから考えると、その日のうちに北京まで帰るのは難しそうだ。ホテルはあるのか。なにより、チケットが取れるのだろうか。

「無理だったら北京でテレビ観戦するけど……できれば、スタジアムでじかに観たいんだ」

十三日の夜になってダメもとのつもりで申し出た僕に、Y記者は「がんばります！」と応え、さっそく李さんや朝日新聞五輪事務局の協力のもと、手配にとりかかってくれた。ここはぜひとも『ロッキー』のテーマソングを口ずさんで読んでいただきたい場面である。

「シゲマツさん、ホテル、取れました！」「すみません、そのホテル、思いっきり治安の悪いところらしくて、危険なので変更します！」「行きの電車の切符は取れました！」「帰りはまだです！　ネットオークションに出てるかもしれないので探してみます！」「場合によっては六時間ぐらいかかりますが、車で北京まで帰ることにします！」「チケット一枚確保！」「残り二枚は現地でダフ屋と交渉するしかなさそうです！」……。

そんなY記者の報告を携帯電話で受けながら、当のシゲマツはホテルの近所のカフェにいるのである。ミヤサコを相手に（暇な店なのだ）、カタコトの英語で「おまえなー、『ちょと待て』は客に失礼なんだぞ。『ちょと待てください』にしろ、『ください』をつけなきゃダメだよ」と、ささやかな日中友好の架け橋をつとめているのである。

のんきなものだ。そして、いささか情けない話でもある。

大名旅行とまでは言わないものの、やはり、甘ったれのオヤジの取材旅行であることは間違いない。あと五歳……いや、十歳若ければ、もう少しはフットワーク良く動けただろう。「チケットを手配するところから取材は始まってるんだから」と自ら受話器を取って、カタコトの英語とデタラメな中国語で、怒ったり困ったり恥をかいたり汗をかいたりしながら、自分の力でなんとか状況を切りひらいていっただろう。切りひらけなくても、そのことを、きっちりとリアリティを持って書いただろう。

いまのオレは、ただの役立たずのダメオヤジである。

アウェーの戦い方

だが、逆に言えば、フリーライター人生二十三年になるオレが、あえて役立たずのダメオヤジの座に甘んじていたくなるほど、Y記者は優秀なのである。朝日新聞の皆さん、そうなんですよ。佐賀県のお父さんお母さん、ほんとなんですよ。

たとえば、八月十三日、青島から戻ったその足で向かった野球の対キューバ戦で、Y記者はじつにみごとな仕事をしてくれた。

まずは、僕の書いたリポートから――。

『北京便り――白球を追いかける面白さ　伝えて』

背中とおしりが不意に冷たくなった。背後から「あっ」という女の子の小さな叫び声も聞こえた。8月13日、野球の1次リーグ初戦――日本対キューバ戦でのことである。

中国では野球の人気は高くない。ルールすら知らない人がほとんどだという。それを示すかのように会場の五棵松球場は、『鳥の巣』や『水立方』などに比べると見劣りする。鉄パイプを組み上げただけのスタンドの狭い座席では飲み物を足元に置くのにも苦労して、「こぼしたら大変だな」と心配していたのだが、まさか自分が「被害者」になってしまうとは……。

振り向くと、女の子はほとんど空になってしまったコーラのペットボトルを手にしょんぼりしている。僕のジーンズやTシャツはびしょ濡れである。まったくもう、とため息をついていたら、女の子の隣にいたオジサンが代わりに謝ってくれた。

聞けば、このオジサン、小学校の事務職員なのだという。北京市内の小学校には、各競技のチケットが配られている。今日はそのチケットを持って、子どもたちの付き添いで球場に来た。「私は野球が好きなので楽しみなんですが、この子たちは……」と苦笑する。なるほど確かに、子どもたちは退屈した顔でもぞもぞしている（だからコーラをこぼしちゃうんだよ）。

それでも、緑の芝生を照らすまばゆいカクテル光線の美しさは、子どもたちの記憶に残ってくれるだろう。小さな白球を投げて、打って、走って、追いかけることの面白さを感じてくれる子だっているかもしれない。

星野ジャパンには、もちろんメダルを期待したい。でも、それ以上に「野球の魅力を世界の子どもたちに伝える」という大きな使命があるんじゃないか。コーラをこぼした女の子は、はにかみながら「対不起（ごめんね）」と言ってくれた。いいんだよ、それよりグラウンドを見てごらん。野球っていうスポーツ、面白いだろう？


（朝日新聞二〇〇八年八月十五日）


いやほんとに、ひどい災難だったのだ。北京空港からホテルにも寄らず、メシも食わずに球場に向かって、このザマである。しかも、原稿には書かなかったが、試合はまだ一回の表が終わったばかりだったのだ。

星野ジャパンの初戦も気になる。だが、コーラはジーンズの厚いデニムに染みわたって、じわじわとパンツを浸食中である（この本、パンツのネタばっかりだな）。

スタンドを見渡した。心配していた日本へのブーイングは出ていないようだ。というより、ほんとに皆さんルールがよくわかっていないのだろう、ボーッとした顔で座っているだけだ。

よし、とケツからコーラを滴らせつつ立ち上がった。本日の取材、収穫は三つ。一つめは、中国では野球の人気はまったくない、ということ。二つめは、ルールを知らないひとにとって野球というスポーツのテンポは退屈きわまりない、ということ。そして三つめは、退屈した子どもにコーラを持たせるな、ということ。

「悪いけど、オレ、ホテルにひきあげるよ」

Y記者に声をかけると、『週刊朝日』で高校野球の取材を担当していた時期もある彼女は、すっかり観戦モードになっていて（よく見ると、手にジュースまで持っているではないか）、僕のことなど眼中にもない様子で「ダルビッシュ、調子悪そうです……」だの「中継ぎのプロパーをメンバーに選んでないのは心配です……」だのと、一人でつぶやいている。

「じゃあ、ボク、帰ります」

「青木サンの表情、硬いです」

「一人で帰ります」

「涌井クンって、わたし、甲子園で取材したことあるんです。明日の先発、彼ですよね、きっと」

「一人で寂しく帰ります」

「新井サンの腰、どうなんでしょうか」

「オレのケツはびしょびしょだよ」

「星野サン、お願い、興奮して『ピッチャー、ワシ』なんて言わないで……」

そこまでの集中力を発揮するY記者である。後日メールしてくれた試合のリポートも、シゲマツごときののんきな読み物とはひと味もふた味も違った視点で書かれていた。

〈重松清様　お疲れさまです。（このあと原稿が遅いことへのイヤミがたらたら書かれているのだが、割愛させていただく）／以下、キューバ戦のご報告です〉

Y記者が注目したのは、中国人の観客が日本とキューバのどちらを応援しているか、というところだった。


〈三回表ごろから、客席にいる中国人たちがキューバを応援しだす。李さんに、小学生の引率をしている人に、なぜキューバを応援するのか聞いてもらうと、キューバの応援団が中国の旗を振ってくれているからだという。

確かに、キューバ人は、キューバの国旗といっしょに、中国の旗も振っていた（ここにスタンドの写真が添付されている)。キューバは、中国語で古巴（クーバ）で、発音が似ていることもあり、またキューバ人が、加油と、口にすることもあり、雰囲気は一気にキューバ応援ムードに。

日本人は逆に、「ガンバレ　日本」を繰り返すのみで、中国では、「日本」は「リーベン」と発音するので、「がんばれ」も「日本」も、中国人には意味がわからないそうです。

そのあたりの事情を、日本の応援団に話して、中国国旗もいっしょに振ってもらったり、「加油」とさけんでもらったりしたところ、小学生たちも「成瀬」とか、だんだん覚えてくれていたようですが、八回の表くらいから、雨が降り出したので、中国の小学生たちは一気に帰ってしまい、日本応援ムードが定着するまでにはいたりませんでした。

キューバ人は、中国の旗を振りながら、中国人がいる席を回って、「古巴　加油」と呼びかけたりしていて、場内の中国人を巻き込む雰囲気作りが、日本人よりも二枚も三枚も上手でした。雨で、大方の中国人が帰ったあとに、日本人の応援団たちが、日本人は前に集まって一緒に応援しようよと呼びかけていたのも、何か象徴的な発言に思えました〉

みごとではないか。取材だけでなく、日本の応援団にアドバイスまでしている。オレなんてコーラをこぼされたあとは濡れた席に座るに座れず、呆然として突っ立っていたら、後ろにいた日本人のオヤジに「座れよ、見えねえよ」と文句をつけられ、うっせーなこの野郎、と振り向いてにらみ返して、いったいなにをやってるのやら、だったのである。

いや、冗談はともかく、Y記者のリポートには、じつに大切な視点が含まれていると思うのだ。

リポートに出てきた小学生の引率のひとは、僕がコラムに書いたオジサンと同一人物である。あのオジサン、オレの前では「ニッポンを応援するよ、同じアジアだからね」と言っていたくせに、どうやらあっさりとキューバに鞍替えしたようである。

そこなのだ、ポイントは。最初は「同じアジア」としての仲間意識を持っていたオジサンが、「中国の国旗を振ってくれたから」という理由でキューバに親近感を抱く。単純といえば単純である。だが、それとよく似た、反対側からの視点の話を、僕たちはよく覚えているのではないか？　聖火リレーが世界各国を回っているとき、中国人留学生たちが大挙して沿道を埋めた。日本でもそうだった。そのとき、留学生諸君が中国の国旗を誇らしげに振る一方で、聖火を迎えた国の国旗をほとんど振っていなかったことが――少なくとも僕には、とても寂しかった。そして、同じような寂しさを五棵松球場のスタンドにいた中国のひとたちが感じていたとするなら、やっぱり、申し訳なかったかなあ、とも思うのだ。

国際試合とは、もちろん、国と国との「対決」である。だが、それを敵と味方の二項対立でのみ見てしまうと、ほんとうに勝ち負けだけのギスギスしたものになる。「対決」の舞台への感謝と敬意もあっていいではないか。キューバはそれをうまくアピールしていたのだと思う。思えば、ホームとアウェーの試合数が拮抗している国など、そう多くはないはずだ。キューバはおそらく（あるいはアフリカ諸国の陸上選手なども）、ひたすらアウェーの戦いを繰り返しているのだろう。中国の国旗を振り、中国語で応援するというのも、その中で身につけた「まずは観客を味方につけよう」というアウェーで戦う知恵だったのかもしれない。

確かに、Y記者のリポートを読んで思いだした。試合前のグラウンド整備を見たのだ。たぶん中国のスタッフだろう。いかにも慣れていない、不器用そうな動きだった。それでも、彼らは皆、黙々と、自分の国とは関係ない日本とキューバのためにグラウンドを均してくれていた。そんな彼らが試合中、ふとスタンドに目をやると、キューバの応援団が中国国旗を振っている——これ、やっぱりうれしいだろうなあ。ちょっと話はとぶが、僕はかねがね、「甲子園の高校野球のグラウンド整備は出場校の選手にやらせたほうがいい」と思っている。ベンチ入りできない選手たちも甲子園の土を踏めるし、なにより、目の前でグラウンド整備をしてくれるオトナに対して、選手が会釈もしないチームが少なからずあることに、「おまえら、なにさまだよ」と腹が立ってしかたないのだ。それを思うと、戦いの舞台をつくってくれたスタッフや街、国に対する感謝の念は、国の誇りを背負って戦う代表戦であればこそ、よけいに必要なんじゃないか……。

「なにを悠長なことを言っているのだ！　スポーツの代表戦は国の国との戦争なのだ！」とおっしゃるひとはいるだろう。気持ちはわかる。そのほうが盛り上がるというのも理解できる。実際、十五日の試合も、対戦相手が中国に決まった直後から、各メディアとも「当局は厳戒態勢で警備に臨む姿勢」「激しいブーイングが予想される」「暴動の恐れも」と煽りまくりである。戦争だあ。戦争だあ。泉谷しげるの『戦争小唄』みたいになってきたぞ。

「サッカー後進地域と呼ばれていたアジアから二国が決勝トーナメントに残り、ベスト4進出をかけて戦うって、スゴいことじゃないか」というトーンでの報道は、残念ながら、僕の見た範囲ではどこにも出ていなかった。

国旗はためくもとに

国旗がらみの話になると、聖火リレーの騒動を振り返らざるをえないだろう。

二〇〇八年四月に上海・香港を訪ねた予備取材は、ちょうど聖火が日本の長野市を走る当日に成田を発つスケジュールになった。

上海・浦東空港には、予備取材でずっとお世話になってきた通訳の叢光《ツォングアン》さんが待っていた。一九七二年生まれの三十五歳（当時）。日本で十三年間過ごしたこともあって日本語が堪能で、埼玉大学と横浜国大大学院博士課程で国際経済学を専攻してきたので、中国と世界の「いま」をとらえる目もきわめて鋭敏。なにより、とても気分のいい男で、予備取材で中国へ出かける楽しみの半分は、彼と話をすることだった。

だが、その日ばかりは、空港で僕を出迎える叢さんの笑顔はこわばっていた。「やあ、ひさしぶり」と手を挙げる僕の表情も微妙にぎごちなかったはずだ。

上海の取材では、叢さんのお姉さんと夕食をご一緒することになっていた。スケジュールが決まった二月頃にはそれがとても楽しみだったのだが、いまは気が重い。

訊かなければならない。叢さんにも、お姉さんにも。

チベット問題をどう思いますか？　『カルフール』の不買運動をどう思いますか？

よその国の沿道を埋め尽くす赤い国旗をどう思いますか？

「シゲマツさんはどうですか」と問い返されたら、僕も、自分自身の意見を表明しなければならないだろう。

オレ、すごくムカついてる――。

その無遠慮な本音を、彼はどう受け止めてくれるのだろう。

そんな上海・香港取材の様子を『週刊朝日』でリポートした。本文中に出てくる「S君」が叢さん、「上海在住の金融関係に勤める女性」が叢さんのお姉さんのことである。

『国旗だけでなく五輪旗も見たい』

異様な光景を目にしての出発となった。

4月26日、朝9時前。成田空港のラウンジに設置されたテレビモニターの中で、無数の赤い中国国旗が揺れていた。聖火リレーがおこなわれている長野市からの中継である。

モニターには音がない。それがかえって光景の異様さを際立たせる。テロップの「長野市」がなければ、画面に映っているのが日本国内の都市だとはとても思えないほどなのだ。

もっとじっくり画面と向き合っていたかったが、時間がない。上海・浦東空港行きの便の搭乗時刻が迫っている。画面からあふれ出んばかりの赤い色を目に焼きつけてゲートに向かった。2泊3日で上海、香港と回る取材旅行が始まる。当初は上海のサッカー会場と香港の馬術会場を訪ねるのを眼目としていた取材だったが、期せずして、それは聖火リレー騒動を中国の側から垣間見るための短い旅にもなったのだ。

上海に到着すると、まずは雑誌をいくつか買い集めてみた。

チベット・ラサのポタラ宮を表紙に掲げた雑誌が2冊——『看天下』誌には、〈1959西藏叛乱真相〉の特集タイトルが大きく躍る。ダライ・ラマ14世がインドへ政治亡命した、いわゆる「チベット動乱」は、ここでは「叛乱」と称される。中国によるチベット統治は〈和平解放〉である。一方、『三联生活周刊』誌は、チベット文化を守るために寺院や文化財の大規模な補修・調査が進められていることを報じる。

前者はチベット独立運動を歴史をさかのぼって否定し、後者は「チベットは中国の一部」を大々的にアピールしているわけだ。

パリの聖火リレーで、車椅子のランナー・金晶さんが聖火を奪われそうになった瞬間の写真を表紙に使ったのは、『中国新聞周刊』誌である。同誌は特集記事で聖火リレーのドキュメントを掲載し、ミュンヘン五輪のイスラエル選手宿舎襲撃事件などを引き合いに出して「聖火が政治の標的になってしまった」と妨害活動を強く批判する。

「そのとおりだと私も思います。オリンピックと政治は切り離さなければいけません」——強い口調で言ったのは、記事の大意を翻訳してくれていた黒竜江省出身のS君だった。

中国取材のたびに通訳としてお世話になっているS君は、日本の大学に留学していた経験もある。まだ30代の若さだが実に冷静沈着で、バランス感覚のしっかりした人物である。当然、西側諸国がチベット問題や聖火リレーに寄せる関心の高さもわかっている。そんなS君に、成田空港のテレビで観た光景について伝えると――。

「私も、いま日本に留学していたら、確実に長野に行って国旗を振っています」

きっぱりと、誇らしさをたたえた笑顔で言う。

「日本や欧米にずっと遅れをとっていた中国がついにオリンピックを開くんですから、応援するのは当然です。聖火リレーを妨害するなど、許せないことです」

S君によると、聖火の採火式が妨害された光景は、そもそもCCTV（中国中央電視台）では放映されなかったのだという。ところが、それがインターネットで公開されたことで世論が沸騰。「聖火を守れ！」の機運が一気に高まった。もっとも、その象徴でもある金晶さんは、フランス系スーパーマーケットのカルフールに対する抗議活動への不支持を表明したとたん、英雄から一転、激しいバッシングにさらされることになってしまったのだが……。

ところで、上海にはカルフールが数店舗ある。そのうち2店舗を回ってみたのだが、不買運動や抗議活動のデモは見られなかった。ごくあたりまえの週末の買い物風景だったのだが、入り口にはいくつもの貼り紙があった。「われわれはチベット独立派に資金は一切出していない」「五輪をずっと支持している」「二〇〇〇年以降、小学校を建設したり災害に義援金を出したりと、これだけの貢献を中国に果たしている」。そして、金晶さんを称えるメッセージと、〈永遠做中国的企業公民（中国の本物の会社のようになりたい）〉という一文も……。まさに全面降伏の体なのである。

「あなたがたはなにもわかっていないんです。中国とチベットとの間には『歴史』がある。さまざまな援助もしてきました。でも、西側のメディアは一方的に見ているだけなんですよ！」

上海在住の金融関係に勤める女性は、僕がチベット問題について質問したとたん表情をこわばらせて、通訳のS君にまくしたてた。

困惑したS君の様子からすると、僕に伝えた以上のキツい言葉を彼女は言っていたのかもしれない。

その思いは受け止めておきたい。少なくとも僕は、「なにもわかっていない」と断じる彼女に「そうじゃない、ちゃんとわかってるんだ」と、その場で反論することはできなかった。情けない話だが、今回の聖火リレー騒動が起きるまでは、チベット問題をリアルなものとして考える機会すらほとんどなかったのだから。

ただ――聖火リレーの「妨害」を阻止するのはともかく、「抗議」のデモ活動にまで神経を過剰にとがらせ、時には暴力的な排除さえするということには、やはりなんとも釈然としない思いは残ってしまうのだ。

成田空港で観た赤い国旗のことは、上海でも、翌27日に訪れた香港でも、ずっと頭から離れなかった。

5月2日に中国国内で初めて聖火を迎えることになる香港では、27日の時点で出発式の準備が着々と進められていた。5月2日には、ここもまた赤い国旗で埋め尽くされただろうか。

思えば、日本語ではオリンピックは「五輪」と訳されるが、中国語では「奥運」になる。僕たちにはおなじみの「五つの大陸の団結」という五輪旗の理念は、文字だけで言うなら「奥運」だとやや遠くなってしまう。

いや、しかし、それは中国の友人たちにもしっかり伝わっていると信じたい。だからこそ、北京オリンピックは確かに「中国が開く」大会ではあっても、それを「世界中のみんなが中国に集まって開かれる大会」と読み替えることも必要ではないかと思うのだ。

S君の国を思う気持ちを、僕は重く受け止めよう。それでも、「国旗だけじゃなくて、五輪旗も、そして聖火が通る国の国旗も振ったほうがスジは通るはずだ」と言わせてもらえないか。

香港で買った新聞『明報』には、こんな記事があった。

5月8日に聖火リレーがおこなわれる広東省・深圳市では、1カ月に10万本の国旗が売れたのだという。

また同じ地元紙の『成報』では、「愛国心を尽くして聖火リレーを支持します」の見出しのもと、現地の芸能人たちが揃いの赤いTシャツを着て、聖火の歓迎ムードを高めていた。Tシャツの胸には〈中国加油（中国がんばれ）〉――残念ながら、数枚の写真のどこにも五輪マークはなかった。

（週刊朝日二〇〇八年五月十六日号）

ただ遅れているだけ

四月の取材は、叢さんとはぎごちないままで終わってしまった。わざわざ夕食の時間をとってくれたお姉さんにも申し訳ないことになってしまった。ぶしつけな質問を繰り返す僕に辟易したのか、中国の立場を理解しない僕にいらだってもいたのか、お姉さんが屈託なく笑ったのは、「そろそろ息子を迎えに行かなくちゃ」と席を立ち、「息子はいま囲碁教室に通ってて、けっこう強いの」と付け加えた、そのときだけだった。

「シゲマツさんは、やっぱりあの聖火リレーには反対ですか」

叢さんに訊かれたのは、短い取材旅行の終わり間近、香港のホテルで地元紙の記事を翻訳してもらっているときだった。

「悪いけど、ああいうやり方は反発を招くだけだと思う」と僕は言った。

「たとえばどういうところが？」

「チベット問題で中国政府とダライ・ラマのどっちが正しいのかは、オレ、よくわかんない。中国にも中国の言いぶんはあるんだってことは、今回の取材で感じた。でも、報道を規制して、国民にもなにが起きたかを知らせないっていうのは間違ってると思う。聖火リレーでも、地元の国のひとたちを押しのけるようにして国旗を振るのは、オレ、おかしいと思う」

叢さんはうなずいて、少しだけ笑って言った。

「私たちの国は、まだ遅れているところがたくさんあります。むしろ日本のひとに、それを教えてもらったほうがいいんだと思います」

帰国する飛行機の時刻が迫った僕への、せめてもの気づかいだったのかもしれない。

そして、「間違っている」ではなく「遅れている」という表現をつかったところは、彼のせめてもの意地と誇りだったのかもしれない。

もちろん「間違っている」ところは、日本にもアメリカにもフランスにもある。遅れているから生じた間違いがあるように、先んじたからこそ犯した間違いだってあるだろう。お互いにそれを認め合っていれば、叢さんとの友情（と、あえて呼ばせてもらうぞ）は今後もつづいてくれそうな気がする。聖火リレーの日々のことを「あのときはけっこうキッかったよなあ」「ボク、シゲマツさんにけっこうムッとしてたんですよ」と笑い合えるときも来るだろう、と信じている。

ムカつくハタ坊

さて、八月十五日である。

午前中に、日中戦争の発端となった発砲事件の舞台・盧溝橋《ルーゴウチャオ》へ出かけた。閑散としていた。

そもそも、盧溝橋は日中戦争で初めて歴史の表舞台に登場したわけではない。完成は一一九二年。十一のアーチを持ち、欄干には五百一体の獅子の彫刻がある。マルコ・ポーロが『東方見聞録』の中で「世界中どこを探しても匹敵するものはないほどのみごとさ」と賞賛したことから、英語ではマルコ・ポーロ・ブリッジと呼ばれているという、由緒正しい歴史遺産である。往時の石畳も一部保存されている橋のたもとには、「皇帝が月見をした」「マルコ・ポーロが褒めたたえた」などの故事が記されているが、日中戦争の記述はごくあっさりと、付け足しのように書かれているだけだった。

やはり、中国にとっては、「八月十五日」はそれほど大きな意味を持たない一日なのだろうか。「日付としては、盧溝橋事件の起きた七月七日や、柳条湖事件の九月十八日のほうが大事にされていますね」と李さんも教えてくれた。

なるほど、と渡り終えたばかりの盧溝橋を再び戻って『抗日戦争記念館』に向かおうとしたとき――でっかい中国国旗を高々と掲げて橋を渡ってくる男たちがいた。

若者三人組である。うち二人はフツーの大学生ふうだったが、横幅が一メートル以上ありそうな国旗を持った男は、派手な柄のシャツを胸をはだけて羽織り、サングラスをかけて、いかにもイキがっている。そこいらのチンピラのなりそこねというか、そのくせ、どう見たってケンカは思いっきり弱そうなのである。

向こうも僕たちに気づいた。すると、三人とも、ちょっと嫌な雰囲気の歩き方になった。

橋の上に風はまったくなく、サングラス野郎の持っている旗も竿にだらんと巻き付いていたのだが、彼は急に竿を大きく振りはじめ、国旗をはためかせた。残り二人の歩き方も変わった。なんともいえず横柄な、エラソーな、「オレたちカッコいいだろ」という肩の揺すり方になった。

僕とY記者が日本人だから——？　いや、彼らにそれはわからないはずだ。かといって、僕たちを無視しているわけではない。むしろ逆に、僕たちの視線を意識しているのがありありとわかる。

国旗を持っているからだろう。小旗ではなく本格的なサイズの国旗を持っているオレたちってスゴいだろ、どけどけどけ、とアピールしているのだろう。

誇りではなく、ただの自慢——もしくは、示威。

ムッとした。「中国の国旗だから」というのではなく、オレ、道の真ん中をエラソーに歩くガキ、嫌いなのだ。

嫌いだからこそ、話を訊いた。

「今日が八月十五日だから、盧溝橋に来たの？」

李さんを介して質問したとたん、三人の態度はさらにエラソーになった。日本人かよ、おっさんとねーちゃん——そんな目で僕とY記者を見た。

「そうだよ、日本が負けた日だから、ここに来たんだ」

三人の中でいちばん体のデカい男が答えた。初手から喧嘩モードである。

「わざわざ国旗を持って？」

「大学の寮から持ってきたんだ」

「買うといくらぐらいするの？」

「三十元（約四百八十円）かな」

「ふーん、意外と安いんだ」

軽く言うと、デカ男は「値段の問題じゃねーよ」とムッとして言った。

わかってるよそのくらい、冗談だよバーカ、とオレもムッとした。

ただ、「国旗は値段の問題じゃない」と言い切るデカ男は、なかなか物事の本質をわかっているヤツかもしれない。楊《ヤン》くんという。二十三歳。北京理工大学の大学院生。残り二人も同級生らしい。エリートである。

「日本のことはどう思ってる？」

「経済は進んでるよ」

「あとは？」

「歴史の面では大嫌いだ。戦争責任を全然認めてないじゃないかよ」

言ってくれるじゃないか。おまえ、一九九五年に村山首相（当時）が公式に謝罪した「村山談話」を知らねえのか？　従軍慰安婦の存在を認めた一九九三年の河野官房長官（当時）の「河野談話」も知らねえのか？　ちょっとは勉強してからモノを言いやがれ。

だが、楊くん再びあらためデカ男の言っていることは、決して例外的なものではないのだろう。李さんでさえ「日本はまだ戦争責任を完全に果たしているとは思いません」と言う。一九七二年の日中共同声明で、中国が日本に対する戦争賠償の請求を放棄していることは、いったい若い世代にどこまで伝えられているのだろう。日本が中国に対しておこなっている巨額のODAのことも、ほんとうに正しく報じられているのか?

もちろん、中国には中国の言いぶんがあるだろうし、それが日本に正しく伝えられていない可能性だってありうる。そのことは認めたうえで……おい、サングラス野郎、ひとの目の前で旗をばたばた振るな! さっきからうっとうしいんだよ、このハタ坊!

最後まで、デカ男は僕たち日本人に対して漠然とした敵意を持っているようだった。ハタ坊は最後まで国旗を振り回していた。で、それでいて、三人目のひょろりとしたヤセ男は、日本語を勉強中らしく、僕の英語と変わらないたどたどしさでY記者に話しかけているのだ。

デカ男とヤセ男は、まあ、いい。

問題はハタ坊だ。日の丸を頭に刺して(たしか頭蓋骨まで貫通しているのだ)「だじょー、だじょー」と語尾につける『おそ松くん』のハタ坊と同じように、サングラスをかけて精一杯イキがって、国旗を意味もなく振り回す北京のハタ坊——おまえ、やっぱり幼いよ。おいこら日本人、なめんなよ、とサングラス越しにオレをにらんでいるのがわかる。もしもオレたちがデブオヤジと二十代の女性二人という組み合わせではなく屈強な若者三人衆だとしたら、絶対にそんな態度にはならないだろうな、というのもわかる。そんなハタ坊が振り回す国旗は、国を愛する象徴でもなければ、誇りの証でもない。甘えているのか、すがっているのか。ライナスの毛布みたいなものなのか。ハンパな極道がふりかざす組の代紋か。ハンパなヤンキーが「オレ、なんとかさんと知り合いだし」とカバンに貼る暴走族のステッカーか。これさえあれば万事解決という『水戸黄門』の印籠か。

オレ、おまえが嫌いだよ。おまえはきっと、「愛国無罪」なんていう言葉を、いちばんひきょうな意味合いで武器にするんだろうな。八月十五日に、その程度のノリで国旗持参で盧溝橋を訪れるっていうのは……戦争で亡くなった日中両国のひとたちに対して、とんでもなく失礼な行為だと思うんだがな、オレは。

とにかく、ハタ坊、オレはおまえが嫌いだ。目の前の、この、おまえが大嫌いだ。

「おまえたちがみんな嫌いだ」とは言わない。「中国人が嫌いだ」とも言わない。それがせめてもの、おまえ以外の中国の若者たちへの友情の証だ。

おまえも、オレを嫌っていいよ。全然ＯＫ。ウェルカム。でもな、「日本人が嫌いだ」と話を広げるんなら、デカ男ともども、もうちょっとは勉強して、ハラをくってから言えよな、坊主。

取材されること

この若造三人組との話には、オチもついている。

ムカつきながら橋を渡って『抗日戦争記念館』に入ろうとしたら、Y記者が「シゲマツさん、さっきのひとたち、追いかけてきてます」と言った。

驚いて振り向くと、デカ男を先頭に、三人組がハアハア、ゼエゼエと喘ぎながら走ってくる。ハタ坊もさすがに走るときには邪魔になるのだろう、国旗を竿に巻きつけている(そういうところが根性がないっていうんだよ)。

殴りに来たのか。一瞬思った。「やっぱりあの日本人ムカつくよなあ」「一発シメるか」「おう!」と話がまとまったのかと思ったのだ。来るなら来い。Y記者と李さんを逃がして、オレが相手だ。オレ、デブだけど、喧嘩がそんなに弱いほうじゃないぜ。三人相手に勝つのは無理でも、狙いをハタ坊一人に絞れば、ボコボコにしてやれるだろう。さあ来い。でも、できれば来るな。

三人は僕たちを取り囲んだ。

喧嘩を売りに来たのではなかった。

だが、考えようによっては、もっとタチの悪いことを言いだした。

「写真、撮っただろ」

デカ男が言った。「知ってるんだぞ、おまえ、写真撮っただろう」とヤセ男がY記者をにらみ、ハタ坊は竿に巻きつけていた国旗をパーンと広げた（ほんとにバカだろ、こいつ）。

僕と李さんがデカ男に話を訊いている間、Y記者がデジタルカメラで彼らの写真を撮っていたのだ。

その写真を見せろ、という。顔が写ってるかどうかチェックさせろ、という。もしも顔が鮮明に写って、個人が特定されてしまうようなら――「削除しろ」と言いかねない剣幕だった。

なんなんだよ、おまえら。心底キレそうになった。文句があるんならその場で言えよ、とも思ったし、自分たちの気に入らない写真は削除する、というのは当局が取材陣にやっていることと同じではないか。もちろん、こっちだって一言声をかけずに写真を撮ったのは悪かった。肖像権の問題だってわかっているし、その写真はあくまでも資料用で、どこにも掲載するつもりはないものだ。フツーに「写真見せてもらえますか？　顔写ってると、ちょっとヤバいんで」と言ってくれればいいじゃないか。そうすれば、こっちも「ああ悪い悪い、メモ代わりに撮ったんだけど、じゃあチェックしてくれる？」と素直に応じられるはずなのだ。

だが、その居丈高な態度はなんだ。青島のボランティアの若者と同じだ。どうして、おまえら、当局のそういうところばかり真似ちゃうんだよ……。

Y記者はしかたなく、デジタルカメラのディスプレイに写真を表示させた。彼らが心配するようなものはなにも撮っていない。写真の主役は、あくまでも大きな国旗なのだ。

「これならいいか」「ああ、いいだろ」「だいじょうぶだよな?」と三人はぼそぼそと話し、「よし」と検閲を通したような態度でうなずいた。

さすがに多少の気まずさは感じたのか、写真のチェックが終わると、彼らは妙にそそくさと立ち去った。ハタ坊が最後に国旗をぶーんと振ったのは、「今日のところはこれで勘弁しといたるわ!」という捨て台詞代わりだったのかもしれない。

腹が立ってしかたない僕は、遠ざかる彼らの背中をにらみつけるだけだったのだが、李さんはぽつりと言った。

「三人ともまだ就職が決まってないって言ってましたし……やっぱり、いろいろ心配になるんでしょうね……」

そういう国なのだ、ここは。

「李さん、もしもきみが通訳っていう立場じゃなくて、街を歩いててオレに声をかけられたら、取材に応えてくれる?」

僕の問いに、李さんは少し申し訳なさそうに「わたしなら、取材は受けないかもしれません」と言った。

日本のメディアだから、なのか。

李さんと同世代の若者にすぐに腹を立ててしまう僕の個人的な問題なのか。

それ以上のことは訊かなかった。答えがわからないままにしておくことで、それを自制のクサビとして胸に打ち込んでおこう、と決めた。

道の真ん中を歩いていた三人組は、後ろから来た車にクラクションをぶつけられて、あわてて脇にどいた。ハタ坊の掲げる国旗も一緒に、しゅん、とうなだれた。

三人が初めて見せた気弱そうな姿は、まんざら悪いものではなかった。

ハーフタイム

八月十五日の前半は、かくのごとく、じつに暗く重い雰囲気になってしまった。

三人組や僕自身の態度や書きっぷりを不愉快だと思うひともいるかもしれない。

だが、三人組と別れたあと入った『抗日戦争記念館』で、そして夕方になって訪れた秦皇島の女子サッカーの試合で、この怒りっぽい中年オヤジは、一日に二度も、目に涙を浮かべてしまうことになる。

気分を変えよう。章をあらためよう。
次章は、懸賞付きの推理クイズでいうなら「解決編」にあたるはずだ。

第8章　国旗と老人と八月十五日

女子サッカー日本対中国戦のスタンド＝撮影・越田省吾

願永世友好

長い八月十五日は、暑い八月十五日でもあった。盧溝橋での三人組との一件で朝っぱらからぐったりと疲れてしまったが、ここでへバるわけにはいかない。

『抗日戦争記念館』である。正式名称は『中国人民抗日戦争記念館』。建物はまだ真新しい。二〇〇五年にリニューアルしたばかりだという。ちなみに、中国のひとびとになにかと評判の悪い小泉元首相だが、首相就任半年後の二〇〇一年十月八日にここを訪れ、献花・黙祷を捧げている。在任中の自民党の首相が『抗日戦争記念館』を訪れるのは初めてのことで、日本の政府首脳の献花も初めてだった（もっとも中国では、首相に就任して初めて迎えた八月十五日に靖国神社に参拝したことのほうが、はるかに大きく報じられたのだが）。

館内には、日本語のガイダンス機の貸し出しもある。「今日《こんにち》」を「きょう」と読んだり、「日日新聞《にちにち》」を「ひびしんぶん」と読んだりという瑕瑾はあるものの、とてもよくできたガイドだった。これを借りて館内を回ると、中国側の視点から見た日中戦争が——皮肉抜きで、よくわかる。やりきれない思いにもなるし、「ちょっと待ってくれよ」と言いたくもなるし、しかし廃墟になった中国各地の街並みや無数の遺体写真を前にすると、やはり、ただ黙って頭を垂れるしかなくなってしまう。

もちろん、加害者側は粛然としているだけですむかもしれないが、被害者側はそういうわけにはいかない。なにしろ、前庭の碑には中国のことわざ「前事不忘　后時之師」（以前起きたことを忘れずにいれば、のちの日の教えとなる）が彫られている。ここは抗日戦争を「記念」する場所ではなく、もっとなまなましく胸に刻むための「記憶」する場所なのだ。

日本での同様の記念館は、「悲惨な戦争の時代から平和な現在へ」という物語を見学者に与える。『抗日戦争記念館』も基本的にはその物語を踏襲しているのだが、戦争そのものの悲惨さというより、日本がおこなったことがいかに残虐で非道だったかを強調しているように見える。そうなると、戦後の平和も、理念ではなく、たんに「現在は戦争状態ではない」ということにすぎなくなる。だからこそ、見学者の胸には、いまだ書かれざる次章――「日本が再び……」という物語が残ってしまう。

ロビーには、見学者が感想を自由に記入するノートが置いてあった。館内は決して大にぎわいというわけではなく、むしろ閑散としていたほどだったが、そのノートには八月十五日の日付ですでに三人が感想を書き込んでいた。

〈日本がすでに謝ったとしても、この血の歴史を忘れてはいけない〉

〈ショックを受けた。中国がさらに上がっていくためには、私たちががんばらねば。中国、

加油！〉

〈居安思危〉

最後の言葉は中国のことわざなのだと、李さんが教えてくれた。「安らかにいるときにこそ、危機を思え」「いまはよくても油断するな」という意味である。

『抗日戦争記念館』に類する施設は中国各地にある。その展示をめぐって、たとえば南京大虐殺の記述などで日中の見解がぶつかることも多い。だが、物語の書き手の端くれとして、思った。過去の描き方よりも現在や未来の描き方のほうにこそ、記念館を出たあとで胸に残るものが決まってしまうのではないか。少なくとも北京の『抗日戦争記念館』には、「戦後、わが中国は日本人民に対する寛大さと友情を持って、日本と国交を回復し……」云々のトーンしかなかった。戦後の日本が憲法第九条のもと不戦を誓っていることなどは、まったくと言っていいほど語られていないのだ。

当時の中国のひとびとの味わった艱難辛苦に思いをはせ、粛然としつつも、なにか割り切れないものを胸に残しながら館内を一巡して外に出ると、幼い少年を連れた老人がいた。湖北省宜昌市から来た七十二歳の呉《ウ》さん、九歳の孫を連れてオリンピック観戦に来たついでに記念館に寄ってみたのだという。

「私は以前に来たことがあるんだが、孫にも見せてやりたくてね」

僕が日本人だと知っても、呉さんの表情はおだやかだった。ただし、「ウチの田舎も日本軍の爆撃を受けたんだ。私はその前に町を逃げだしていたから命は助かったんだが、戦争が終わるまでふるさとには戻れなかったよ」と言う言葉は、微笑み交じりだったからこそ、こちらとしては、どう応えていいかわからなくなる。こういうときに、たとえスジとしては正論でも「昔のことをオレに言われても困る」とは返せないよなあ、と思うのだ。

「お孫さんに戦争の頃のことはお話しになるんですか？」と訊いた。呉さんが戦争を体験したのは、ちょうどいまのお孫さんと同じぐらいの年頃だったことになる。

「ときどき話すよ。あまり興味はなさそうだけど」

呉さんは苦笑して、「だからここに連れてきたんだけど、やっぱり退屈そうだったなあ」とつづけた。世代のギャップを思い知らされた寂しさやもどかしさは、あるのかもしれない。それでも、もしもお孫さんが展示を見たあとで「おじいちゃん、ボク、日本を一生許さないよ！　日本ってほんとにひどい国なんだね！」と言ったら――呉さんは「そうだ、そのとおりだぞ」とはうなずかないような気がする……というのは、加害者側のエゴや驕りにすぎないのだろうか……。

呉さんたちを見送ったあと、広い前庭を歩いていたら、ベンチに座っている二人連れが目に入った。呉さんよりもさらに年かさの老人と、中年の女性である。

呉さんに取材をしているところを見ていたのか、老人はにことした笑顔をこっちに向けて、まるで僕たちの一行を待ちかまえているみたいに座っている。

じつを言うと、この二人にお話を訊くつもりはなかった。若い世代の感想を知りたかった。記念館から出てきたばかりの女子大生ふうの女性がいた。李さんが「ちょっとお話をうかがえませんか?」と声をかけてくれた。ところが、その女性は「嫌です、困ります、絶対にダメです」と、立ち止まることすらせず、小走りになって出口に向かった。日本のメディアの取材だと気づいて、警戒したのだろうか。気持ちはわかる。申し訳ないことをしてしまった。

だが、彼女が姿を消してしまうと、あたりに若いひとたちは誰もいない。閑散としていた館内の様子からすると、このまま前庭で待っていても若い世代がすぐに出てくるとも思えない。北京から秦皇島へ向かう列車の時刻も迫っている。

やむなく——ほんとうに失礼な話だが、それこそ「ついで」のつもりで、ベンチの二人に話しかけてみた。

老人は陳紹寛《チエンシヤオクアン》さんという。御年八十五。思わず「ほんとですか?」と聞き返してしまったほどカクシャクとしている。一緒にいるのは五十歳の娘さんだという。

「私はここに来るのは三回目なんだ」

陳老人が言う。先ほどの呉さんと同様、戦争を実際に体験している世代のひとが繰り返し訪れていることに、少し驚いた。

一方、四十五歳の僕とほぼ同世代と言っていい娘さんは、初めて。

「忙しいから、ほんとうは行きたくなかったんだけど、父がどうしてもと言うので……」

陳老人は、「どうしても一度は見せておきたかったんだ」と言った。

「……日本が昔ひどいことをしたんだということを、ですか？」

陳老人は「そうだ」とは言わなかった。だが、「そうじゃない」とも言わなかった。

ただ、皺だらけで前歯が抜け落ちた顔をほころばせて、「中国と日本は隣同士の国だ。一衣帯水だよ」と言う。それ以上のことはなにも付け加えない。

代わりに、僕のメモ帳に手を伸ばす。

「昔の教科書に書いてあったことは、いまでもよく覚えてるんだ。ちょっと書いてあげよう」

陳老人は、生まれも育ちも瀋陽——満州国があった時代の奉天である。小学生の頃には、一九三一年に起きた柳条湖事件について、あくまでも日本側の視点で教わった。教科書に載っていたその文章を、八十五歳のいまも覚えているのだという。

メモ帳とペンを渡すと、陳老人は無理に記憶をたどるふうもなく、さらさらと書きつけた。

簡体字を繁体字に変えてご紹介する。文中に出てくる「奉軍」は中国の軍閥・張学良《ちょうがくりょう》らが率いる中国東北軍のことで、「日本守備隊」は関東軍。「関内」は万里の長城の要塞・山海関の内側、要するに中国東北部に対する中原である。東北軍が南満州鉄道の線路を爆破したのを機に、関東軍は東北地方各地を占領——満州事変の発端となったこの事件、いまでは関東軍の自作自演だったことが明らかになっているのだが、もちろん満州国の教科書には逆のことが書いてある。

〈奉軍之一隊、破壊柳条湖之南満鉄路。日本守備隊起而与之応戦、不数日間、各地奉軍向関内逃亡〉

達筆な文字で一息にそこまで書いた陳老人は、僕をちらりと見てから、さらにつづけた。

「偽満」とは満州国の中国での呼び方である。

〈此文是偽満教科書上記載。当時我不知詳細。而今明白了。是日本帝国主義侵略中国〉

陳老人はまたペンを止め、僕を見た。

わかります、と僕は無言でうなずくしかなかった。

ところが、陳老人はニヤッと笑って、さらにペンを走らせたのだ。

〈但中国人十分喜愛日本人民、願永世友好／陳紹寛　八十五歳／2008・8・15記〉

訳すのはヤボというものだろう。

陳老人は僕にペンの先を向けて、またニヤッと笑い、最後の言葉を書きつけた。

〈答日本友人〉

差し出されたメモ帳を「謝謝」と言って受け取るとき、情けない話だが、涙が出そうになった。いや、実際に目が少しばかり潤んでいたのかもしれない。陳老人はそんな僕を見て、うん、うん、と二度うなずき、カカカカッ、と上機嫌に笑ったのだった。

中国のイケメン

さて、秦皇島である。女子サッカーの日本対中国戦である。

Y記者と李さんの尽力にもかかわらず、やはりチケットは一枚しか入手できていない。

今夜の試合の注目度に比べると、スタジアムの収容人数三万人は少なすぎる。Y記者と李さんのチケットは現地調達するしかないのだが、きっとダフ屋相場――それも日本人相手の相場はグンと跳ね上がっているだろう。日本人と知ったら「売らねーよ」と言いだすかもしれないし、中国人サポーターに見つかったらヤバいことになりそうな気もする。

「最悪の場合、シゲマツさん一人でスタジアムに入ってもらいます」

秦皇島へ向かう列車の中で、Y記者が言った。

やむをえない選択だろう。

「究極のアウェーだな……」

「でも、わたしが一緒にいないほうが、日本語をつかわずにすむから、かえっていいかもしれませんよ」

「なるほど……」

「客席ではIDカードやメモ帳は出さないほうがいいと思います」

僕も同感。列車の同じ車両には、中国国旗を持った若者のグループが乗り合わせている。それも何組も。黙って座ってりゃいいものを、あいつら、通路までふさいで大きな声でしゃべりながら気勢をあげている。あんな連中に四方を囲まれた席になってしまったらどうすればいいのだ（オレ、ほんとに若造が嫌いなんだな）。

「で、オレが一人で試合を観てる間、きみたちはなにしてるんだ？」

「秦皇島って、万里の長城の端っこなんですよね。海岸線のぎりぎりまで建ってるっていうじゃないですか」

「うん……」

「万里の長城、一度行ってみたかったんですよ。去年からこれだけ北京に通い詰めてて、万里の長城に一度も行ってないなんて、笑いものですよ」

「そこまで言うことないだろ」

「北京ダックも、最初の取材のときに食べたきりだし」

「……オレは痛風なんだって言ってるだろ」

ちなみにY記者は、北京滞在中でさえマクドナルドのハンバーガーを食べに行ってしまうほどのジャンクなひとである。前述した成都のスープにつづいて、のちに上海で美味いスープが出たときにも「朝ごはんにしまーす」とお持ち帰りを頼んだほどの、食べ残しが嫌いなひとでもある。少しぐらいは心労で痩せさせなければ、佐賀県のご両親にも申し訳がたたない。

「仕事中に観光なんてするんじゃねーよ。試合が終わるまでスタジアムの外で待っててくれよ。日の丸でも振りながら」

「罰ゲームじゃないんですから」

そんなのんきなことを話していると、車掌が乗車券の検札に回ってきた。列車は瀋陽行きだが、僕たちは途中の秦皇島で降りるのである。車掌が「秦皇島、三人ね、はいはい」と確認する声が聞こえたのか、前の座席に座っていた青年がいきなり立ち上がって、「サッカーの試合を観に行くんですか?」と声をかけてきた。

「そうですけど」と李さんが答えると、「チケットは持ってるんですか?」と訊いてくる。

「いえ、二枚足りなくて、向こうで手に入れようと思ってるんですけど」

するると、青年の顔がパッと輝いた。

「もしよかったら、チケットを買ってもらえませんか」

「はあ？」

「一緒に行くはずだった友だちが二人、都合が悪くなっちゃったんです。定価でいいですから、買ってください」

見た目も話し方も、いかにも好青年である。イケメンである。名前は楊《ヤン》くん。二十六歳。独身。北京で働いているデザイナー。なにより定価にイロをつけないというのがいいではないか。割引してくれればもっといいのだが、そこまでオレもずうずうしくはない。

商談はあっさり成立した。懸案のチケット問題は嘘のように解決し、Y記者念願の万里の長城観光は夢と消えて、スタジアムの外で日の丸を振ったらどうなるかという興味深いリポートは幻となってしまったのだ。楊くんが譲ってくれたチケットは僕の席からは遠く離れていたので、客席に座った瞬間に完全アウェーの孤独な応援という状況は変わらないものの、同じスタジアムの中に二人がいるというのは、やはりなにかと心強い。

チケットを手に入れて、Y記者と李さんもキャッキャッと大喜びである。やれやれ、なにがそんなにうれしいのやら、と半分あきれて二人を見ていたら、ふと気づいた。

そうか、楊くんの手持ちのチケットとオレのチケットを交換したら、三人並んで座れるではないか。まったくY記者も李さんも気の利かない連中である。

「チケット交換してくれないか、って訊いてみてよ」

李さんに言った。Y記者の顔が一瞬こわばり、ふだんの仕事はてきぱきしている李さんも、「はあ……」と微妙に煮え切らない返事だった。

しかし、スジからいけばオレの言うことが正しいし、なにしろ取材陣三人のリーダーなのである。お父さんなのである。幸いにして、楊くんのチケットよりもオレのチケットのほうがいい席で、値段も高い。その差額をチャラにする代わりに、ちょっと話を聞かせてもらえば、一石二鳥ではないか。さすがにダテに歳はくってないしメシもくってないぞ、オレ。

李さんが話を持ちかけると、楊くんは「いいんですか?」と恐縮しつつ交換に応じてくれた。

「それでさ、差額はサービスするから、ちょっとこっちに来て話を聞かせてよ」

「はい……」

「きみもやっぱり客席では中国を応援するの?」

「ええ……そうですね」

「国旗は持ってきてる?」

「いえ、そんなことはしません」

きっぱりと言った。「だって、旗を振ってたら、試合が観られないじゃないですか。応援するのは中国ですけど、いいプレーが観られたら、ボク、それでいいんです」――どうやら、純然たるサッカーのファンのようなのだ。

「じゃあ、ああいう連中がたくさんいたら、かえって迷惑?」

同じ車両の中国サポーター軍団をそっと指差して訊くと、楊くんは「迷惑っていうほどじゃないですけど……」と苦笑した。

「日本へのブーイングが起きたら、きみも一緒になってやっちゃう?」

「やりませんよ、そんなの。サッカーを観に来たんですから。それに、同じアジアなんだから」

えらいなあ、きみは。

「日本のことは好き?」

「昔はイメージ悪かったですね」

「昔って、いつぐらいのこと?」

「コイズミの頃です。でも、政権がアベ、フクダになって、イメージがよくなりましたね」

　そうかそうか、正直でいいじゃないか。一点の曇りもなく「日本、好きです」と言われるよりずっとリアルで（安倍・福田両政権には日本人として言いたいことは山ほどあるけどさ）、リアルだからこそ、昼間の陳老人とはまた違った温もりのある言葉だった。

　楊くんは、国旗の代わりに寝袋を持ってきていた。秦皇島市の主だったホテルは、今夜の試合のためにほとんど空き部屋がないのだという。それでも来た。サッカーが好きだから、アジア同士の準々決勝をどうしても見逃したくなくて、仕事を休み、野宿覚悟で、一人でやって来た。「スタンドを埋めた圧倒的多数の中国人観客」と報じられるはずの三万人の中には、こういうヤツだっているんだ。

　すっかり楊くんのことが気に入ったシゲマツ、彼が自分の席に戻ったあとも、「あいつ、いいなあ、最高だなあ」と繰り返していたが、Y記者と李さんの態度は妙に不機嫌なのである。どうしたのだろうとビクビクしているうちに、やっと思い当たった。

「……オレがチケットを交換しなければ、きみたちは楊くんと三人並んで試合を観られたんだよな」

　Y記者の肩が、ギクッと揺れた。李さんはさりげなくそっぽを向いた。

「……ごめんな、オヤジの世話させちゃって」

「いえ、そんな」

Y記者はあわてて首を横に振った。「仕事ですから」——その一言がよけいだと言うのだ。

列車が秦皇島駅に着くと、乗客の大半が下車した。ホームに降り立ったひとたちを見ると、予想以上に国旗を持っているひとが多い。これは相当にヤバそうな……いや、盛り上がりそうな様子だ。

そんな中、楊くんも一人で改札口へ向かっていた。

背中には、寝袋。

それを見送るY記者と李さんのまなざしは熱かった。

オレも松葉杖持ってくりゃよかった。

バテるし、飽きる、それが人間

青島の章で引用した『五輪の「街」から』でも書いたとおり、スタジアムのブーイングはやはりすごかった。

僕たち三人が座った席も、当然ながら、周囲はすべて中国人観客——みんな手持ちサイズの中国国旗を持っているし、少し前のほうの席にはデカい国旗を振り回す若者もいる。

さらに、会場整理のボランティアが、応援用のスティックバルーンと国旗を観客に配っている。もちろん、国旗は中国のものだけである。

僕たちも受け取った。断れるわけないじゃないか、こういう状況で。

「オレ、もらったけど振らないぞ、絶対に振らないからな」

Y記者に言った。「でも、マジに不穏な雰囲気になったら、ちょっとだけ振るかも」と付け加えて、「しかたないだろ、身を守るためだよ、緊急避難だよ、裏切り者なんて呼ぶなよ」と一人で勝手にキレた。いかんな。興奮している。緊張もしている。

僕の隣の席は三十過ぎの男性だった。配られたスティックバルーンをさっそく膨らませて、キックオフ前からバンバン叩きまくっている。振り方がデカい。力まかせである。こっちの顔に当たりそうでおっかない。これで試合が始まったら……と思うと、別の意味で身の危険を感じてしまう。

しかも、Y記者は愛国心のかたまりと化している。日本代表が攻め込むと歓声をあげ、ピンチになると悲鳴をあげる。まわりの観客とは逆なのである。李さんも、さすがに試合をナマで観ていると中国応援モードに入ってしまうが、ときおり日本代表の好プレーにも声援を送る。

だいじょうぶか、まわりから浮きすぎてないか、「おい、おまえら日本人じゃないのか」と誰かが言いだしはしないか……。こっちはハラハラしどおしである。

だが、それは杞憂に終わった。

『五輪の「街」から』でも書いたことだが、この大一番、圧倒的に日本代表の動きのほうが冴えていた。前半こそスタンドが沸く場面も少なくなかったのだが、後半になると、失望のため息がどんどん増えてきた。隣の若オヤジも、元気よくスティックバルーンを振って叩いていたのは前半の三十分あたりまでだった。バテたのだ。運動不足のオヤジには、アレは意外と疲れるのだ。ははは。愚か者め。

だが、ちょっと真面目に言わせてもらうと、三十分ぐらいでバテてくれる応援に、ホッとしたのだ。人間ってそうだよなあ、と笑ったのだ。九十分間のべつまくなしに「中国、加油!」と叫びつづけたり、試合の最初から最後までブーイングをつづけたりするほど、タフではない。でも、嫌いな日本に対してスポーツマンシップだのフェアプレーの精神だのと言って、がんばれがんばれ、どっちも負けるな、なんて言えるほど立派でもない。それでいいじゃないか。九十分間休むことなくブーイングが響きわたる光景は確かにムカつくし、無気味でもある。だが、九十分間ただの一度も敵チームに対するブーイングの出ない、お行儀のよすぎるスタジアムというのも、それはそれで嘘くさいというか、逆に薄ら寒いものを感じるではないか。

おそらく翌日の日本の新聞では「会場全体から怒号のようなブーイングが響いた」という記事が出るだろう。それは事実だ。たまたま僕のまわりにはいなかっただけで、きっと観戦マナーのなっていない連中もたくさんいただろうし、逆にトラブルを恐れる（というより、トラブルがあったと報じられることを恐れる）当局が動員したサクラの連中だっていただろう。

だが、それを認めたうえで、一つだけ言わせてほしい。バテバテになって後半は膝の上のスティックバルーンを持て余していた若オヤジのためにも、スタジアムのどこかで（いまのオレよりいい席だぞ）選手のプレイをじっと見つめているはずの楊くんのためにも、言わせてほしい。

ブーイングが「会場全体」から響いたとしても、それは決して「中国人観客の全員」ではない。

そして、激しいブーイングの中で試合が進められたとしても、それは決して九十分間ずっとつづいていたわけではない。

人間というのは、ビシッと決めようと思ってもなかなか決められるものではない。情けなくて、カッコ悪くて、だからこそ愛すべき存在なのだと、僕は信じている。

青島に出かけた日の午前中——八月十二日におこなわれた体操の男子決勝のときだって、

そうだったのだ。デリケートな競技だけにさすがにブーイングはなかったが、会場を埋め尽くす中国人観客は、日本人選手の演技にはほとんど拍手を送らない。会場の大型モニターには注目種目の注目選手の演技が映し出されていた。演技が終わると、たぶん会場の拍手や歓声の大きさを受けているのだろう、そのモニターに「GREAT」だの「CHEER」だの「FANTASTIC」だの「WONDERFUL」といった文字が表示されるのだが、日本チームのときにはそれが出ない。ほんとうに、まったくと言っていいほど出ないのである。

「中国、加油！」を連呼する応援団は、どうやら意識的に日本チームを無視する作戦に出ているらしい。そうでない一般の中国人観客も、日本に対しては、「あ、そう、ふーん、それがなにか?」というシラけた様子で冷ややかに演技を眺めているだけだった。

僕のすぐ前の列に二人連れで並んでいた学生ふうの若者など、無視を超えて、日本人の選手がどんな技を決めても、ヘッと鼻を鳴らしてせせら笑うのである。ムカつくヤツらだった。オレはほんとに若い男が嫌いなのである。

ところが、最後の鉄棒で富田選手だったか誰だったか（そこをキチッとメモしておかないところが、へっぽこフリーライターなのだ）がスゴい技をビシッと決めた瞬間——若者のうちの一人が、思わず「おおーっ！」と腰を浮かせて歓声をあげた。この若造、一瞬、日本人選手の演技だというのを忘れてしまったのだ。彼もすぐに自分のミスに気づいて、「おおーっ！」のあとは、しょぼしょぼしょぼっと腰を下ろし、「ふーん、へーっ」とことさら無関心を装った。だが、連れの男に「なにやってんだよ、おまえ。あいつ日本人だぞ」といったふうに叱られて、「悪い悪い、ごめんごめん」と謝って……こっちはもう大笑いである。

人間って、やっぱりそんなに完璧にはいかないんだよ。バテるし、飽きるし、国とか立場とかを一瞬ぽかんと忘れてしまうときがあるんだよ。で、スポーツの醍醐味っていうのは、そういう瞬間をたくさん味わえるってことなんじゃないかと思うんだよ。

くくるな

女子サッカー準々決勝・日本対中国の試合も、いよいよ終盤にさしかかった。スコアは二対〇で日本リード。しかし、試合内容にはスコア以上の差があった。日本代表は後半になっても運動量豊富で、逆に中国のほうは時間がたつにつれてイージーミスが増えてきた。逆転を信じて応援をつづけ、日本をブーイングで萎縮させるには、勢いにあまりにも差がありすぎる。

客席のあちこちからスティックバルーンを踏みつぶして割る音が聞こえ、中国代表に対するため息交じりのブーイングも出てきた——というのは『五輪の「街」から』で書いたとおりだが、もう一つ、忘れがたい光景があった。

日本代表の選手が接触プレイで足だったか胸だったかを痛めて、ピッチの外に出たときのことだ。

その選手は、ちょうど僕たちのすぐ目の前で治療を受けていた。

すると、僕の数列前にいたオヤジが、「ブーッ、ブーッ」とつまらないブーイングを始めた。前後に分かれて三人ずつ座ったグループの中の一人だ。さっきから、応援に飽きた仲間たちをよそに、一人でスティックバルーンを叩きつづけていた。

逃げ切りの時間稼ぎをするな、というブーイングなのか。

それとも、たんに日本選手がケガをしたことを、「ざまーみろ」と言っているのか。

いずれにしても、たいへんにムカつく行為である。歳格好はオレとたいして変わらないが、後頭部はハゲている。ろくなオヤジではない。

と、そのときだった。

嘲るようなブーイングをつづけるオヤジのハゲた後頭部を、後ろに座ったオバサンがスティックバルーンでひっぱたいた。

以下、表情やしぐさから読み取った架空会話である。

オヤジ「痛っ、なにすんだよ、おまえ」

オバサン「ひとがケガしてるときに、そんなことするもんじゃないわよ」

オヤジ「だって、向こうは日本だぞ」

オバサン「ケガをしたら、日本も中国も関係なし！」（そしてまたもう一発、スティックバルーンでひっぱたく）

夫婦だろうか。親しい同僚やご近所なのだろうか。

うれしかった。こんな言葉、二度も三度もつかうべきではないが、感動した。

いやほんと、涙が出そうになった。

オバサンがオヤジのブーイングを止めてくれたから、ではない。オバサンが日本をかばってくれたから、でもない。

いろんなヤツがいる――。

ブーイングをするヤツ、いてもいい。その代わり、それを止めるヤツがいればいい。

「オレは日本がとにかく嫌いだ」と言い切るヤツがいて、「そこまで言うなよ」とたしなめるヤツがいて、「オレは日本のこと、けっこう好きだけどね」と言うヤツには、「でも抗日戦争のことを忘れるなよ」と釘を刺すヤツがいて……それでいいんだ。

子どもじみたことを言っているだろうか。

日本が嫌いなヤツ、いてもいいよ。汚いブーイングをとばすヤツがいてもいい。それはもう、しょうがないことだ。無理やり――国家権力の力を借りたりして、みんないいコになる必要なんてどこにもないし、もしもそんなことが実現したら、それはそれで気持ち悪くて、怖いじゃないか。

日本が嫌いなヤツがいるように、好きなヤツだっている。

それだけの話だ。

日本憎しのあまり非常識なことをするヤツがいるのなら、「バカなことをするな」と言ってくれるヤツがいればいい。ほんとうに、ただそれだけで十分じゃないかと思うのだ。

一色に染まってさえいなければいい。

いいヤツだっていれば、嫌なヤツだっている。日本人同士の付き合いだってそうなのだから、中国との付き合いだけ「友好」の名のもとに「みんないいひとでしたー」となる必要なんてどこにもないし、「反日／反中」「嫌日／嫌中」の名のもとに「あいつらはみんなサイテーだ」になる理屈だって、どこにもない。

結局のところ、オレの言いたいことって、若い頃（といっても三十代半ばだけど）に小説で書いたことと、なにも変わってないんだな。

一九九八年から一九九九年にかけて、『エイジ』という小説を書いた。現在は新潮文庫と朝日文庫とで絶賛在庫だぶつき中である。

けっこう長いその小説の中で、僕はたった一つのことだけを、主人公の中学生たちに繰り返し言わせつづけたのだ。

オレたちを、ひとくくりにするな――。

遠い万里の長城

試合が終わった。スタジアムからひきあげるひとたちに殺気立った様子はない。「やっぱりダメだったよなあ」「それにしてもヘタだったなあ」という話し声も聞こえた、と李さんが教えてくれた。さばさばしている。敗戦のやつあたりを日本にぶつけようにも、ここまでの完敗だと、いっそ気持ちいいものなのかもしれない。これがもしも一対一で迎えた後半終了間際に微妙なファウルの判定で日本がFK獲得、主審に抗議をした中国選手が二枚目のイエローカードで退場、スタンドが騒然とする中、日本が絶妙のFKをディフェンスとゴールキーパーの間に落とし、オフサイドぎりぎりでゴール、反撃する中国選手に日本の必死のディフェンス、あわやPKというプレイにも主審の笛は鳴らず、そのまま試合終了……という展開だったとしたら、さすがにこんな光景にはならなかったはずだが、六十三年目の八月十五日はフェアプレー精神を保ったまま終わってくれたのだった。

さあ、ホテルに戻ったら原稿である。今夜中に『週刊朝日』の『五輪の「街」から』を書かなければならない。忙しい忙しい。晩飯は抜きだ。ああ、忙しい忙しい。

そんなオレに、Y記者は言うのだ。

「シゲマツさん、万里の長城が海まで来てるところって、意外と近いみたいですよ。夜はライトアップもされてるみたいです。ホテルに帰る途中、寄ってみませんか？」

あくまでも万里の長城にこだわるのである。

スケールの大きな女性である。築地の乱でも起こそうというのか。

だが、楊くんとの観戦のチャンスを奪った負い目は、こちらにもある。それに、オレだって、万里の長城、見たくないわけではない。

「じゃあ、軽ーく、一瞥だけ」

「お酒飲みに行くんじゃないんですから」

タクシーに乗った。李さんが「二十分ぐらいで行けるって聞いたんですけど」と言うと、運転手のオヤジは「おーう、行ける行ける、楽勝楽勝、わはは」とオンボロの車を荒っぽく走らせた。

で、三十分たった。

海の「う」の字も見えない。

四十五分たった頃、運転手のオヤジは交差点で車を停めて、通行人に道を尋ねた。安請け合い、ほんとに多いのだ、こっちのオヤジたちは。

「道、知らなかったの？」

「あ、いや……近道を訊いただけだって。わははははっ」

弱みは決して見せないのだ。

結局、万里の長城の端っこにたどり着くまでに小一時間かかった。すでに日付は十六日に変わっている。ホテルに帰り着く頃は午前一時を軽く回ってしまうだろう。原稿の締切は朝七時。北京に戻る列車の時刻は午前十一時頃。しかし、Y記者から「特別です！　締切を延ばしましょう！」という声は出ない。自分なりに責任を感じているのか、途中からはオレと目も合わせなくなった。

それでも——よかったぜ、万里の長城。

砂浜に立った。寄せては返す潮騒を聞きながら、闇に半分溶けてしまった万里の長城を見上げた。公園として整備された場所にもあとで回ってもらった。ライトアップされた長城は確かに美しかった。だが、波打ち際ぎりぎりまで高い壁が迫っているこの砂浜の風景には、ここが地の果てなんだという荒涼とした迫力があった。

総延長六千三百五十二キロ。壮大な偉業であり、雄大な愚行でもある。北方の異民族の侵入に備えて築きあげたこの城は、「向こう」と「こっち」、「敵」と「味方」を、きれいに分けてしまう境界線である。だが、長城随一の難攻不落の砦とされていた山海関も、明代末期、満州族の清によって破られた。明の軍人・呉三桂《ごさんけい》が清に寝返ったためである。世界遺産に登録されたいまも、万里の長城は破壊が進んでいる。地元の住民がレンガを盗んで、自分の家の材料にしたり土産物として売ったりしているのだ。保存活動を懸命につづけている当局や学術団体には申し訳ないが、なんだか開高健の『日本三文オペラ』を彷彿させる、なかなか痛快な話ではないか。

境界線なんてそんなふうに消えてなくなってしまえばいい。

壁や塀をきれいに崩すことはできなくても、乗り越えることは難しくても、ちょっとだけ穴を開けてくぐり抜ければいい。スポーツというのは、その穴になりうるだろう。映画だって、お芝居だって、文学だって、恋愛だって、友情だって……。そこから始まるなにかを僕は信じていて、信じているからこそ、ささやかなことで怒ったり笑ったりしんみりしたり涙ぐんだりしているのだ。

「シゲマツさん、あそこ、誰かいますよ」

Y記者が波打ち際を指差した。ほんとうだ。波に洗われる高い壁の陰にへばりつくような人影が見えた。懐中電灯の明かりも、ときどきチカッと光る。

恋人同士だろうか。そうだったらいいな、と思った。若い男女が「向こう」と「こっち」を隔てる境界線で手をつないで愛を語り合う――いいじゃないか、素晴らしいじゃないか、とうなずいた。

胸がじんとする。長かった八月十五日に出会ったハタ坊や陳老人や楊くんの顔が、夜空にぼんやりと浮かびあがる。もう二度と会うことのないはずの彼らの顔を、僕は忘れない。思いだせなくなっても、きっと、忘れ去ってしまうことはないだろう。

「あそこにいる連中？　ああ、アレはサザエの密漁だよ」

オヤジ運転手があっさりと言った。身も蓋もないナイスな事実をありがとう。その一言がなければ、オレの本、このままラストシーンになってしまうところだった。

第9章　北京には、やっぱりいろんなひとがいる

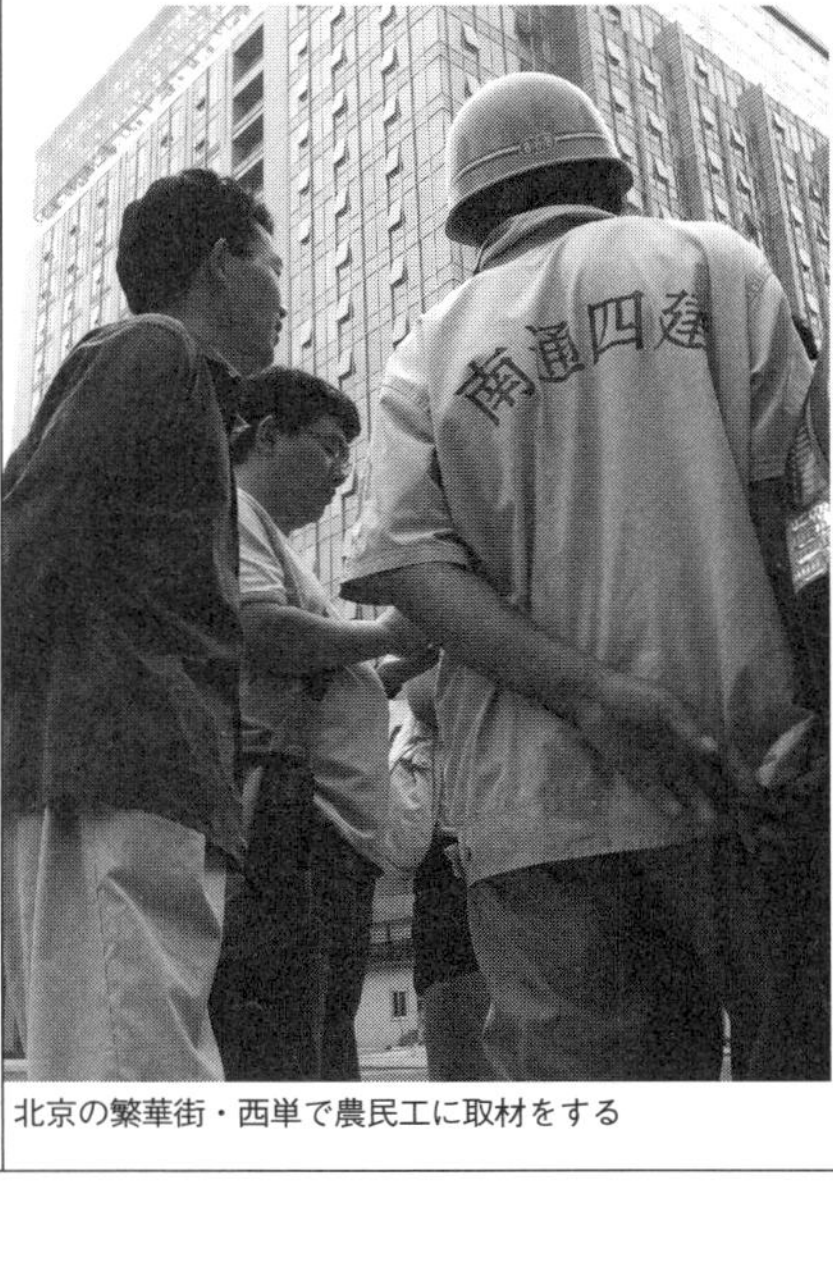

北京の繁華街・西単で農民工に取材をする

僕の見たい風景

「悪い」とY記者に謝った。「オレ、もうオリンピックに飽きちゃった」と言った。

八月十六日夜のことである。

秦皇島から北京に帰って、すぐにボクシングの会場へ向かったものの、三十分足らずで出てしまった。夜は夜で、野球の日本対韓国戦があった。ふつうに球場で観るのではなく、五道口《ウーダオコウ》にあるコリアンタウンに出かけて、北京在住の韓国人の応援風景を取材したのだが、「ま、フッーの応援風景だわな」と早々にひきあげてしまった。

明日は女子マラソンである。金メダルが期待された野口みずき選手の欠場で注目度はいささか薄れてしまったが、沿道の警備態勢もろもろ、観ておかなければならないものはたくさんあるのだが、「天安門のスタートのところをちらっと観て、あと途中でちらっと観れば、もういいよ」とY記者に言った。

「日本に帰りたくなったんですか？」

「そんなことないけどさ……なんか、もう飽きた」

「だって、まだあと一週間もあるんですよ。野球やソフトボールだって残ってるし、劉翔の出る百十メートル障害、あんなに楽しみにしてたじゃないですか」

「劉翔は見たい」

「でしょ?」

「でも、それだけでいい。閉会式も『鳥の巣』には行かない。北京市内の、どこかフツーの場所で観てみたい。閉会式のチケット、朝日の記者の誰かにあげてくれよ」

「そんな……せっかく五輪事務局に取ってもらったんですよ」

「いいだろ、同じ朝日のひとに回すんだったら」

「そういう問題じゃありません!」

Y記者の気持ちはよくわかる。逆の立場なら僕だって、冗談じゃない、と気色ばんでしまうだろう。

それでも譲らなかった。

飽きたものは飽きた、嫌なものは嫌、やりたくないものはやりたくない。

「じゃあ、もう取材はやらないんですか?」

「会場には行かない。オレなんかが会場でルポしたって面白くないって。スポーツ部の記者に勝てるわけないいんだからさ」

代わりに、北京の街を歩きたい。会場に来るひとたちではなく、むしろオリンピックとは無縁の生活を営んでいるひとたちに話を聞きたい。オリンピックそのものも、どこの国が勝ったとか負けたとか、誰が新記録を出したとか出さなかったとか、そんなのどうでもいい——ことはないが、オレが書いたからといって負けが勝ちになるわけじゃないし、と開き直った。

僕が見たかったのは、たとえば十七日に女子マラソンのコース沿道での、こんな光景なのだ。

『北京便り——沿道埋めた群衆パワー』

警備にあたっているのは、まだ少年のような若い警官だった。万が一にも自分の持ち場で混乱を起こしてなるものか、と力み返った様子で、歩道を埋めた観衆に「車道に出るな!」と繰り返している。

女子マラソンコースの38キロ地点・知春路《ヂーチュンルー》——約400人の日本人応援団に地元住民も加わって、選手が走る側の歩道は大変なにぎわいだった。当局も不測の事態に備えて、そちら側には警官を多数配置している。

一方、通りの向かい側は、車の通行を制限していないこともあって、警備はほとんどない。僕のいる付近を担当しているのは、その若い警官1人きりだった。しかし、選手の通過時間が近づくにつれて、向かい側の歩道も地元の人たちで埋まってきたのである。

センターラインにはフェンスが付いている。せめて車道を渡ってそこまで行くことができれば、選手をより間近で応援できるのだが……と皆さん思っているようで、コースを先導車が駆け抜けた頃から、人垣はじわじわと車道にはみ出しはじめた。車の通行も自然とストップしてしまった。若い警官はあわてて「下がれ！　下がれ！」と制するが、観衆の熱気は増す一方である。そして、先頭を独走するトメスク選手（ルーマニア）の姿が見えた瞬間——人々は警官の制止を振り切ってセンターラインへと駆けだして、フェンスに抱きつくような格好で声援を送ったのだった。

その光景に、権力に負けない群衆のパワーを感じて痛快な思いになるか、むしろ逆に、そのパワーの向く先をあれこれ想像して不安になるか……解釈はさまざまだろう（僕は少々不安になりました）。若い警官は「オレ一人じゃ無理だよ」とでも言いたげに、ちょっとスネた顔をしていた。

しばらくすると応援の警官がやってきて、観衆は歩道に戻され、車道に出られないようテープが張られた。あの警官、あとで叱《しか》られてなければいいんだけどな。

（朝日新聞二〇〇八年八月十八日）

十七日の女子マラソンは、結局、日本人選手の走るところは見なかった。知春路のささやかな「暴動」を見届けたあとは急いで地下鉄を乗り継ぎ、ゴールの『鳥の巣』へと向かったのだが、とにかく北京はやたらに大ざっぱというか大味というか、なにをするにも移動距離が長い。地下鉄の乗り継ぎでさんざん歩かされ、オリンピック公園に入ってからもうんざりするほど歩かされて、『鳥の巣』にたどり着いたときには、もはや完走した全選手がゴールしたあとだった。

Y記者や李さんは移動の段取りが悪かったのかとしきりに反省していたが、そんなことは全然ありません。むしろ、ゴールに間に合わなかったからこその光景のほうが僕には大事なのである。

客のほとんど帰ってしまったスタンドでは、応援団の記念撮影がそこかしこでつづいていた。みんな揃いの赤や黄色のTシャツを着て、職場や地域の旗を持ってきているグループもある。

いわゆる「組織的な動員」で客席を埋めていた皆さんである。「中国、加油！」を連呼するための応援団もいれば、サクラさながらに中国以外の国や選手を応援するグループもいて、日本での評判はかなり悪かった。僕もきっと、彼らの応援風景を見ていたら、すごく嫌な気分になっただろう。

だが、本番が終わったあとの彼らは、ちっとも「組織」なんてされていなかった。

オヤジが旗を広げて「おい、こっちこっち、ほら早くしろ」と若い連中を呼び寄せ、「背の低いのが前だぞ、顔が隠れないようにしろよ、ほらそこ、旗の真ん前に座ったら会社の名前が読めないだろ」なんて張り切って、若い連中は半分シラけつつ、男同士で肩を組んだり、ポーズをキメたり（前述したとおり、ほんとに中国のひとたちはマイ・ポーズを持っているのだ）、カノジョとツーショットでいる男はそんな仲間を「しょーがねえなあ、こいつら」と余裕の笑顔で眺めたり……。

これ、なにかに似ている。

記憶をたどってみると、僕の両親が若かりし頃のアルバムに貼ってある、社員旅行や町内会のバスツアーの写真なのだ。昭和である。三十年代終わり——まさに東京五輪の頃。ウチの親父は、なんちゃって石原裕次郎で、おふくろはバッタものの美空ひばりだった。

当局の狙いは、まことに稚拙なものだった。それに従わざるを得ない彼らもまた、確かにある面では哀れで、ある面では愚かで、さらにある面では怖い存在でもあるだろう。

それでも、たとえ当局から割り当てられたチケットで、たとえ決められた役割を演じるための観戦だとしても……『鳥の巣』にみんなで行けてよかったなあ、ウチに帰ると「デカいんだよ、ほんとにもう、反対側のスタンドなんて霞んで見えないんだから」なんて話を百倍ぐらいに広げて自慢するんだろうなあ。

写真撮影をするグループに、ボランティアの若者が「早くひきあげてください」と身振り交じりに声をかけた。当局から「すみやかに退場するように」という指示でも出ているのだろうか。だが、オヤジたちはなかなか立ち去らない。全員の集合写真のあとは、二人組で、三人組で、あるいは一人で、まだまだ撮影はつづくのである。

こういう場面を見たいのだ、僕は。

一党独裁国家が威信をかけて開催するオリンピックの――そして、それにまつわる報道の、隙間や塗り残しを探したいのだ。

スタジアムの外の北京

十七日の午後は北京動物園へ向かった。

十八日にはビルの新築工事の現場に出かけ、地方からの陳情の窓口・国務院へも赴いた。

そして、暇を見つけては崇文門飯店の近所を歩きまわり、安いメシを食べ歩いた。

以下は、そんな日々のリポートである。一部、時間が先回りしたり、青島での出来事を書いたりしている箇所もあるが、雑誌掲載のままの形で再録しておく。

『五輪の「街」から――北京』

中国の国民的英雄・男子110メートル障害の劉翔《リュシャン》選手が予選で足を痛め、途中棄権をしてしまったのが、8月18日。選手団の旗手もつとめた姚明《ヤオミン》率いる男子バスケットボール中国代表が準々決勝で敗れたのが20日。ちょうどそのあたりが潮目の変わり時だったのかもしれない。

五輪終盤を盛り上げるはずの両主役の不在が響いたのか、さすがに「中国、加油（がんばれ）！」の連呼にも疲れたのか、閉会式を2日後に控えた22日現在の北京の街からは、大会前半の頃のような異様な熱気はだいぶ薄れている。ハレからケへと戻りつつあると言えばいいだろうか。

若者に人気のナイトスポット・后海《ホウハイ》には、五輪をあてこんでオープンテラスに大型モニターを設置した店が多いのだが、中国の選手が画面に映っているときでもモニターの前は閑散としたものである。テレビのある病院の待合室やバスの車内でも同様だった。会場ではあいかわらずニッポンへのブーイングが目立っているらしいが、逆に考えれば、会場に詰めかける人たちは（組織的な動員も含めて）「熱心」なのである。北京市民には、せいぜいテレビ観戦だけで五輪と付き合っている人たちのほうがはるかに多い。それを大前提にして中国の人々の対日感情を考えないと、なにか不幸な誤解をしてしまいそうな気もするのだ。

たとえば、女子マラソンのおこなわれた17日の日曜日、北京動物園は入場券売り場に長蛇の列ができるほどのにぎわいだった。

一番人気は、やっぱりパンダ。1972年のカンカン、ランランの来日を知っている世代としては取材を忘れて興奮してしまい、なんとかパンダを見たいと思うのだが、ガラス張りの檻の前は黒山の人だかりで、なかなか最前列にはたどり着けない。

子どもを肩車したお父さんが多い。子どもの写真を撮っているお母さんもたくさんいる。パンダのぬいぐるみを買ってもらってご満悦の女の子に、ワガママを言って叱られてしょんぼりしている男の子……ニッポンの「昭和」の日曜日だ。日曜日に家族で動物園に出かけるのがなによりの楽しみだった時代が、僕たちの国にだって確かにあったじゃないか。

パンダを見たあとの親子連れに話を訊いてみた。北京市内でインターネット関連の企業に勤める魏《ウェイ》さん（34）は、「ウチには日本の家電製品が多いし、車はトヨタですよ」と笑う。身なりも物腰も、かなり裕福そうである。一緒にいた娘の西西《シーシー》ちゃん（7）もパパのことが大好きな様子だ。「休みの日にはなるべく娘と遊ぶようにしています」と言う子育てに熱心な魏さんは、五輪でもいくつかの競技に西西ちゃんを連れて行ったのだという。五輪も「わが家の思い出づくり」の一つなのだ。

一方、屋外で遊ぶパンダを見ていた楊尚霖《ヤンシャンセン》くん（10）は、陝西省から両親とともに遊びに来た。いかにもワンパクそうな顔立ちなのだが、「動物園に来るのも北京に来るのも初めて」と語るときのしぐさは、お父さんやお母さんの腕に抱きついて、ふにゃふにゃしている。ヤボったい「よそゆき」の服を着た両親も、にこにこと笑って、好きなように甘えさせている。

理由があった。

尚霖くんの両親はともに天津で働いている。尚霖くんは、ふだんはおばあさんと二人暮らしなのだ。父親の楊永芳《ヨンファン》さん（38）は「家族がそろうのは半年ぶりです」と言って、尚霖くんの肩を抱いた。尚霖くんは、てへへっ、とはにかんでお父さんにもたれかかる。

チケットがないので五輪を会場で観ることはできない。でも、代わりに動物園でパンダを見た。ひさしぶりにお父さんやお母さんに甘えられた――よかったな、尚霖くん。

楊永芳さんのように地方から出稼ぎに来ている農民工の人々は、もちろん北京にも数多い。五輪関連の工事が急ピッチで進んでいた頃には、市内で100万人もの農民工が働いていたという。

だが、北京の街づくりを下から支えてきた彼らは、いま、大半が北京を離れてしまった。「五輪期間中は市内の工事を中断する」というのを名目に、当局によって強制的に帰郷させられて、北京の晴れ舞台をこの目で見ることは叶わなかったのだ。

もっとも、ビルの内装工事などで市内に残っている人もいる。江蘇省出身の曹《ツァオ》さん(47)も、そんな一人——奥さんや息子さんとは1月に帰郷して以来会っていない。

「クニに帰るお金もないから、週に一度電話するのが精一杯だよ」

そんな曹さんに、無神経を承知で「せっかくの五輪ですから家族を北京に呼ぶというのは?」と訊いてみた。曹さんは苦笑交じりに首を横に振って、「家族には会いたいよ、いつも」とつぶやくように言った。

家族を夏休みに北京に呼ぶことができた河南省出身の孟《モン》さん(38)も、天安門と五輪公園に案内しただけで、競技は観ていない。「チケットが高いし、そもそも手に入らないからなあ」とあっさり言って、塀の向こうの工事現場に姿を消した。

当局から「市外追放」された地方出身者には、地元での役人の不正や納得のいかない裁判を中央官庁に直接訴える、いわゆる「直訴」に来た人たちもいる。そんな人々が寝泊まりする安宿が軒を連ねる通称「直訴村」には、最盛期には1万人も集まっていたという。だが、いま、直訴村は消滅した。当局は治安維持のために安宿を次々に閉鎖し、一帯を瓦礫《がれき》の山にしてしまった。直訴を求める人たちは警察に拘束され、地元に送還されてしまったのだ。

そんな当局の厳しい監視の目から逃れ、国務院の陳情窓口付近の河原に寝泊まりして、直訴の機会を窺《うかが》っている人たちがいる。

国務院前に何台も停まった警察の車両に物々しさを感じつつ、河原にいたおばあさんに話を訊いてみた。吉林省から来たというそのおばあさん、最初は「直訴に来たんだよ」と言っていたのだが、急に話がしどろもどろになり、「北京には観光で来たんだよ」と早口に言ったきりそっぽを向いてしまった。

ふと気づくと、「保安」と呼ばれる警備員が何人もこっちに向かっている。さらに数人の警備員が道路の向かい側から小走りに渡って来た。彼らを指揮しているのか、警官の姿も見える。ヤバい。取り囲まれそうになって、あわててその場を立ち去り、知らん顔をして車に乗り込んだのだが……同行した通訳のRさんが「双眼鏡でこっちを見てる警備員がいます」と言う。さらに車を走らせてしばらくすると、朝日新聞のY記者が「パトカーがすぐ後ろにくっついてます」と教えてくれた。

追尾していたパトカーは、僕たちの車が国務院から遠ざかっていくのを確かめたのか、ほどなく姿を消した。むかっ腹の立ったシゲマツ、無理を言って車をもう一度国務院前に回してもらったのだが、歩道に居並ぶ警備員や警官のコワモテの姿に、さすがに車を降りて取材を続行するのは断念せざるをえなかった。

テロを厳戒し、反政府的な行動を徹底的に封じ込めている警察や警備員もまた、五輪の浮かれ騒ぎとは無縁な人たちである。前述した后海にも自動小銃を提げた武装警官が何人もいたし、農民工の曹さんや孟さんへの取材も、じつは二日越し——初日は工事現場の前に警察の車両が停まっていて近づけなかったのである。

それに加えて、街のあちこちには「治安志願者」とプリントされたTシャツやポロシャツを着た一般市民のボランティアが、歩道に椅子を出して座っている。彼らは街の治安を監視し、時には警察に協力して「治安を乱す者」を排除するという。

いまは、ご近所の顔見知りと世間話をする「治安志願者」のオジサンの笑顔にはなんの屈託もない。だが、万が一、その笑顔が消えて、「私たちの街を守ろう」という熱意や善意が暴走してしまったらと思うと……僕はこの光景を素直に「いいなあ」とは受け止められないのだ。

ナショナリズムなどと大きな言葉を持ち出さなくとも、五輪が北京っ子の「私たち」の意識を強めてくれたことは確かだろう。だが、北京の街には、その「私たち」

からこぼれ落ちてしまう人たちもいる。無理やりふるい落とされてしまう人たちだって。「中国、加油!」の連呼で「私たち」を実感するのもいい。五輪を成功させた「私たち」を誇るのも、もちろん、いい。それでも、どうか、その「私たち」を狭めないでほしい。自分のいる「私たち」の外にだって、世界はあるのだから。

いまでも忘れられない光景がある。13日に青島を取材した帰り道でのことだ。車で空港に向かう途中、激しい夕立に見舞われた。空港前の広場には、花でかたどった大きな五輪のシンボルマークがある。降りしきる雨の中、何人もの地元の人たちが傘も差さずに、その飾りつけの手入れをしていた。ハタチぐらいの女の子もいた。着古したTシャツを雨でびしょ濡れにした彼女は、ひたすら萎びた花を見つけては新しいものに取り替えていたのだった。

お揃いのユニフォームを着て颯爽と会場の運営にあたるボランティアの若者たちは、同世代の彼女のことも「私たち」の一人として、五輪を支えた仲間に加えてくれるだろうか。

頼むぜ。信じてるぜ。僕はきみたちの笑顔が好きだ。きみたちの奮闘はしっかり見てきたつもりだ。でも、会場の入り口でにこやかに笑って道案内をしていた青年が、水たまりの泥水をスコップで掻き出しているおじいさんの作業員を「泥が撥《は》ねるだろ」とでも言いたかったのか、しかめっつらで一瞥《いちべつ》する光景も見てしまったんだ。それがちょっと寂しかったよ、と言っておく。（週刊朝日二〇〇八年九月五日号）

それにしても、国務院前でオレたちを取り囲んだ連中はマジに怖かった。暴力の予感も確かにあった。だが、それ以上に怖かったのは、彼らの無表情だった。SF小説や映画によくある超管理国家の軍隊や警察と同じだ。感情が見えない。胸の内が読み取れない。目つきや顔立ちまで、みんな同じに思えてしまう。

考えてみれば、あたりまえのことなのだ。軍や警察や公安関係者は「個人」で動いているわけではない。すべての警官の背後には「国家」がある。国家権力がある。だが、日本にいると、それをなかなか実感する機会がない。「あのおまわりさんが怖い」「警察が怖い」とまでは思っても「国家が怖い」とは——少なくとも僕は、想像が及ばない。街のおまわりさんたちはみんなそれぞれの個性を持っていて、だからときどき間抜けな不祥事やとぼけたミスもしてしまうのだが、そのかわり「親切な駐在さん」や「頼りなくても仕事熱心なおまわりさん」だっている。

日本では、目の前にいる警官と「国家」との距離が遠いのだ（……と国民に感じさせて安心させるように「国家」が仕向けているのだとすれば、日本は中国以上にしたたかなのかもしれないが)。

一方、中国では、愚直なまでに警官と「国家」が近い。ぴったりと貼りついている。皆さまに愛される警察なんてことは、これっぽっちも考えていない。『鳥の巣』の近くの幹線道路の歩道橋には「微笑北京　北京交警(交通警察)」というスローガンが掲げられていた。しかし、市民に笑顔を求める警察の面々は、言うまでもなく、にこりともしていないのだ。「おいこら、そこのおまえ、もっとにこやかに笑え」と無表情な警官が通行人に言う——ジョージ・オーウェルなら、その場面をどんなふうに描くだろうか。

いや、警察が「国家」と直結して無表情になるのは職務である。いわば無表情を職業的につくっているプロである。それはそれで認めるしかないだろう。

だが、街角に座る「治安志願者」やボランティアの若者まで無表情になってしまったら——。

中国の経済発展を下から支えながら、自らは取り残されてしまった農民工や地方のひとびとが、別の意味で無表情になって、ただ黙々と、今日一日を生き延びることしか考えられなくなったら——。

記事の最後のほうに書いた「頼むぜ」には、そんな思いも込めたつもりだ。

間が悪く……

三月の取材でハルビンを訪れたとき、こんな出来事があった。

『北京便り――溶けた氷像　若者は見せてくれた』

えらい剣幕でいきなり怒鳴られた。「おいこら！　そっちに行くな！」――通訳の言葉を待たずとも、案内の若者の身ぶり手ぶりとおっかない顔つきに、思わず身を縮めてしまった。

3月4日。夕暮れ時のハルビン。氷結した松花江の対岸にある『氷雪大世界（氷祭り）』の会場である。

華やかにライトアップされた氷像が広大な会場を埋め尽くす『氷雪大世界』は、いわば氷のテーマパーク。毎年約80万人の観光客が訪れるという、中国東北地方を代表する冬の一大イベントである。

今年の目玉は当然ながら北京五輪に関連する氷像なのだが……じつは、前日で開催期間は終了していた。「3月に入っても氷が溶け始めるまでやっているから」という現地の話に望みを託して訪れたものの、タッチの差で間に合わなかったわけだ。

閑散とした会場入り口前で半ば途方に暮れてたたずんでいたら、事務所から1人の若者が出てきた。彼の姿を見た瞬間、ケンもホロロに追い払われるのを覚悟した。ところが、若者は「ついて来い」という手ぶりで会場に向かって歩きだした。せっかく来たんだから見せてやるよ、と。

こちらの「謝謝（ありがとう）」にも笑顔はいっさいなし。どこかピリピリした物腰で、僕がメモを取るためにちょっと氷像に近寄っただけで「こら！」の連発である。だが、やがてその理由がわかった。氷が溶けかけているので、万が一、頭上に氷が落ちてきたら危ないから——。

彼の心配は、僕の身を案じるというより、事故が起きたら自分の責任になるから、ということだったのかもしれない。それでも、胸がほんのりと温まった。氷像の五輪マスコット『福娃《フーワー》』の姿は、氷が溶けて少々バランスがくずれてはいたものの、それもまた味わい深さに思えてきた。

……という小さな出来事を、僕はいま、複雑な思いで振り返っている。チベット問題である。ギョーザの農薬混入問題である。

溶けて形のくずれた氷像を見せてくれたハルビンの若者は、別れぎわの僕の「謝謝」には少しだけ笑い返した。その笑顔を中国という「国」に重ねて——「主張」

ではなく「事実」を納得のいく形で見せてくれる状況になって、五輪が気持ちよく開催されることを、信じたいと思い、信じさせてくれ、とも思うのだ。

（朝日新聞二〇〇八年三月三十一日）

これもまた、『氷雪大世界』の会期が終わっていたからこそ経験できたことだった。なにかに間に合わないというのも、まんざら悪いことばかりではない。

あるいは、「いったいオレはなんのためにここまで来たんだ……」と嘆きたくなるような間の悪さだって、意外と面白い光景を見せてくれるものである。

オリンピック終盤の主役になるはずだった劉翔の棄権もそうだった。

Y記者にワガママを言ったとおり、八月二十一日の男子百十メートル障害決勝が、会場で競技を観る最後の機会になる。それが、主役抜きなのである。まったくなんという間の悪さなのだろう。

「どうします？　シゲマツさん、予定どおり行きますか？」

Y記者が訊いた。この日のチケットは一枚しか確保できていない。ダフ屋相場は劉翔の不在でかなり値崩れしているはずだが、李さんとY記者の二人分を手に入れるのはやはり一苦労だろう。それになにより、北京滞在中にほとんど同時進行の形で仕上げるはずだった「北京本」（この本だ）の原稿が遅れに遅れている。会期は残り三日になったというのに、原稿はまだ開会式も迎えていないのだ。

「もしアレでしたら、今夜は部屋にこもって原稿を書くというのでも……」

言いかけたY記者を制して、「せっかくだから、夕涼みがてら、ちらっと行ってみるよ。チケットももったいないしさ」と一人で『鳥の巣』へ出かけることにした。国家の威信をかけたオリンピックも、もはやオレの中では夕涼みのついでなのである。

で、夜になって『鳥の巣』に向かった。

そのときのリポートは以下のとおり。

『北京便り――英雄欠場、取り戻した落ち着き』

小雨が降る『鳥の巣』に、中国の国旗はほとんど揺れていなかった。8月21日、午後9時45分――男子110メートル障害決勝の選手たちが場内アナウンスで紹介されている。しかし、その中に、予選でまさかの棄権をしてしまったアテネ五輪金メダリストの劉翔選手（中国）の姿はない。

ほんとうなら開催期間中で最も盛り上がるはずだった『鳥の巣』も、主役不在とあって、どこか拍子抜けしたような空気が漂っている。ふだんはスタンドを真っ赤に染める無数の国旗も、出番を失った今夜は観客の膝《ひざ》の上に所在なげに載っているだけだった。中国の人々にとっては残念でたまらないだろう。

だが、静かなスタンドの雰囲気は決して悪くはなかった。「中国、加油（がんばれ）！」の熱狂的な声援はなくとも――いや、それがないからこそ、世界のトップアスリートたちが躍動する姿を見つめる熱いまなざしが、スタンドには満ちていた。国籍にかかわらず勝者をたたえ、敗者をねぎらう拍手が大きく響いた。国民的英雄の欠場によって、ようやく中国はホスト国としての落ち着きを取り戻したのかもしれない。

実際、大会も終盤を迎えて、北京の街は少々「応援疲れ」の様子である。祭りの終わりが近づいて、ボランティアの学生が写真を撮り合う光景もそこかしこで見られる。ライトアップされた『水立方』の前では、警官まで写真を撮っていた。いいじゃないか。まるで国民全体のマスゲームのように「中国、加油！」を途切れることなく叫びつづけるより、「そろそろ五輪にも飽きちゃったな」と苦笑し合うほうが、ずっと自然だ。

開会式の頃にはいかにもマニュアルどおりの硬い微笑《ほほえ》みしか浮かべられなかったボランティアの学生が、いまは仲間同士で雑談しながら、フツーに笑う。ナンパもいいけど、ちゃんと仕事しろよな。でも、オレ、そっちの笑顔のほうが好きだぜ。

（朝日新聞二〇〇八年八月二十三日）

ここまでなら、たいへんなごやかな雰囲気なのである。いわゆる「優しくあたたかい目線」というやつである。

しかし、現実は、もうちょっとバタバタしていた。

その日は、朝から体調が悪かった。右足首が痛む。ズキズキする。

もしや痛風の発作か——？

いや、腫れのひかないうちに無理して歩きまわったせいだ、そうだ、そうに決まってる……と自分に言い聞かせつつ、鎮痛剤を服んだ。早めの鎮痛剤の服用は、その場の痛みというより、発作が本格的に襲ってきた際の腫れや痛みを軽減してくれるのだ。

ホテルの部屋を歩いてみたが、体重をかけるとやはり痛い。いまはなんとかなっても、万が一『鳥の巣』にいる間に痛みがひどくなったら、とても出口まで歩ける自信はない。

ひさびさに松葉杖の出番である。

李さんにメモもつくってもらった。

「請問有会説日語的人嗎？」（日本語が話せるひとはいますか？）

「我的腿疼、請問能用一下鞄椅嗎、謝謝！」（足が痛いので車椅子をお願いできますか？）

「請問能帮我推一下鞄椅嗎、謝謝！」（車椅子を押してもらえますか？）
「請将我送到出口、謝謝！」（出口まで押してもらえますか？）

よりによって最後の観戦日に、しかも主役のいない日にこれかよ、と泣けてくる。

それでも――自分でも嫌な発想だと思うのだが、松葉杖をついたオヤジに会場のボランティアがどんなふうに接するのか見てみたい気持ちも、ないわけではなかった。お手並み拝見。嫌なヤツだ、ほんとうに。

だが、好きにならせてくれよ、と思ったのだ。いまの中国で「勝ち組」候補になっている若者たちを少しでも好きになりたい。頼むぜ、と願ったのだ。

「勝ち組」の若者たち

いままでの章でもおわかりのとおり、僕は若い連中とどうも折り合いが悪い。オヤジだから、というだけではなさそうな気もする。「勝手に怒るんじゃねーよ、日本のオヤジには関係ねーだろ」と言われてしまえばそれまでなのだが、彼らを見ていると、どうも釈然としないものが胸に残ってしまう。

よく、「その国の抱えている病理や歪みは、貧困層のひとびとを見ていればわかる」と言われる。どんなひとたちが割を食って損をしているかを見ることで、その国が切り捨てているものがわかる、というのだ。

だが、中国という国にひそむ問題点は、むしろ「勝ち組」のほうにあらわれているのではないか。恵まれた立場にいる若い連中を見ていると、彼ら自身が中国という国家のアナロジーになっているというか、ミニ中国化しているように思えてしかたないのである。

李さんが通っている名門・清華大学のキャンパスを訪れたときもそうだった。

そもそも、街の小吃で食べた水餃子を「美味い美味い」と喜んでいる僕に、李さんが「水餃子ならウチの大学の学生食堂が一番です」と言うので、じゃあ食堂で食ってみるか、ということになったのである。

確かに美味かった。安かった。わずか一元（約十六円）で皿一杯の餃子である。烏骨鶏のスープが三・五元（約五十六円）、炒飯も〇・八元（約十三円）、白粥に至っては〇・二五元（約四円）で食べられる。食堂は四階建てで、出身地別の郷土料理も豊富に揃っている。清華大学オリジナルのヨーグルトは午前中で完売していた。オレがもしも清華大学に留学することがあったら、ここの食堂の全メニューをたいらげるだけで半年や一年はたってしまうだろう。

素晴らしい――食堂だけは。

李さんには申し訳ないのだが、飯を食ったあとにインタビューした数人の学生たち、ほんとうにエラソーだったなあ。いや、もちろん、いきなり話を訊くほうがずうずうしいわけだ。それは認める。でもな、あの態度はないだろう。若さから来る生意気さではない。明らかに社会を上から見ている横柄さだったぜ、あれは。

一人っ子政策の弊害と言うべきか、豊かさゆえのことなのか、「いまの二十代以下の連中は甘やかされて育ったので使いものにならない」と、三十代以上のオヤジたちは声を揃えて嘆く。二〇〇七年十月の予備取材でインタビューさせてもらったＩＴ関連のベンチャー企業の社長も——彼自身まだ三十代半ばの若さなのだが、「若い社員は叱るとスネますから」と苦笑していた。

まあ、「いまどきの若い奴ら」の悪評は、どこの国でも、いつの時代でもあることだ。それを割り引いたとしても、たとえばＷＨＯ（世界保健機関）の調査によると、中国では七歳から十七歳の子どものうち二十パーセントが肥満なのだという。病院でも子どものためのダイエットコースが組まれているらしい。受験熱も過熱する一方で、街のあちこちに進学塾の看板が出ている。

そんな「いまどきの若い奴ら」の中で競争を勝ち抜いてきたエリート諸君は、「海外のメディアの中国批判をどう思う？」と僕が訊くたびに語気を強めて、「一部の中国しか見てないからそういうことを言うんだ！」「自分の目で見てないヤツらがそういうことを言ってるだけだろ！」と返す。あるいは「オリンピック後に景気が後退するという予測もあるけど」と言うと、「だいじょうぶだよ、国の調整機能があるから、不景気になんかなりっこない」と国家に——そして国家によってほぼ保証された自分の将来に、全幅の信頼を寄せる。

「きみたちの国には自由はある？」

女子大生は、僕の問いにきっぱりと、こう答えた。

「だって『自由』なんて相対的なものでしょ」

ふーん。

難しいこと言うね、おまえら。

でもな、安くて美味い学生食堂のあちこちに、こんな貼り紙があったぜ。

〈図像採集点〉

監視カメラだよ。貼り紙の体裁はホテルや五輪会場にあったのと同じだったから、ここにあるのも「国家」が設置したカメラだ。

きみたち、メシ食ってるところまで監視されてるんだぜ。それも堂々と。

大学のキャンパスに「国家」の監視カメラがあるなんて……なあ、いいのか？　なにも気にならないのか？　「だってオレは悪いことをなにもしてないから平気だよ」と言うのか？　だけど「悪いこと」の基準なんて「国家」が勝手に決められるんだぜ、きみたちの国では。だいじょうぶかい？　理不尽に警察に捕まったあとも「しょうがないわよ、『自由』は相対的なものなんだから」と納得できるのかい？

李さん、ごめんな。

「直訴村」の取材で国務院前に出かけたあと、オレは極端に不機嫌になってしまった。李さんが気をつかってくれているのはわかっていたが、どうしても笑顔では言葉を交わせなかった。

きみは、「直訴村」の場所を知らなかった。きみの住んでいる北京の、この街の一角に、ほんの一年ちょっと前まで一万人ものひとびとが集まっていたというのに。「直訴」というシステムそのものも「国に直訴できるのなら、いい仕組みだと思います」と屈託なく言って、最後の最後に「直訴」という手段に訴えるしかないほどの地方政治や司法の腐敗には、想像がまったく及んでいなかった。

きみの不勉強をなじっているわけではない。きみはとても優秀で、素直で、素晴らしい若者だと思う。でも、そんなきみでさえ知らないことが――知らされていないことが、たくさんある。それを忘れないでほしい。きみも、きみの大学の若者たちも、これからの社会の中核をになう立場だからこそ。

大学ご自慢の水餃子をガンガン食べる僕を見て、「気に入ってもらえてよかったです、うれしいです」と微笑んでくれたきみの、その笑顔までもが監視カメラに収められているのだと思うと、オレはきみたちの父親の世代として、悲しくて、悔しくて、しかたないんだよ。

ボランティア、全力疾走

さて、そんな清華大学でのちょっと面白くない記憶を残しつつ、松葉杖をついて出かけた『鳥の巣』では、うれしいことが二つあった。

まず、会場の入り口にて。昼間は厳しいセキュリティチェックのために数列あるゲートはどこも長蛇の列なのだが、さすがに夜になると、どのゲートもがら空きである。やれ助かった、よっこらしょ、どっこらしょ、とジジイくさくゲートを抜けようとしたら、ボランティアの若者が駆け寄ってきた。「こっちにどうぞ」と僕の肩を抱くように、いちばん端の、体の不自由なひとやお年寄りの優先ゲートへと案内する。

遠いのだ、これがまた。このまま目の前のゲートを通してくれたほうがずっと助かるのだ、こっちとしては。半分ありがた迷惑ではあったのだが、いいぞ、こういうの。融通の利かなさも、いい、だいじょうぶ、これから少しずつ覚えていけばいいさ。

「松葉杖や車椅子のひとは優先ゲートに案内すべし」とマニュアルに書いてあるから、と言えばそれまでである。だが、ゲートをくぐったあと、数人のスタッフが通り道にあった折り畳み椅子をどけてくれたり、段差を指差して「気をつけて」と教えてくれたりした。これはマニュアルにはないはずだ。いいぞ、ほんとうに。数人のスタッフの中には、てきぱきと気の利くヤツもいれば、ぼけーっとして使えないヤツもいる。それでいい。オジサン、うれしい。

『鳥の巣』に入ってからもそうだった。

僕がチケットを見て「えーと、何列目の何番だっけ……」と席を確認していたら、会場整理のボランティアの女の子が「車椅子、持ってきますね！」と声をかけてきた。

「あ、いや、松葉杖があるからだいじょうぶだよ」

身振りで応えても、彼女は「持ってきます！　ここで待っててください！」と車椅子専用の観戦ゾーンに僕を連れて行き、「すぐ戻ってきますから！」と駆けだしてしまった。ひとの話を聞いちゃいないのである。

あの子、かなりのあわてんぼうなんだろうなあ……と思っていたら、案の定だった。

数分後、彼女は車椅子を押しながら通路を走ってきた。「早く座らせてあげないと、あのオジサン、デブだし」とでも思ったのか、ほとんど全力疾走である。で、車椅子のキャスターというのは、じつに滑らかに回るのである。軽やかなのである。もっとゆっくりでいい、危ない危ない……と心配するそばから、車椅子が柱にぶつかって――彼女はコケた。ほんとうに、もののみごとにコケたのだ。

不器用である。一所懸命である。注意力散漫だが、優しさは満点である。

九月六日からのパラリンピック、きっとうまくいく。パラリンピックが終わってからも、少しずつかもしれないけれど、きっと、いろいろなひとがいまよりも生きやすい街になる。それを信じていたいから、中国、加油！

不幸な出会い

……で締めくくることができたら、どんなにいいだろう。

甘くはない、甘くはない。

事件は、『鳥の巣』を出て、オリンピック公園の出口に向かう途中で起きた。

オリンピック公園はやたらと広い。『鳥の巣』から出口までは、まともに歩いても十分は軽くかかってしまうので、体の不自由なひとやお年寄りのために、公園の出入り口と『鳥の巣』や『水立方』との間を無料の電動バスが往復している。ゴルフ場の電動カートに毛の生えたような、遊園地のお猿の電車並みのちゃちなバスだが（そして運転はけっこう荒っぽいのだが）、ありがたいシステムである。

ただし、ときどき、どう見てもフツーに歩けるはずの若者や家族連れが乗り込んでいる。ドライバーや乗り場の係員も咎める様子はないし、ひどいのになると、ゆっくり走っているバスに飛び乗る連中までいる始末だ。これははっきり書いておくが、少なくとも僕の見たかぎり、そういうヤカラのほとんどが中国人観客だった。後ろめたさなど一切ない。得をした自分の賢さを誇るように、悦に入った顔で歩行者を追い抜いていく。そこのところなんだよ、常識というかルールというか、「それ違うだろ」と言いたくなるのは。

で、その夜もいたのである。

最初は松葉杖をついて出口に向かおうとしていた。幸いにして足首の痛みは治まっているし、なによりオリンピック公園を歩くのも今夜が最後である。コケた女の子の余韻にひたりつつ、のんびり出口に向かうつもりだったのだが、ちょうど『鳥の巣』の前に電動バスが停まっていて、係員も「こっちこっち」と手招きしている。

それを断るのもナンだし、じゃあせっかくだから使わせてもらうか、と乗り込もうとしたら――満員なのである。

いや、三人掛けのシートが一人分だけ空いている列があるのだが、そこにハタチがらみの中国人の若者が二人で大股を広げて三人分を占有して座っているのだ。どこからどう見ても、体に不自由なところはない。しかも、僕がすぐ横に立っているのに、気づいていないのか無視しているのか、二人でぺちゃくちゃしゃべっているのである。

李さんにつくってもらったメモに「ちょっとそこ詰めろよ」というものはなかった。係員も僕を手招きしただけで、あとは自己責任でよろしく、ということなのか、二人に声すらかけない。

「おい、おまえら」

日本語で言った。反応なし。

「詰めろって言ってんだろ、この野郎」

声を荒らげたが、だめだった。

見るに見かねた後ろの席の白人のおばあさんが、若者の肩をつつき、僕を指差して「座らせてあげなさいよ、あんた」と言ってくれた。

すると——このクソガキ、僕のためにに残されたほんのわずかなスペースをちらりと見て、座れるだろ、と言いたげに舌打ちして僕とおばあさんをにらみ、ふてくされたように前のシートに腕と頭を載せて寝たふりをしたのだ。脚はバカッと開いたままである。しかも折り曲げた肘の先は、オレの使うべきグリップまで独占している。

ああ、思いだしても腹が立つ。

書くべきかどうか最後の最後まで迷っていたのだが、いいや、書いちゃえ。抗議や批判は朝日新聞出版によろしく。

ケツを半分外にはみ出させて座ったのだ。落っこちそうで危ないのだ。しかも、外側の、体を支える足は湿布をした右足なのだ。松葉杖だってあるのだ。

バスが走り出してから出口に着くまでの一、二分間は、まさに戦いだった。まず、あのクソガキの肘をグイグイと肘で押してやった。押すというより、肘鉄である。パンチである。クソガキ、顔を上げてにらみつけてきやがった。アホか。膝も邪魔である。グイグイ押してやった。もちろん、その途中で松葉杖を見せて、足が痛えんだよ、ちゃんと座らせろ、とオレの正当性を伝えたのだ。だが、クソガキ、そんなもの屁とも思っていないのだ。

ごめんなさい。日中友好。一路平安。五輪精神。微笑北京。朝日新聞。ぜんぶ忘れた。いつのまにかクソガキの隣にいた片割れもこっちをにらんで、なにか脅し文句を言っている。

二対一だが、ここでひるんでしまうわけにはいかない。幸い、おばあさんに注意されてふてくされてしまうような、正真正銘の甘ったれのクソガキどもである。一方的に負けはしないだろうし、いざとなれば、こっちには、松葉杖という武器だって……。

ほんとうに申し訳ない。不愉快になった方は、以下の十数行は読まずにおいていただきたい。

だが、心底アタマに来たのだ。ついさっき若者たちの優しさに触れたばかりだったので、よけいに悔しかったのだ。オレは書く小説はヘタレだが、怒るとそれなりに怖い。いや、怖かろうとなんだろうと、怒るべきときには怒らなければならないではないか。

肩を小突かれた。危ない。オレがもしも体重三キロの赤ん坊だったら走るバスの外に転落しているところである。運のいいことに体重九十キロの四十五歳だったから事なきを得たものの、これでりっぱな正当防衛成立である。

「ぶん殴るぞ」というカードを李さんにつくってもらわなかったことを悔やみつつ、よろけた。松葉杖の先がクソガキの足の甲にあたった。偶然である。体勢を立て直すために、松葉杖の先に軽く体重をかけてしまったのも、不幸な巡り合わせとしか言いようがない。

「おお、悪い悪い」と片手拝みで謝ると、たまたま松葉杖を持っていたほうの手だったので、松葉杖のグリップがクソガキの顎の下にグッと寄ってしまった。ヤツが動けばあたる。でも、あくまでもノータッチ、接触プレイではないのだから、警告は出ないはずである。

「なにやってんの、あんたたち」

さっきのおばあさんが小突き合いをするオレたちの肩をつついて言った。いい歳をして叱られてしまった。クソガキは二人ともまた前のシートに突っ伏して寝たふりをした。出口に着くまで起きなかった。オレもバスが停まると早々に降りた。ヤツらを待ちかまえてまで文句をつける気にはならなかった。冷静になると、悔しさや腹立たしさが薄れ、悲しいようなむなしさだけが残った。

年甲斐もなく、オレは愚か者だ。

若いおまえらも愚か者だ。

愚か者同士の出会いは不幸である。日本の愚か者が出会う相手が中国の愚か者だけだったら、あるいはその逆だったら、結局すぐに「日本人は……」「中国人は……」となってしまうのだろう。

だが、オレはおまえらが「中国の若者のすべて」ではないことを知っている。おまえらも、オレ以外の、もっとましな日本人と出会っておいてくれ。そして、なぜあのオヤジがあんなに怒っていたのか、いつか、自分がオヤジになるまでには、ちゃんとわかってくれよな。

なごみのミヤサコ

翌二十二日の夕方、二十三日付の新聞に載る『北京便り』を書いたあと、例によってホテルの近所のカフェに出かけた。

いつものオープンテラスに座ってコーヒーを啜りながら、なんなんだろうなあ、とゆうべのことを思いだしていた。中国の若者のことを好きになったり嫌いになったり、腹を立てたり喜んだり、感情の起伏がありすぎるというか、胸の中が忙しくてしかたない。

でも、それ、日本にいるときも同じだな。オレ、しょっちゅうキレてるもんなあ……。

夕暮れの空をぼんやり見つめながらそんなことを思っていたら、ミヤサコが店の中から出てきた。テラスの看板を夜の部に取り替えながら、僕を振り向き、サービスのつもりなのか「ちょと待て」と笑う。だから、「ください」を付けろって言ってるだろ。

苦笑する僕に、ミヤサコは、どうしたんだ、と松葉杖を指差した。

「足が痛いんだよ」

フット・ペイン、フット・ペイン、と繰り返して、右の足首を押さえて顔をしかめるだけの英会話である。

「だいじょうぶか?」

「痛くて痛くて……」ホテルを指差し、冗談めかして大げさにトホホの顔をつくった。

「帰れないかもしれない」

ミヤサコはニヤニヤ笑って、不意に僕に背中を向けてしゃがみ込んだ。

おぶって連れて帰ってやるよ、と言って、今度はハハハッと笑う。

「オレは重いぜ」

「わかってる」

エア・シゲマツを背負ったミヤサコは、よたよたと、いかにも重たげな足取りで二、三歩歩いて、また笑った。

優しいヤツだよ、おまえ。

ミヤサコが店の中に戻ったあと、ふと、ブルーハーツの『TRAIN―TRAIN』という曲を思いだした。若い頃に大好きだった曲だ。

甲本ヒロトは歌っていた。

「ここは天国じゃないんだ／かといって地獄でもない／いいヤツばかりじゃないけど／悪いヤツばかりでもない」

ほんと、そうだよなあ。二週間以上も中国にいてその程度の感想かよ、と笑われてしまいそうだが。

いいヤツもいる。でもいいヤツばかりじゃない。

悪いヤツもいる。でも悪いヤツばかりじゃない。

まあ、とりあえず、それでよしってことにするか……。

空を見上げた。雲はもう秋のうろこ雲になっていた。
夏が終わる。北京の祭りは、あと二日で終わる。
僕の旅も、もうすぐ終わろうとしている。

終章　祭りのあと

閉会式＝撮影・中田徹

閉会式を前に

祭りの最後の夜は、やはり『鳥の巣』には行かず、フツーの家庭のリビングルームで迎えることにした。

これまで書いてきた本書の原稿を読んで「ひとのこと、うっかり八兵衛みたいに描くのはやめてくださいよ！」とご立腹なY記者だが（しかし、かげろうお銀というわけにもいくまい）、仕事の腕は風車の弥七並みに確かである。気まぐれ同然の僕のリクエストにみごとに応え、前日の八月二十三日には訪問するお宅を決めてくれた。

「よく見つかったなあ。北京に人脈もないのに、すごいなあ」

「いえいえ、そんな……簡単でしたよ」

あんまり謙遜はしないひとなのである。

「で、どこに住んでるどんなひとのお宅なの？」

「朝陽区に住んでるひとです」

「なんだ、じゃあ李さんの実家のご近所じゃん」

「あ、そこです、そのお宅です」

「……内輪かよ」

僕の表情が曇ったのを察したY記者は、「マズかったですか?」と心配顔になった。

「いや、そういうわけじゃないけど……李さんのお父さんって軍人さんだよな」

「ええ、人民解放軍の空軍です」

「で、お母さんは学校の職員」

「小学校です」

エリートである。体制側なのである。時代錯誤な発想だが、とにかく僕の取材は体制側のひとたちとはきわめて相性が悪い。しかも、李さんの自宅マンションは、軍人の家族しか入居できないのだという。ほら、こういうところがオレ嫌いなんだよ。

それになにより、例の「直訴村」の一件と清華大学の取材あたりから、微妙に李さんに気をつかわせている。悪いのは僕だ。あんなに露骨に不機嫌な顔をすることはなかった。

「どうします?　やめますか?」

「いや……お邪魔させてもらおう」

体制側の無表情の薄ら寒さは、街の警察や武装警察でたっぷり味わってきた。今度は人民解放軍である。街の治安を守るどころではない。国を守る皆さんだ。国を守るためには、よその国とも戦わなければならない皆さんなのだ。さぞやハンパではない無表情だろう。

鉄面皮とはまさにこういうことを言うのだ、と思い知らされるかもしれない。

「それで、李さんのお母さんにお願いして、同じマンションの他のお宅にもお邪魔させてもらうことになりました」

「みんな軍人さんの家庭なんだよな」

「ええ、そうです」

「李さんのお母さんって、リビングに毛沢東の写真を飾ってるって言ってなかったっけ」

「銅像です。テレビの上に置いてあるらしいです。李さんが大掃除のときに片づけても、また飾るんだって言ってましたね」

「マオイズムの崇拝者？」

「そういうわけでもなさそうなんですが、お母さん、家庭がうまくいってることにすごく感謝してて、いろんなものに感謝を捧げる一環として、毛沢東の銅像も飾ってるっていう話です」

閉会式を映し出すテレビの上に毛沢東が鎮座している――これはかなりスゴい取り合わせではないか。軍事委員会主席でもある胡錦涛国家主席がテレビの画面に映し出されたら、親父さんは直立不動になるのかもしれないし、お母さんは中国の国旗を振るのかもしれない。

四川省・都江堰の仮設住宅では、また小さなパブリック・ビューをおこなうのだろうか。綿竹市の蒲昌錫さんは、あの蒸し暑いテントの中で閉会式を観るのだろうか。青島の張志梅さんは、自分たちがボランティアで支えたお祭りの成功を祝って、今夜はレストランのアルバイトのあと、仲間たちと祝杯を挙げるのかもしれない。ハタ坊たちは大学の寮であのデカい国旗を振り回すのだろうか。僕を「日本友人」と呼んでカクシャクと笑ってくれた陳老人はもう瀋陽に帰っただろうか。イケメンの楊くん、あいつ、野宿で風邪なんてひいてなきゃいいけどな。ひさしぶりに会った両親とパンダを見た楊尚霖くんは、親子三人でテレビにかじりつくのか。それとも、お父さんやお母さんの短い夏休みはもう終わってしまったのか。吉林省から直訴に来たあのおばあさん、元気で――いや、無事でいるだろうか……。

いろんなひとに会ってきた。いまの中国の体制で得をしているひとは、それほど多くなかった。李さんのご両親がズルくやっているとは断じて思わないが、しかし、「国家」に寄せる信頼や忠誠はいままで会ってきたひとたちの中で一番強いだろうし、「国家」に尽くす代わりに受けている恩恵も一番大きいんだろうな、とは思う。

取材の最後の最後に、そんな軍人の家庭にお邪魔するというのも、なにかの巡り合わせかもしれない。がんばろう。無表情な親父さんに「ところであなたは日中関係についてどうお考えか」と尋ねられ、おふくろさんが毛沢東の銅像を艶出しクロスで拭きながら「ところであなたは今回のオリンピックについてどうお考えか」と訊いてきたら……なんとか、うまく逃げ切ろう……。

家族は家族

「ほんとに飲まないんですか？」

親父さんは僕が席につくなり言った。「お酒ありますよ、遠慮しなくていいんですよ」と食卓の椅子から腰を浮かせ、僕の返事しだいではダッシュで台所から缶ビールだの白酒《バイジュウ》だのワインだのを持ってきそうな勢いである。

「いや、あの……せっかくなんですが……」

困惑した。いきなり酒の話が出てきたからだけではなく、なんというか、思いっきりにこやかなのだ。フレンドリーなのだ。歓迎されているのだ。

「とりあえず一本だけでもお酒持ってきましょうか？」

食卓に身を乗り出してつづけた親父さんに、李さんが「だから昨日から言ってるでしょ、シゲマツさんは痛風だからお酒はダメなのっ」と言う。ああ、もうお父さんはいつもこうなんだから、まったく……という顔である。

「そうですか、残念だなあ、じゃあまあ、これでも一杯、どうぞどうぞ」

ペットボトルのドリンクヨーグルトをショットグラスにお酌してくれる親父さんに、李さんは眉間に皺を寄せ、「無理に勧めないでよ、シゲマツさん、困っちゃうでしょ」と釘を刺す。ああ、もうほんとにお父さんったらサイテー……の顔なのである。

「いやあ、しかし、シゲマツ先生はお若いのに作家とはたいしたものです。社会のことや生きることについて学ばせてください」

いかにもオヤジくさいことを言う親父さんに、李さんは頬杖をついて、ため息交じりに、なんでこんなにつまんないことしか言えないのよお父さんはほんとにもう……である。

で、親父さんは一人娘にそっけなく扱われながらも、それがうれしくてしかたない様子で、デレデレなのである。

なんなんだ、これは。謹厳実直な軍人さんのお宅ではなかったのか、ここは。

だいいち、親父さんは無表情どころか、タレ目でいかにもお人好しそうな、日本のタレントでいうなら斎藤清六さんみたいな顔立ちのひとなのである（古いか）。「今夜はほんとは閉会式の警備の仕事があったんですけどね、日本からお客さんが来るっていうんで、休んじゃいましたよワタシ」と笑うのである。僕のグラスが空きそうになったら、すぐに「まあまあ、どうぞどうぞ」とヨーグルトを注ぎ足して、李さんにキッとにらまれる。それでもしょげない。僕と目が合うと、えへへっ叱られちゃいましたよウチの娘キビしくって、とでも言いたげに、デレデレの笑顔は、もはやトロトロなのである。

しまいには親父さん、Y記者にまで「いやー、あなたはとてもきれいで可愛い方だなあ」とお愛想を言う始末である。どこのイタリア人だよ。Y記者もそこで「うふふっ」とうなずくんじゃない。

李さんも忙しい。親父さんのナマ台詞を聞いてムッとして、それを日本語に訳してまたムッとして、親父さんをにらんで中国語で言い返し、それを日本語で僕にも伝えて、また親父さんをにらむ。そっけなさが倍増なのである。通訳とはツラい仕事である。

「ウチの父は家のことをなーんにもしないんです。たまに仕事が早く終わっても、すぐに近所に卓球をやりに行って、なんにも手伝わないんですよ」

李さんが言う。オレに言いつけられても困るのだが。

「卓球ですか?」と訊くと、親父さんは「好きなんですよ、ワタシ」と笑う。

さすが卓球王国、裾野が広い……と感心している場合ではない。テレビを観てもらわなければならない。閉会式を観てもらわなければならない。

だが、親父さんはテレビなんて見向きもしない。軍隊で鍛えた視力はただひたすら、僕のグラスが空くのを待ちかまえているのである。わんこヨーグルトである。

小柄でぽっちゃりしたおふくろさんもテレビなんて観ちゃいない。手作りのごちそうを食卓一杯に並べて、もっと食べてもっと食べて、と僕たちに勧め、ときどき李さんと一緒に親父さんをにらみつける。

陽気なおっかさんなのだ。

「ねえねえシゲマツさん、開会式は観た？」

「はい、テレビで途中まででしたけど」

「よかったでしょう？　あのマスゲーム、スゴいでしょう？」

「ええ……」（出たぞ、「中国、加油！」）

「アレはアメリカにも日本にも真似できないわよね」

「そうっスねえ……」（出たぞ、愛国主義者的発言）

「なんでだと思う？　技術や科学じゃないのよ、成功の秘訣は」

「はあ……」（そろそろ、ここらで毛沢東の出番か？）

「なんてったって、ウチの国、ひとの数だけは多いからねーっ、きゃーっはっはっはっ」

笑いながら、オレの肩、バンバン叩くのである。

「これぱっかりは人口の少ない国じゃできないでしょ、きゃーっはっはっはっ」

痛い痛い痛い、おっかさん、痛いっス。

李さんの結婚相手にはどんなひとがいいか訊いたときもそうだった。「いやあ、幸せになってくれるんなら誰でもいいんですよワタシは」とオヤジならではの正論を吐く親父さんを、李さんともどもも無視したおふくろさんは、考える間もなく言った。

「ここの近所のひとがいいわよね」

「なるほど……」（やはり都市戸籍を持っていなければ、ということか）

「だってあんた、近所だったら婿養子をとったようなもんじゃない、きゃーっはっはっはっ」

肩をバンバン叩くのである。

「うん、うん、家族が増えるというのはいいことだよ」と、またクサい台詞を吐く親父さんは、家族にまたシカトされて、恥ずかしさをごまかすためか、ほとんど空いてもいないオレのグラスにヨーグルトをなみなみと注いで、あふれさせて、また李さんに、あーもうまったくお父さんは、と叱られてしまうのである。

テレビに映し出される閉会式の様子は、開会式よりずっとリラックスして、にぎやかだった。

だが、この一家、そんなものどうでもいいのである。

家族団欒のほうがずーっと大切なのである。

最初のうちは「まいっちゃったなあ……」と困惑するだけだった僕も、やがて、まあいいか、と肩の力を抜いた。どんな職業であれ、社会的立場であれ、家族は家族——あたりまえだよな、と笑った。

なにより、この食卓の風景、むしょうに懐かしいのだ。

家族の前ではダメダメのお父さんがいて、親父にそっけないトシゴロの娘がいて、すぐに娘とタッグを組むお母さんがいて……。

懐かしいっていうか、それ、ウチじゃん。

親父さん、四十九歳。おふくろさん、五十歳。李さん、二十一歳。

オレ、四十五歳。カミさん、四十五歳。娘二人は十七歳と十一歳。

同じだ。東京でのわが家の夕食風景と変わらない。

「李さんの結婚式、お父さん、泣いちゃうんじゃないですか?」と訊いた。もうオリンピックなんてどっかに行っちまった。

いやいや、と親父さんは首を横に振る。

「それはワタシより上の世代ですよ。ワタシは泣きませんね、ええ、泣きません」

すると、おふくろさんが「なーに言ってんの、泣く泣く、もう、ワンワン泣くって、きゃーっはっはっはっはっ」と、またもやオレの肩をバンバン叩く。痛いって、マジに。

テレビの中ではなにかにぎやかにやっているようだが、もういいや、そんなの。ジミー・ペイジも太ってハゲたし。

ウチに帰りたくなった。カミさんや娘たちに会いたくなった。北京に来て十九日目にして、初めて里心がついた——李さんに訳して両親に伝えてもらおうかと思ったが、照れくさいのでやめた。

「まあ、それにしても、オリンピックが無事に終わってよかったですよ」

親父さんが、ふう、と息をついて言った。

今度はおふくろさんも「そうねえ、無事に終わったのがなによりよ」としんみりとうなずいた。

胡錦涛主席の誇らしげな閉会宣言ではなく、その中年夫婦のつぶやきこそが、僕にとっての祭りのフィナーレだった。

僕らの責任

とにかく無事に終わってよかった——という言葉は、その後、李さんのおふくろさんに案内された二軒のお宅でも聞かされた。そして、どちらのお宅でも、点けっぱなしのテレビで流れる閉会式なんて、ろくすっぽ観てはいなかった。

壮大な「国家」の祭りに前のめりになっていた日々も、今夜でひとまず終わった。明日からはまた、ささやかな「家族」の暮らしが始まる。

皆さん、お疲れさまでした。素直に思う。世界中のひとびとを迎えてくれて、ありがとうございました。やっぱり、そう言いたい。

李さん、ほんとうにいままでありがとう。この本できみが登場するのは、ここまでだ。お別れを告げなければいけない。気まぐれで怒りっぽいオヤジを支えてくれて、心から感謝する。この仕事が終わると、きみは山西省の友だちの家を訪ねる予定だと聞いた。残りわずかになった夏休みを、どうか存分に楽しんで。通訳のアルバイト料、きっと朝日新聞がはずんでくれると思うぜ。

そして、いつか日本においで。両親と一緒においで。ウチに泊まればいい。オレもその日までに尿酸値を少しでも下げておくから、今度はお父さんと酒を酌み交わそう。仕事部屋で、トシゴロの娘を持った親父の寂しさをしみじみ語り合おう。きっとリビングからは、おふくろさんとウチのカミさんの「きゃーっはっはっはっ」の二重唱が聞こえてくるはずだ。

ちょっとだけ真剣に、もう一言。

僕はきみのお父さんが大好きだ。だが、もちろん、きみのお父さんだって軍人としての職務に就いているときには険しい目つきになるだろう。状況によっては、国を守るための――あるいはよその国を攻めるための、もっと険しい目つきになってしまうかもしれない。

そんな日が永遠に来ないように。

仕事帰りに卓球に興じて帰りが遅くなり、お母さんときみに叱られてシュンとする毎日が、これからも、ずっと、ずっとつづきますように。

それが、僕の世代やきみの世代の役目であり、責任なのだと思う。

『北京便り――今度は「威信」より「温かさ」を』

「ウチの孫は、もう漢字が読めるんだよ」と、おばあちゃんが胸を張った。北京市朝陽区のマンションの一室――リビングのテレビには五輪の閉会式が映し出されているが、おばあちゃんは僕に孫の劉易航《リウイーハン》くんを自慢したくてしかたない様子だ。1歳9カ月の易航くん、確かにスゴい。漢字のカードを次々に指さして読んでいく(もっとも、こちらには平仮名がないのだから、どの子もいきなり漢字から覚えはじめるのである)。

閉会式を自宅で見る人の姿を知りたくて劉さん宅を訪れたシゲマツ、最初は思惑がはずれて少々がっかりしていたのだが、やがて、この光景こそがフツーの市民の五輪なのかもなあ、と思い直した。華やかな閉会式の映像がリビングを彩っていても、わが家の主役は、素っ裸に前掛けだけの易航くん――それでいいんだよな、と思う。

易航くんのお父さんは五輪の警備担当で、何カ月も前から休日返上で仕事に追われていた。

過剰な警備態勢や人権問題など、当局の姿勢に納得のいかないところはいくつもある。それでも、「とにかく無事に終わってよかったです」と言うお母さんのほっとした笑顔を見ていると、僕にはなにも言えなくなってしまうのだ。

実際、閉会式のフィナーレを飾る打ち上げ花火を眺める公園の人々も、道行く人たちも、表情は穏やかだった。大会のホストをまっとうしたという晴れがましさはあっても、高揚感よりもむしろ安堵《あんど》感のほうがまさっているように、僕には見えた。

だが、北京のホストの仕事はまだ終わってはいない。9月6日には、パラリンピックが始まる。今度は、国家の「威信」よりも人々の「温かさ」を見せていただきたい。祖国を応援する大声援もいいけれど、そっと差し伸べる手のひらのぬくもりだって忘れずに。だいじょうぶ、きっとできるさ。花火が終わって家路につく家族連れは、みんな、いい笑顔だったよ。

（朝日新聞二〇〇八年八月二十六日）

二〇〇八年夏の財産

祭りが終わった。

閉会式から一夜明けた八月二十五日の北京の朝は、なんだか気が抜けてしまったみたいで、大通りを行き交う車の音さえも、微妙に間延びしているように聞こえた。

僕は崇文門菜市場の前にたたずんで、道行くひとをぼんやりと見つめている。

念のために松葉杖をついてはいるが、足首の痛みは昨日からだいぶやわらいでいた。やはり、あの痛みは痛風の発作ではなく、ただの歩き疲れだったようだ。

運動しなくちゃなあ、もうちょっと痩せなくちゃなあ、と思いながら、ついさっき小吃で一杯七元（約百十二円）の大米涼皮を「日本に帰ったら食えないんだから」と二杯もたいらげてしまったオレだ。ツユなしのピリ辛きしめんに冷やし中華の具が載ったような大米涼皮は、お店によってタレも麺も具材も違って、ほんとうにこの夏は食って食って食いまくった。火を通していない具材も多かったが、幸いにして一度もおなかはこわさなかった。腹がゴロゴロしてヤバいかなと思ったのは、唯一、李さんのお宅でドリンクヨーグルトをしこたま飲まされたときぐらいのものだ。

明日の朝は北京を発って上海へ向かう。旅もいよいよ大詰めである。

意外と暑くなかった。大気汚染も開会前に案じられていたほどではなかったし、最も恐れていたテロもなかった。いろいろと細かいところの不手際や理不尽、逆に表面には出てこないくらい根本的なところでの課題はないわけではなくても、とにかく祭りは無事に終わった。

市場の前の歩道には、あいかわらずいろんなひとがいる。残念ながら農民工の姿はほとんど消えたままだし、去年の夏には至る所で目にした上半身裸のオッサンも、今年の夏はいない。オリンピックを前に、当局が「外出するときは服を着るように」と通達を出したのだ。Tシャツの裾を胸のあたりまでめくりあげて腹を出しているひとも（これ、やってみるとほんとうに涼しいのだが）数少ない。一九八〇年代まではあたりまえだった路上への痰吐きがすっかり消えうせたように、上半身裸になったり腹をむき出しにしたりして街を歩くひとも、やがていなくなってしまうのだろう。

東京と同じく、北京も今後「オリンピック以前／以後」で語られることが増えてくるはずだ。街は確実にきれいになる。古いものや美しくないものはどんどん捨て去られていく。その中に、ほんとうは捨ててはならなかったはずの大切なものがいくつも含まれていることは――東京がそうだったように、きっと、何十年もたたなければわからないのかもしれない。

それでも、僕はいま、市場の前を行き交ういろんなひとたちの「いろんな」を、好きになっている。「いろんな」は、世代や出身地や社会的地位や経済的状況だけで分けられるものではなく、十人いれば十通りの、百人いれば百通りの「いろんな」があるんだと、あたりまえのことを、いま、あらためて噛みしめている。

四十五歳の男が北京くんだりまで出かけて、結論が「十人十色」であり、「人生いろいろ」であるというのは、われながら情けない話である。取材費を返しやがれ、と朝日新聞は言うかもしれない。

だが、本音なのだからしかたない。

そして、その「いろんな」を無理やり一色に塗りつぶしてしまうものに対しては、舞台が中国であれ日本であれ、一党独裁国家であれニュータウンの中学校であれ、やっぱりオレはこれからもぶつくさ文句を言いつづけるだろうな、とも思う。

とにかく、祭りは無事に終わった。

お疲れさま。ほんとうに。

きっと「オリンピックを成功させたんだ」という喜びは、いますぐというより、ずっとあとになってからじわじわと効いてくるはずだ。たとえば経済成長がストップしてしまったとき、たとえばこの国のひとびとが自信を失いかけたとき、「でもオレたちはあのとき、あんなにがんばれたじゃないか」と思えばいい。二〇〇八年夏の体験が、世界の大国としての威厳や意地をふりかざす拳ではなく、一大事にグッと踏ん張るための背骨になってくれればいい。

仲良くしようぜ、これからも。

さよなら、北京

夕方になってミヤサコのカフェに出かけた。

いよいよお別れだ。いままでずっとミヤサコにどんなに勧められても「ネクストタイム」で逃げてきた洋菓子を注文した。レモンゼリーである。けっこう美味い。でも、四十元（約六百四十円）。高えよ、なに考えてんだよ。だからいつもがら空きなんだな、この店。

ミヤサコはいつものように、「ちょと待て」を連発する。結局最後まで「ください」は覚えてくれなかった。「ちょっと」も「ちょと」のままだった。

苦笑いとともにコーヒーの最後の一口を飲み干した。

店の中に戻って、レジにいたミヤサコに「片づけといてくれよ」と声をかけた。

「トゥモロー、カム？」とミヤサコが訊く。明日も来るかい——オレたちの英会話、そういうレベルである。

僕はゆっくりと首を横に振り、「ソーリー、トゥモロー、アイル・ゴー・トゥー・シャンハイ」と言った。

「トゥモロー?」

「イエス、アーリー・モーニング。アーンド、デイ・アフタ・トゥモロー、アイル・ゴー・バック・トゥ・ジャパン」

ミヤサコは、あらら、という顔で僕を見つめる。感傷的な表情ではない。もともと僕がオリンピックの取材で来ていることはミヤサコも知っている。オリンピックが終われば北京からひきあげるのは当然だし、ミヤサコにとっては、毎日コーヒーを飲んでいた短い期間の常連客がいなくなるというだけのことだろう。

だから、僕も軽く言った。

「グッバイ」

ミヤサコは小さくうなずいて「グッバイ」と返し、あ、そうかそうか、となにかを思いだした顔になって——「ちょと待て」以外の日本語を初めて口にした。

「さよなら」


さよなら、北京——。

『五輪の「街」から——上海』

8月24日夜10時、北京五輪の閉会式のフィナーレを飾って市内18カ所で打ち上げられた花火は、秋の気配が漂いはじめた夜空をまばゆく照らして、消えた。

「祭り」の終わりは、思いのほかあっさりとしたものだった。

僕が訪れた朝陽公園にはパブリック・ビューの大型モニターもあったのだが、集まった市民の表情はのんびりしたものだった。夕涼みの花火見物といったノリである。8日の開会式のあとは深夜まで若者が大騒ぎしていた天安門広場も、午後11時過ぎには閑散として、巡回する警察車輌の「すみやかに帰宅せよ！」とのアナウンスだけが響きわたっていた。

17日間——確かに長い「祭り」だった。これだけの長きにわたって世界中の視線を感じつづけたのは、北京っ子にとっては初めてのことだろう。閉会式当日にお話をうかがった人たちは、一様に「無事に終わってよかった……」という安堵の声を漏らしていた。9月6日からはパラリンピックが開かれるものの、市民の実感としては大きなヤマを越えたというのが本音かもしれない。

だが、それはあくまでも一つの「祭り」の終わりに過ぎない。

今日の経済発展の出発点となった「改革・開放」政策が1978年に打ち出されてから30年、今年12月には大々的な記念イベントが北京でおこなわれるのだという。また、来年は1949年の中華人民共和国建国から60年という節目の年である。ここでもまた大きな「祭り」が挙行されるに違いない（ちなみに来年は天安門事件から20年でもあるのだが……）。

再来年の2010年には広州でアジア競技大会も開かれる。アジアという内輪の大会だけに、きっと「中国、加油！」のコールは五輪のとき以上に激しく競技場を揺らすだろう（ちなみに再来年は中国のチベット侵攻から60年でもあるのだが……）。

そんなふうに、今後もしばらくは、まるで打ち上げ花火の連発のように「祭り」がつづく中国——その中でも特に大輪の花となるのが、2010年5月1日から10月31日まで開催される上海万博である。

東京五輪から大阪万博へと「祭り」をつづけた往時の日本を彷彿させるような話だが、日本では五輪から万博までは6年の間隔があった。こちらはわずか2年。二つの世界的規模の「祭り」が、ほとんど踵《きびす》を接しているのである。

それこそが、いまの中国の勢いの証なのか、いくらなんでも無茶なスケジュールと言うべきなのか……いずれにせよ、「祭り」のバトンは北京から上海へと引き継がれたのだ。

その上海を訪れたのは、五輪閉会の2日後——8月26日。虹橋《ホンチャオ》空港に降り立つと、さっそく空港の玄関に万博のマスコット『海宝《ハイパオ》』クンが立っていた。ハンパなリーゼントっぽい髪形をした『海宝』クンの足元の植え込みは、五輪マーク。その上下の位置関係に、なにかと北京とライバル視される上海の五輪に対する微妙なスタンスが覗《のぞ》いているような、いないような……。

空港から乗ったタクシーの車内に貼られた「迎接・上海世博会（歓迎・上海世界博覧会）」のステッカーも、決して真新しいわけではない。どうやら、北京が五輪の準備で大わらわの頃から、上海は五輪を飛び越えて万博モードに入っていたようだ。

会場の広さは、528ヘクタール——万博史上最大の規模になる会場は、いまはまだ見わたすかぎりの空き地である。これで2年後の開催に間に合うのかと心配にもなってしまうのだが、五輪だってそうだったのだ。1年前に北京を訪れた時には、『鳥の巣』の工事が開会式に間に合うとは思えなかったのだから。

すでに会場の地区に住んでいた人たちの立ち退きは終わり、地方から出稼ぎに来た農民工の人たちの姿もちらほら見える。これから、その数はどんどん増えていくだろう。プレハブの宿舎が無数に建ち並び、北京での胡同《フートン》にあたる「弄堂《ロンタン》」と呼ばれる古い路地の家々が取り壊され、街が埃っぽくなって……そしてまた、晴れの「祭り」が始まる前に、彼らは上海の街から追い出されてしまうのだろうか……。

「それにしても、スゴい時代に生まれたんだな、この子たちは」

僕がしみじみ言うと、叢光《ツォングアン》さん（36）は「ほんとにそうですね、五輪に万博ですから」と笑って、長男の沈俊《シェンジュン》くんの頭を撫でた。隣に座る奥さんの胸には、長女の鈺容《リーロン》ちゃんが抱かれている。沈俊くんは2歳3カ月、そして鈺容ちゃんは今年6月に誕生したばかりだ。

「パラリンピックが終わったら、北京での仕事もおしまいですから、こっちで職探しです」

叢さんはそう言って、「上海は物価が高いので生活も大変です」と肩をすくめる。

じつは、叢さんはこの1年間、朝日新聞で通訳の仕事に就いていた。五輪期間中はメディアセンターに詰めていたので、あちこちの街を歩きまわった僕との接点はなかったが、開会前に何度かおこなった予備取材のときにはほんとうにお世話になった。

そんな彼とのひさびさの——そして最後の仕事が、この上海取材なのである。

「鈺容と会うのは、生まれた直後以来二度目なんです」

単身赴任生活で寂しさがつのっていたのだろう、北京からわざわざ日本製の粉ミルクをたくさん提げて帰ってきた新米パパは、ほんとうにうれしそうだった。

叢さんは1972年、日中国交回復の年にハルビンで生まれた。幼い頃には、日本に対する知識はほとんどなにもなく、8歳の時に初めて日本映画『君よ憤怒の河を渉れ』（高倉健主演）を観たことが、実質的な「日本との出会い」だったという。

「僕たちの世代の若い頃には反日感情はありませんでした。日本の印象は、電化製品などが優れている国という感じですね。僕もハルビン理工大学で科学技術を専攻していたので、日本には憧れがありました。ちょうど改革・開放政策も進んで、留学しやすくなっていたこともあって、1993年に日本に行ったんです」

日本では埼玉大学を卒業し、横浜国大の大学院に進んだ。在学中は生活費や学費をアルバイトで工面しながら勉強に打ち込んだ。アパートをルームシェアしていた留学生仲間の中には、「30万円出すから」という甘言に乗せられて自分のパスポートを預けたところ、それが偽造パスポートに使われてしまい、強制送還になった若者もいたらしい。

「日本にいた頃に中国人差別を受けた体験は、正直言って、多少はありました。中国人がらみの犯罪が起きると『また中国人が……』という感じでしたし、大学で使った経済の教科書の1ページ目に福建省から日本に来る密航者の話が出ていて、びっくりしたのを覚えています」

大学院在籍中から日本でさまざまな仕事をしていた叢さんは、鳥取県の水産会社でも働いていた。研修生として来日し、工場で働いていた奥さんと出会ったのも、鳥取県だった。

２００６年に沈俊くんが生まれて奥さんの故郷の上海に帰るまで、叢さんの日本での生活は、13年間にもおよんだ。

「僕があと10年早く生まれていて、シゲマツさんと同世代だったら、日本に留学するどころか、大学にも行けずに、いまごろは地方の工場で働いていたでしょうね」

そう、彼が生まれた頃、中国ではまだ「竹のカーテン」に覆われた文化大革命が進められていたのだ。

「１９８９年の天安門事件の時は、ハルビンの高校3年生だった僕たちにも口コミでいろいろな話が入ってきました。僕たちはみんな将来は海外に留学したかったので、これで留学の道が閉ざされてしまうのかもしれないと思って、とても心配でした」

いろんなことがあったよな、きみの国の40年間は――。

冗談めかして僕が言うと、叢さんは苦笑交じりに沈俊くんを抱き直し、「でも、これから、もっともっと良くなっていきますよ」と言った。

鈺容ちゃんを抱かせてもらった。まだ首もすわっていない鈺容ちゃんがものごころつく頃、中国と日本は、それぞれどんな世の中になっているのだろう。

「子どもたちが望むのなら、留学させてやりたいです。僕としては、日本に行ってほしいんですけどね」

叢さんの願いが叶うなら、僕もうれしい。沈俊くんや鈺容ちゃんが笑顔で日本と中国とを行き来できる、そんな20年後であってほしい——取材の旅で出会った人たちの顔を一人ずつ思いだしながら、それを祈る。

叢さん宅を辞して、外灘《バンド》を歩いた。市内随一の観光スポットだけに、平日の夜というのに、まっすぐに歩くのも難しいほどのにぎわいだった。

黄浦江の対岸に建ち並ぶ超高層ビル群の中には、完成したばかりの『上海環球金融中心』もそびえている。101階建てのこのビルは、展望台の高さ474メートル——世界一である。

上海万博までのカウントダウンを壁面に電光表示したビルもあった。

あと613日。

五輪前の北京と同じだ。また「祭り」が始まる。ライトアップされた外灘の夜景のように、華やかな光と暗い影を交錯させせながら、この大きな国はどこへ向かうのだろう。

色とりどりのビルの明かりが映り込む黄浦江に、文字通り満艦飾の遊覧船が姿を見せた。父親に肩車された幼い女の子が「うわあっ！」と歓声をあげた。五輪の応援グッズを持ち歩いていたのか、そばにいた誰かが小さな中国国旗を頭上で振った。

そのささやかな愛国心を視界の隅にちらりと収めて、8月26日、午後8時――僕の旅は終わった。

（週刊朝日二〇〇八年九月十二日号）

あとがき

旅をしながら文章を書いてみたい、と若い頃に思っていた。

旅先のホテルの狭い机で、その日一日の出来事や、思いだすままの回想や、散文詩めいた文章の断片を、ホテルに備え付けの便箋に殴り書きして、読み返しもせずに封筒に入れ、翌朝それをポストに投函してから、また次の街へと向かう――そんなスタイルでものを書いてみたい、できればずっとそうやって生きていたい、と憧れていた。二十代前半のことである。

サム・シェパードの『モーテル・クロニクルズ』が好きだった。同作にインスパイアされたヴィム・ヴェンダースの映画『パリ、テキサス』（たしか、こっちのほうを先に知ったのかな）も好きだった。要するに、旅と、旅の物語が好きだったのだ。

あれから二十年以上の歳月が流れて、夢がかなった。便箋はノートパソコンに、ポストは電子メールに変わり、原稿を書くのが遅いせいで一冊のすべてを旅先で書き上げることはかなわなかったものの、これだけ長い期間にわたって東京の仕事場を離れたことはなかったし、これからもたぶんないだろう。

もちろん、シェパードやヴェンダースと並べてほしいと願うほどおこがましくはない。お読みになっておわかりのとおり、これは旅行記でもなければ五輪観戦記でもない。オヤジの漫遊記である。

中国に対する見方も一面的で浅薄なところは多々あるだろうし、勉強不足ゆえの過剰な甘さや不当な厳しさもあるに違いない。だから、本書は決して「中国についての本」ではない。「僕の中国の旅についての本」である。タイトルも、企画段階では開高健の『ずばり東京』に倣って『ずばり北京』にするつもりだったのだが、それを本気で掲げようとするなら『ずばり北京……のような気がするけどあまり自信はありません。なにを無責任な、と言われても困ります』にしなければならないので、自ら取り下げた。

それでも、一つだけ自分に課した。数字を出して説得することはできなくても、僕自身の、あくまでも個人的な喜怒哀楽をきちんと描くことでなにかが伝わってくれるのではないか。よく笑え。よく怒れ。たまには泣いてもいいし、退屈なときには退屈さを正直に書け。本書がほんとうにそれに応えられているかどうかは読んでくださった方に委ねるしかないのだが、安岡章太郎さんの『アメリカ感傷旅行』にあやかって、『中国感情旅行』を書きたかった。中国だけにコピー商品っぽい発想なのである。でも、そこにある感情は、ホンモノを貫いたつもりだ。

一年前の予備取材から朝日新聞社ならびに朝日新聞出版にはほんとうにお世話になった。中国総局、五輪事務局、さらには香港や成都など各地の支局の皆さんに心から感謝する。また、「北京五輪のコラムを書かないか」というそもそものきっかけをつくってくださった朝日新聞スポーツ部の山本秀明デスク、『週刊朝日』でのルポ連載を支えていただいた山口一臣編集長と藤井達哉副編集長、一冊の書物にまとめる機会をくださった朝日新書の岩田一平編集長と山田智子さん、そして企画の起ち上げ当初からさまざまにバックアップしていただいた朝日新聞出版の宇佐美貴子さん、ありがとうございました。

で、忘れてはならない。

本文中ではY記者として活躍していただいた朝日新聞出版の四本倫子さん。お疲れさまでした。四本さんがいなければ、おそらく、この本はもっと文芸の薫り高い……いや、たぶん三日で「もう帰る！」とキレて、すべては終わっているはずである。ほんとうにありがとう。心から、ほんとうに心から、感謝しています。うっとうしいオヤジに振り回されながら中国を旅した二〇〇八年夏の記憶が、編集者としての、そして人間としての、きみの大きな財産になってくれることを切に祈っています。でも、日本ではスープのお持ち帰りはしないほうがいいと思うぜ。

最後に一人の少年を紹介させてほしい。

北京で出会った六歳の少年——鄧沁桐《ドンチントン》くんである。

沁桐くんの両親は崇文門飯店の近所で煙草屋を営んでいる。お父さんもお母さんも失礼ながら身なりは決して裕福そうではないし、お父さんはなんとなく遊び人ふうの風貌でもある。

初めて会ったのは八月十八日だった。北京空港の免税店で買った煙草が切れて、その店にふらりと入ると、沁桐くんが一人で店番をしていたのだ。

いや、まさか店番だとは思わなかった。そのときにはまだ六歳という年齢は知らなかったが、陳列カウンターの奥の椅子に座ると顔の上半分しか見えないような小さな子どもなのだ。てっきり、お父さんかお母さんがトイレに行っている間だけここに座っているのだと思い込んでいた。

しかたない、おとなが戻ってくるまで待つか、と店の外に出たら、入れ代わりに若い男が駆け込んできた。仕事中なのかひどく急いでいる様子で、外にいる僕が驚いて振り向くほど乱暴な声をあげて「おい、煙草煙草!」と言った(と思う。以下、例によっての身振りや口調から判断した架空妄想対話である）。

おいおいなんなんだよ、子ども相手に……とムッとして（だから感情旅行だって言っただろ）、事と次第によっちゃタダじゃすまさんぞ、と店に戻った。

だが、沁桐くん、負けていないのである。日本の子どもならおびえて泣きだしてしまいそうな物腰だったのに、男をまっすぐににらみ返して、「なんの煙草？」と訊くのである。「これだよ、これ」と男が陳列カウンターを指差すと、すげえぞ、沁桐くん、その煙草を出してバーンとカウンターに叩きつけた。男が代金のお札を出すと、それをビッと取って、ちゃちな金庫をガチャンと開けて、札を入れて、お釣りの小銭を出して……。

男が帰ったあとで「すごいなあボク、一人で店番できるんだなあ」と声をかけると、言葉は通じなくても言わんとすることはなんとなく伝わったようで、えへへっ、と得意そうに笑うのだ。僕が手持ちのマイルドセブンのパッケージを出して「これと同じのをくれる？」と言うと、わかった、とうなずいて、カウンターの奥の棚からちゃんと出してくる。りっぱな店番である。まいった。年下だけど、兄貴。

すっかり沁桐くんが気に入ったシゲマツ、それから毎日――というより一日に何度も、その煙草屋に顔を出すようになった。一日に三箱は確実に空にするチェーンスモーカーにもかかわらず、沁桐くんに会いたいためにまとめ買いをせず、せっせと通い詰めたのだ。

これが飲み屋のおねえさんでなくてよかった。

お母さんに筆談で名前や年齢も訊いた。お母さんが下手な字で「沁桐」と書いたメモを指差して、「すごいよ、この子、えらいえらい」と拍手の真似をすると、お母さんもうれしそうに笑い返してくれた。

沁桐くんは店にいるときもあれば、いないときもある。でも、沁桐くんもどうやら僕のことを気に入ってくれたようで、外の通りで遊んでいても僕に気づくと店に駆けてくるし、通りで出くわした僕の手を引いて店に連れて行くこともある。ミヤサコにつづいて、彼が北京での二人目の友だちである。

北京で過ごす最後の日――八月二十五日の午後、これで沁桐くんともお別れなんだな、と店に寄った。お母さんしかいなかった。ちょっと申し訳なさそうに、書きもののしぐさをした。家で宿題でもしているのだろうか。

残念だがしかたない。お別れのプレゼントに持ってきた朝日新聞のピンバッジを「これ、沁桐くんにあげてよ」とお母さんに渡した。Y記者こと四本さんからは「各国のメディア関係者同士で交換するみたいですよ」と言われていたが、なにしろ会場にほとんど行っていないのだから渡す相手もいない。これが最初で最後のピンバッジの出番である。

このままお別れだと思っていた。

それでも、なんとなく未練が残って、夕方になってから（ミヤサコの店に行く前だ）もう一度、煙草屋の前を通ってみた。ちらりと中を覗くと、お母さんしかいない。やっぱりダメか、しかたないよな、もう暗くなってきたし。

あきらめて通りをぶらぶら歩いていたら、路地から少年が飛び出してきた。沁桐くんだった。

最初は僕に気づかず通りを渡ろうとしていた沁桐くんだが、僕が「よお！」と声をかけると振り向いて、笑って、駆け寄ってきて、手をつないで、店に向かった。そのときの二十メートルほどの道のりは、北京の街が僕にくれたお別れのプレゼントだったのかもしれない。なにを話すわけではなくても、つないだ手を大きく振って、いっちに、いっちに、と歩いたのだ。「おじさん、もう日本に帰っちゃうんだぞ」と言う僕に、沁桐くんはただ、にこにこ笑うだけだったのだ。

二人で店に入ると、お母さんは、あらあら、まあまあ、と笑って、沁桐くんの着ていたタンクトップの胸元を指差した。

外にいたときは暗くて気づかなかったが、そこには、昼間僕が持ってきたピンバッジがキラッと光っていたのである。

沁桐くんは、おとなになってもそのピンバッジを持っていてくれるだろうか。僕のことはきっと忘れてしまうだろう。

でも、もしもなにかの拍子に子ども時代の宝箱からピンバッジが出てきて、息子か娘に「お父さん、これ、なに？」と訊かれたら、「お父さんが子どもの頃に北京でオリンピックがあったんだぞ」と教えてあげてほしい。「お父さんはよく覚えてないけど、すごーく盛り上がったらしいぞ」と言ってほしい。

そして、「あのオリンピックが終わった頃から、中国はどんどん自由な国になってきたんだ」という一言を付け加えることができるなら――海を隔てた隣の国から、それをなによりも祈りたい。

最後まで読んでくださって、どうもありがとうございました。

二〇〇八年九月

重松　清